天国とよばれた療養所

ゆきや 星
yukiya sei

郁朋社

本作はフィクションです
モデルとさせていただいた回復者の皆さま、施設関係者の皆さまに心より敬意を捧げます

天国とよばれた療養所

プロローグ

私の父は目が悪かったが、家の中のことなら何でも一人で出来た。

自営業の仕事の合間に食事の支度や家事をこなす働き者の父が私は大好きだった。幼い頃から父親にべったりの私を母は時折冗談《じょうだん》のように「妬《や》けるなあ」とこぼしていたものだ。父がいつも家に居る以外、私は自分を他の子と同じ『普通の家』の子供と思って育った。

母は体が弱く私が顔を見るのは朝だけで、小学校から帰るとたいてい廊下の奥の自室で寝ていた。時には何処《どこ》かへ静養に行っていることもあり、居ても居ないに等しい存在だったから、亡くなった時も正直に言うと少しも悲しくなかった。父や婦長さんがぼろぼろと涙をこぼしている横で、中学生の私は涙が出なくて困ったものだ。

皆と同じ普通の女の子だった私は、それからお母さんの居ない子になった。

けれど家のことは全部父一人で出来たから、暮らしはそれまでと少しも変わらない。父は私に家事や家業の手伝いを言ったことがなく、きっと何処の家もそんなものだと思っていた私が、我が家の或る特別な事情を知ったのは高校を卒業したばかりの頃だ。

近県に進学して寮に暮らしていた私はその日、母の七回忌で静岡の実家へ戻っていた。


「ああ、少し喉が渇いたわ」

実家近くの小さな駅でタクシーを降り、東海道線上りホームへの階段を大儀そうに登りながら婦長さんが呟いた。十月にしては汗ばむ程の暖かい日で、膝が悪いのか杖を片手の老婦長さんの為に、私は急いで飲み物を買いに走った。午前中に父と墓参を済ませ、我が家の仏間で長い読経を聞いた後、近所の料理屋でお斎《とき》を頂いて寮へ戻るところだった。

改札前の売店で冷たいお茶を求め、ホームへの階段を再び急いで駆け上がる。

「まあ、お母さんの若い頃にそっくりだわ」

婦長さんは懐かしそうに目を細め、小さく笑った。

「えーーっ。母にもこんな元気な頃があったんですか」

そこで私は、大袈裟《おおげさ》に目を丸くして見せた。

記憶の中の母は汗を掻《か》き掻《か》き朝食を口にしているか、奥の自室で臥《ふ》せっているかのどちらかで、起きて快活に動き回る姿など想像も出来なかったからだ。

滑り込んできた東海道線の座席に並んで腰を下ろすと、婦長さんは寮での私の暮らしぶりに話を向けた。馴れぬ独り暮らしでの失敗談を披露した後、でも友達も出来たし馴れてきましたと笑い返すと、婦長さんは穏やかに頷き黙って窓の外へ視線を向ける。そのまま暫《しばら》く何事か考え込んでいる様子だったが、

「まだ若いつもりでいましたけど、時の経つのはあっと言う間ね。私ももう八十を過ぎたから、何時お迎えが来るか分からないわ。死ぬ前に、これだけは話しておきたいと考えていることがあるのですが」

そこで言葉を切り、困ったように、ふうーっと一つ息を吐く。

えっ、……死ぬ前に、話しておきたいこと？

思いがけぬ成り行きに迂闊《うかつ》な返答も出来ず黙り込んでいる私に、婦長さんはひたと強い眼差

しを向け、

「お父さんは死ぬまで話さないつもりのようですね。知らない方が良いことも世の中には沢山あると考えているのでしょう。でも、このままでは余りにもお母様が不憫《ふびん》だわ」

再び言葉を切り、切なげに眉を顰《ひそ》める。

「もちろん今でなくとも、………貴女が聞きたくなったらで構わないのですけど」

すっと窓の外へ視線を外し、でも余り時間はなさそうだわと静かに笑った。

婦長さんの話とは一体何なのか。

知らない方が良いというからには、余り楽しい内容ではなさそうだ。けれどそこまで言われれば、知りたくなるのが人情だろう。聞きたいような、聞きたくないような。興味と躊躇《ちゆうちよ》がせめぎ合う胸で、しかし怖いもの見たさの好奇心が勝《まさ》った。

「あの、……ぜひ、聞かせてください」

ぼんやりした覚悟を胸に私が頭を下げると、婦長さんは安堵したように頷いた。

「長い話になりますよ。そうねえ、……これから私の所にいらっしゃるのはどう?」

先を急ぐ必要もない女子短大への帰途である。私は婦長さんの住まいにお邪魔することにして、沼津駅で一緒に東海道線を降り御殿場《ごてんば》線に乗り換えた。

御殿場高原の一郭に位置するそこは、青々した芝生と花壇に囲まれた何かの施設のような所だった。緩《ゆる》やかな傾斜が続く台地のあちこちに背の低い白壁の建物が点在しており、バス停の向こうには山の尾根筋の青々とした連なりが臨《のぞ》まれる。空気が澄めばその向こうには富士山も顔を覗かせるらしく、良く手入れされた芝生が目に清々しい。

その施設の職員宿舎の一室に、婦長さんは一人でお住まいのようだった。

婦長さんとは呼ぶが現役を引退した今は、名誉婦長の称号を得て元患者さん達の話し相手などをしているらしい。私は三歳になったばかりの頃、一度だけ母に連れられてここを訪れているそうだが、全く覚えていなかった。

「狭い所だから、驚《おどろ》かないでね」

太りぎみの丸い身体を捻って私に振り向くと、婦長さんは杖を片手にゆっくりゆっくり職員宿舎の階段を登る。二階の自室は十畳程の洋室にベッドを置いただけの簡素なもので、テーブル代わりのローチェストで婦長さんは紅茶をご馳走してくれた。かたわらに、ジャムとクッキーが添えられていた。

「あの時、私は止めたのですよ。このままここに居なさいと。大きくなってから話せば、貴女だってきっと分かってくれるはずだからと。だけどお母様は悩んだ末に、貴女の側で暮らすことを選んだのです」

大きな窓から吹き込む高原の風が、心地好く頬を撫でて過ぎていく。

「でも、貴女が大きくなる前に亡くなってしまったわ。だからあの時の判断は、きっと正しかったのでしょうね。愛する娘の側で、望み通り成長を見守ることが出来たのだから。それがお母様の命を縮める結果になったとしても」

そこで婦長さんは悲しそうに首を振り、静かに話し始めた。

大きな窓から注ぐ秋の陽がすっかり傾き、細く開けた窓の隙間から吹き込む風がいつのまに冷たくなっていた。

ああ、こんなことなら生前の母に、もっと優しくしてあげれば良かった。

長い話を聞き終えて、私は涙が止まらなかった。知らなかったことではあるが、私は何と薄《はく》情《じょう》な娘だったろうか。それは母への無理解と愛の希薄《きはく》に対する、激しい懺悔《ざんげ》と後悔の涙だった。

幼い頃から父親っ子で育った私は、毎朝のように体調不良の愚痴《ぐち》を並べる母が好きでなかった。おまけに陰で父の悪口を言うこともあり、母が熱を出して寝込んでも看病はおろか優しい言葉一つ掛けた記憶がない。そんな酷薄《こくはく》な娘をまのあたりに、何も話せず死んでいった母の無念を思うと胸が苦しくて居たたまれない。

窓の外がすっかり闇に落ちた婦長さんの部屋で、私は激しくしゃくりあげながら幼子のように涙を流し続けた。その後どうやって短大の寮に戻ったのか全く覚えていない。

そしてその日を境に、あれ程大好きだった父親を極端に嫌うようになったのだ。目の悪い身で愚痴一つこぼさず一生懸命私を育ててくれた働き者の父を。

父が私に語ることのなかった我が家の物語は、婦長さんの暮らす御殿場高原の施設から始まる。時代は昭和一桁。中国侵略を企む日本軍が謀略《ぼうりやく》により満州国を樹立したばかりの頃で、私が生まれる三十年近く前のことだ。

一　運命の糸

　書斎の床まで届く細長い振り子時計から、時を刻む規則正しい響きが漏れてくる。その横の大理石の暖炉に火はないが、中央の薪ストーブが赤々と燃え、大きな薬罐《やかん》がしゅんしゅんと湯気を上げている。暖炉の向かいの書き物机で、上条は愛読の哲学書を読み耽《ふけ》っている。どっしりとしたマホガニーの書き物机は、亡きビクトル神父愛用の品だった。

　夜の静寂に包まれた司祭館の書斎に、ふいに汽笛の音が長く響いた。裾《すそ》野から御殿場への坂を駆け上がる貨物列車の喘《あえ》ぎが、真冬の凍てつく空気を切り裂いて過ぎるとしかし、戸外は再び静まり返り振り子時計の音だけが鮮明に耳へ届く。

　なんという静寂。なんという沈黙。

　世俗の喧騒《けんそう》を遠く離れたここは、やはり賢哲《けんてつ》の書を繙《ひもと》くには絶好の地だった。上条の胸に、まったりと心地好い幸福感が込み上げる。今日は土曜日で、翌日曜はいつもより朝のミサが遅い。ならばと夜更《よふ》かしを決め込み、読書の喜びを存分に噛み締めては難解な哲学書に没頭していたその時。司祭館のドアが激しく叩かれ、上条は思索を中断された。

「神父様ッ。神父様ッ。マリアさんが危篤です」

「よし、分かった。直ぐ行く」

　とは応じたものの、まずは和服をスータンに着替えなくてはならない。司祭服である黒いスータンの上から厚手の外套を羽織り、火を点けたカンテラと大きな鍵束を手に、凍える闇の中へ飛び出した。

司祭館の玄関下は五段程の短い階段になっている。慎重にそれを降りて上条は薄く積もった雪を踏みつつ聖堂へ急ぐ。仄《ほの》かに聖燭《せいしょく》の揺らぐ聖堂内に足を踏み入れ、祭壇《さいだん》の右手に切られた女性病舎へ通じる扉の鍵穴に鍵束の中の一つを差し込んだ。その反対の左側には男性病舎への扉があるのだ。

　患者達の部屋が並ぶ曲がりくねった廊下を足早に進み一番奥の重病室へ辿り着くと、マリアの布団の廻りには既《すで》に女性患者が大勢座り込んでいた。マリアというのはその患者の洗礼名で、修道女を志していた熱心なクリスチャンと聞いた。病故に醜《みにく》くなっていく我が身を嘆かず、常に笑顔を絶やさぬ明るさが仲間の信を集め、マリアさんと呼ばれ慕われている。

　やはり慌てて駆け付けた様子の看護婦が、上条の姿を認めて布団の側から身を退いた。看護婦はこの重病室と渡り廊下で繋がった慎ましい一室に起居しており、患者達と同じく寝間着のままだった。その看護婦に代わってマリアの枕元の畳へ膝《ひざ》を付き、苦しげな呼吸を繰り返す患者の耳元へ上条は穏やかに声を掛ける。

「望みならば、臨終《りんじゅう》の御聖体《ごせいたい》を授けよう」

　やつれた顔を覗き込み、畳へこぼれ落ちた細腕をそっと握る。と、思いがけず規則正しい脈が手に触れた。この分ならもう暫《しばら》くは持ちそうだが。しかし彼女が息を吸おうとする度に、喉は笛のように高い擦過音《さっかおん》をヒューヒューと響かせ、まともな呼吸を阻んでいる。喉に出来た結《けっ》節《せつ》のせいで、著しく気道が狭められているからだ。

　この喉では御聖体どころか、水の一滴も通るまい。さて、どうしたものか。そこで暫《しば》し思案を巡らせていると、死の床のマリアがふっと薄目を開けた。熱っぽく潤んだ目で上条を見上げ、力なく首を振る。それから再び目を閉じて、真綿で少しずつ首を絞められるかの果てない呼吸苦の喘《あえ》ぎの中へと、諦《あきら》めたように戻っていった。

苦痛に歪んだその額《ひたい》へ静かに手を当て、上条は口の中で小さく祈りを呟く。

神よ、どうかこの患者に安らぎを与えたまえ。どうかこの一息ごとの苦しみから救いたまえ。

病院の院長でありながら患者の苦痛を和らげる術《すべ》を持たず、ただ祈るしか出来ない我が身の無力が、口惜《くちお》しく情けなかった。

落胆を胸に重病室を出ると、上条は聖堂の隅へ寝間着姿のベテラン看護婦を呼びマリアの容体を確かめてみる。

「ええ、心臓が丈夫な人ですから。たぶん、一週間くらいは持つでしょう」

病院にたった一人の小柄な看護婦は、付き添いの患者が呼吸苦に動転しただけでしょうと小さく頷き、

「ですが、その間中ああして激しく苦しみ続けるのですわ。いっそ早く向こうへ行けたらどれほど楽かと、気の毒に思うのですけど……」

続く言葉を途切れさせ、辛そうに溜め息を吐く。

「そうか、病人が命長らえることは、ここでは希望にならないのですね」

結節のせいで呼吸のままならぬ窒息寸前の苦しみを、心臓が丈夫な者はそれだけ長く味わう羽目になるとは。癩《らい》とは何と残酷な病だろう。いっそぱたりと死ねた方がと眉根を寄せる看護婦の言葉を重く噛み締めつつ、上条は昨年視察に赴《おもむ》いた公立癩病院での光景を思い返していた。

病で崩れた顔ならどれ程醜《みにく》くとも上条はまともに正視する自信があった。だが案内の医師が

患者の喉元にぶら下がったガーゼをひょいと捲《ま》くり上げた瞬間、あっと叫んで咄嗟《とっさ》に目を逸《そ》らしていた。それは人として余りにも不自然な光景だった。男の喉には直径三センチほどの穴が空いており、そこに金属の枠のようなものが取り付けられていたのだ。

喉に嵌《は》め込むこの枠をカニューレと呼び、結節で詰まった喉の替わりにこの穴から直接息をすることで、延命効果が期待できるものらしい。医師は、これを付けて三年も生きた患者が居ると得意気に話していたが、上条は悪寒《おかん》を禁じ得なかった。人間の体に勝手にこのような処置を施《ほどこ》すことが許されるのだろうかと。

「先日、多摩の真誠園《しんせいえん》で私は驚くべき患者を目にしました。その患者を見た後、私はずっと後味の悪い思いを抱えたままでしたが」

そこで言葉を切り、患者の様子を簡単に看護婦に説明してから、

「だがもしも今、この病院にその設備があれば、あの患者に同じ手術を受けさせたいと私は思う。何も出来ずに見ているだけなんて、患者の苦しみを救うのが病院なのに。これでは見殺しと一緒じゃないですか」

気づかわしく胸の前で腕を組み語気を荒らげた。すると、小柄なベテラン看護婦は背の高い上条の目元を見上げてふっと笑い、

「ですが神父様。今、私達に出来るのは顔でも摩《さす》って慰《なぐさ》めてやることぐらいですわ」

投げ遣《や》りに呟いて、小さく肩を窄《すぼ》めて見せる。

その失敬な態度に腹が立ち、上条が憤然《ふんぜん》と聖堂の出口へ踵《くびす》を返しかけたとき、

「神父様、私ごときがこんなことを申し上げるのは僭越《せんえつ》と存じます。ですが是非、これだけは

言わせてください」

普段は無口な看護婦の、尖《とが》った口調が追い掛けてきた。

「ビクトル神父様の遺金を橋に使ってしまうのは、間違っていると私は思います」


橋とは、上条が打ち出した病院改善計画の柱となる、新たな架橋《かきょう》計画のことだ。昨秋、ビクトル神父が帰天の後、スミが看護婦として暮らすこの天生院《てんせいいん》の新院長に就任したのが上条だった。

現在、病院の玄関口は古びた木造の天国橋を渡って直ぐの男性病舎入口となっており、来訪者はまず粗末な木造病舎に上がり患者達を視察したあと司祭館へ向かうことになる。だが、司祭館は先の関東大震災にも耐えた堅牢《けんろう》で見栄えの良い西洋建築なのだ。そこで上条は、衛生局の視察団などを司祭館で先に迎えられれば体面上都合がいいと考えた。

しかし、県道から黄瀬《きせ》川を渡って直接司祭館へ向かうには新たな橋が要る。近年急速な発達を見せる自動車を考慮して橋はコンクリート製とする計画で、この莫大《ばくだい》な工事費用には前院長ビクトル神父が遺《のこ》した病院の蓄財を全て充《あ》てるとスミは聞いた。不足分は財界人として知られた父親の知己《ちき》を頼り、高額な寄付を募《つの》るつもりでいるとも。

「衛生局から、有毒区無毒区の分離を再三《さいさん》言ってきているのは私も存じておりますわ」

足を止め振り向いた上条の顔を真っ直ぐ見返して、スミは臆せず言葉を続ける。

「でもビクトル神父様はこの病院の家族的な空気感が、それで壊《こわ》れることをご懸念《けねん》でした。区別は差別に繋がると。かつての貧乏だった時代、ビクトル神父様は東京の財界人や知識人の集まりに足繁《あししげ》く通われ苦労して寄付を集められました。その遺金も、お心を砕《くだ》かれた井戸も、全ては我が子と呼んだ患者達が後々困ることのないようにとのご配慮と存じます」

スミが患者としてここへ来た十年程前は、ヨーロッパ大戦の影響で海外からの寄付が思うように集まらず、病院経営は著《いちじる》しく困窮《こんきゅう》していた。患者の包帯も買えず明日の米にも困った経験から、ビクトル神父は寄付金からこつこつと蓄《たくわ》えを成し今では利息を運用出来るまでになっている。その苦労の結晶を、新院長の上条は橋の建設で一瞬に消滅させようとしているのだ。

まったく、お金持ちの坊ちゃんは何にも分かっちゃいないのだわ。

口にこそ出さね、スミは内心歯噛《はが》みする思いだった。

「癩《らい》の感染力は非常に弱いものと、私はビクトル神父様から教わりました。現に十年以上ここで患者達と同じように生活しておりますが、私はこうして何でもありませんわ」

かつてビクトル神父は、心ない日本政府のやり方をスミの前で嘆《なげ》いていた。伝染病である癩に隔離《かくり》は必要だが、感染力は結核よりずっと弱く、健康な大人なら万一菌に冒《おか》されても免疫力で自然治癒《ちゆ》してしまう。それをまるで犯罪者の如く追い回し強制隔離して、患者達の病舎を有毒区と呼んで刑務所のよう塀《へい》で囲うなど以《もっ》ての外《ほか》だと。

上条の架橋計画が成れば、天生院にも有毒区と無毒区の差別的垣根《かきね》が生ずる。ビクトル神父の遺金うんぬん以前に、スミにはそのことが大きく受け入れ難《がた》かった。今まさに死の床にある頼子《よりこ》を始め年配の患者達は皆、突然の病の宣告に絶望し打ち拉《ひし》がれていた患者時代のスミの手本となり、生きる勇気を与えてくれた大切な病友であり仲間なのだから。

「患者と職員が一つの大家族のようだったビクトル神父様のなさりようが、この病院には向いていると私には思えてなりません」

女の身で差しでがましいとは承知だが、止むに止まれぬ思いで告げるとスミは、唇を一文字に引き結び上条の目を再びひたと見据《みす》えた。

（ほう……）

色白の頬をほんのり紅潮させ、挑《いど》むような目で自分を見上げる小柄な看護婦を、上条は驚《おどろ》きつつも感心な思いで眺めている。哲学者としてもカトリックの司祭としても、世の誰もが一目置くこの自分に、正面から堂々と意見を述べるとはたいした女傑《じょけつ》だと。

しかしながら、いちいち看護婦ごときに言われずとも、そのことは充分に検討した上で打ち出した改善計画なのだ。そもそも院長の決めた方針に横から口を挟むとは、いったい何様のつもりか。二十歳そこそこで患者としてここへ送られ、誤診が判明した後もここに留まる決心をしたと聞いたベテラン看護婦へ、やがて小癪《こしゃく》な思いがむらむらと涌き上がり、

「私は医者でなく、癩についても素人だが、この病に関する文献をヨーロッパから取り寄せて調べるぐらいのことはしている。確かに日本で言われているほど、癩の感染力を恐れる必要はないと思う。しかし公的な助成金を受けている以上、政府の方針に従うことは必要だろう」

苦心して練り上げた計画にけちをつけられた苛立ちから、知らず口調が高圧的になり、

「ビクトル神父が政府に反対の立場を通せたのは、外国人だからだ。遠いフランスから来て日本の癩者救済に働いてくれているのだから、多少のことは大目に見ようと。でも私は日本人だ。これからは、今までのような訳にいかない。同じ日本人として、私は癩者を蔑《さげす》む気持ちなどこれっぽっちもない」

突き放すよう冷たく告げると、上条は憮然《ぶぜん》と聖堂を後にした。婦女子相手に語気を荒らげるなど大人気なかったと、一抹《いちまつ》の後味悪さを覚えつつ。

雪を被った共同墓地にはもう誰も残っていない。

顔見知りの患者達が去った後の共同墓の前に、スミは一人身動きもせず踞《うずくま》っている。

死はこの世での別れではあっても、永遠の別れではない。やがて天国で再びまみえ、共に復活するまでの束の間の別れだ。惜別《せきべつ》の寂《さび》しさに涙は流しても、嘆《なげ》き哀しむ必要はない。とそれは良く分かっていても、ぽかりと開いた胸の空洞にひたひたと溢《あふ》れる心残りを、どうすることも出来ない。

ああ、最後くらい……側に居たかったのに。

別れが近いことは承知しており、患者時代から姉のように慕《した》っていた頼子なら、看護婦としてより友として時間の許す限りずっと側に居たかった。けれど肝心なときに熱を出してしまい、看護婦としての世話さえが満足に出来なかったのだ。今更どうにもならないが、それが何より悔《く》やまれた。

あの日、上条へ生意気な口を利いたのが気になって、部屋へ戻ってからもスミはなかなか寝つかれなかった。朝になるとずきずきと頭が痛みだし、昼過ぎから高熱が出た。患者の世話が仕事の看護婦が、逆に軽症者に看病されて一週間も寝込んでしまったのだ。

これじゃ、看護婦失格よね。

口の中へ呟いて寂しく笑うと、またも新たな涙が頬を伝う。

やっと熱が退いて重病室の枕元へ座ったスミに、頼子は痩《や》せ細った指で天を指差しふっと微《ほほ》笑《え》んで見せた。まるでスミが来るのを待っていたかに、その直後に呼吸が止まり神に召された。頼子が最後に天を指差したのは一体どういう意味だったのか。侘《わび》しい通夜と葬儀の間中、スミはそれを考えていた。

これでやっと、ビクトル神父様の側に行ける。だから嬉《うれ》しいと言いたかったのか。それとも天国へ行ったら隣《となり》に貴女の席を取って置くわね、とでも言うつもりだったのか。或いは、天国からずっと貴女を見守っているから安心なさい、という意味でもあったか。

呼吸苦で言葉を失う寸前に、頼子が口にした最後の言葉が今もスミの耳に残っている。

「貴女は、ずっとここにいるのですよ。だから大丈夫ですよ」

付き添い患者が席を外した二人きりの重病室で、頼子はふいに蚊《か》の鳴くような声でスミに囁《ささや》いたのだ。いま、神様のお告げがありましたと。うわ言だろうかと熱に火照った顔にスミが目をやると、頼子は小さく頷《うなず》いて見せた。その瞳に宿る不思議な神々しさに打たれ、スミは思わず息を呑んだ。そしてそれきり、頼子は何も話せなくなったのだ。

最後の最後まで、貴女は優しい人だったわ。いつか天国でもう一度お会いしたら、またアメリカの珍しい話を聞かせてくださいね。修道女を目指し渡ったアメリカで病が発覚し、頼子は急な帰国を余儀なくされたと聞いた。

私はここで神のご計画に従い、貴女やビクトル神父様に恥ずかしくないよう患者達の一助となり、いつかそちらへまいります。だからきっとまた、お会いしましょう。

墓前で一人呟《つぶや》くスミの目から、涙は止めどなく溢れ頬を濡《ぬ》らしていく。重く垂れ込めた空からはいつのまに小雪が舞い始めており、肩に積もった冷たさにはっとして慌てて角巻《かくまき》の襟《えり》を合わせた。いつまでもそこで別れを惜しんでいたいがそうもいかず、胸に疼《うず》く心残りを振り切って、スミは仕方なく重い腰を上げる。

傷心にうなだれたまま墓地を抜け、県道への角を曲がると向こうから急ぎ足に近付いてくる背の高い人影が見えた。

「まあ神父様、どうなさったのですか」

近付いてきた上条を訝《いぶか》しく見上げると、

「貴女がまだ墓地と聞いて、迎えに来たのですよ。たった一人の看護婦に、また風邪《かぜ》をひかれてはたまりませんのでね」

上条は快活に応じ、小さく肩を竦《すく》めて見せる。

「ご心配をお掛けして恐縮です」

面目なさに頭を垂れ、角巻の襟に深々と顎《あご》を埋めた。そのまま、小雪舞う県道をスミは天国橋へ向けそそくさと足を急がせる。その場で踵《くびす》を返した上条も、黙ってスミの横へ並び大股に足を進める。その居心地の悪さに居たたまれず、スミが更に足を早め掛けた時、頭上へ思いがけぬ言葉が降ってきた。

「幹事さんから聞きました、貴女とマリアさんのこと。さぞお気落ちと思いますが、どうか早く元気になってください」

頼子は患者時代のスミの同室者で、運命を嘆《なげ》かぬその前向きな生き方に多くを教えられた。

スミがプロテスタントを捨て、カトリックの洗礼を受ける決意をしたのも頼子の影響からだ。アメリカ帰りの頼子と英語教師だったスミを同室にしたのは、ビクトル神父の粋《いき》な計《はか》らいとも言えるだろうか。

思わぬ温かな言葉に面食らい、小さく有り難うございますと応じた後で、

「この前は済みませんでした。神父様のお考えも知らず、余計なことを申し上げて」

スミはそこでぴたりと足を止め、上条に向かって頭を下げた。あの日、言いすぎたと感じていた気まずさを素直に詫《わ》びると、

「いいんですよ。長年ビクトル神父の元で、癩者と家族同然の暮らしをしてきた貴女だ。急に有毒区、無毒区の分離と言われても反発は当然です」

労《いたわ》るように語尾を丸めた上条も、そこで一緒に立ち止まる。

「しかし私はここを、日本のどこと比べても恥ずかしくない立派な癩病院にしたいと考えているのです」

断固たる決意を込め、熱っぽく言葉を続ける。

「公立の癩病院には高い壁や巨大な塀《へい》があり、患者達は始終監視《かんし》されていました。それと比べると、自由で和気あいあいとした空気感といい、助け合いや祈りに満ちた精神性といい、この病院は癩者達の楽園に近い一面も持っている。けれど医療の点では、全くお話しにならないほど貧弱《ひんじやく》なのも事実なのです」

だから癩専門の皮膚《ひふ》科医はもちろん眼科や歯科の医師を確保し、治療室や手術室、眼科用の暗室など医療面の充実を第一に図りたい。ビクトル神父ご懸念《けねん》の水問題は、サマラン神父の井

戸を修復すれば解決可能だろう。古くなった聖堂も改築すべきだし、衛生面の改善として病院全体の便所を水洗化する工事も急ぎたい、と澱《よど》みなく言葉を継いだ後、

「近年増加傾向にある若年患者向けの娯楽《ごらく》設備として、将来は当院にも野球場が必要だとも私は考えています」

と上条は、自身の決意を誇示《こじ》するかに厳《きび》しい顔で頷いて見せた。

珍しく饒舌《じょうぜつ》な上条を、ぽかんと見上げていてからスミは小さな声で問うてみる。

「あの、……神父様は、それを全部お一人でなさるおつもりなのですか」

「もちろんです。全て綿密《めんみつ》に調べあげ試算した上での、実現可能な計画です」

突飛に聞こえたとしても、けして夢物語などではないと首を振る上条に、スミは開いた口が塞《ふさ》がらない。天生院の新たな玄関口となる橋の架橋工事だけでも数千円という莫大な資金が必要なのだ。いま上条が口にした計画を全て実現するには一体どれほどの金が要るのか、スミには想像すらつかない。

「もちろん同情会を始め、各方面に多額の寄付を募《つの》らねばなりません。けれど必要なものは神様が必ず与えてくださると、私は信じます」

不確かな天恵《てんけい》への確信に満ちたその言い種《ぐさ》が、かつてのビクトル神父にそっくりだった。

「お宅のような私立の癩病院は宗教があるから、医療面は重要でないのでしょうねと。今回視察したあちこちの病院で言われました。全く腹だしい限りだ。公立のように潤沢《じゅんたく》な資金があれば医者だって喜んで来てくれるはずですからね。だけど私は諦《あきら》めません。先程の計画を五年で実現してみせます。公立に笑われたままなんて断じて我慢できませんから」

勝気な性分《しょうぶん》なのだろう、心底悔《くや》しそうに頬を歪める上条へ、

「あの、つかぬことを伺《うかが》いますが……」

スミは遠慮《えんりょ》がちにそれを口にしていた。

「神父様ほどの方なら、他に相応《ふさわ》しいお仕事が幾らでもおありかと存じますのに」

欧州留学から帰国後、約束されていた東京帝大教授の地位をあっさり辞退して周りを驚かせた上条は、教区を持たぬ司祭として大東京神学校の講師を務《つと》める傍《かたわ》ら、カトリック書籍の執筆と、全国各地への講演活動を精力的にこなす多忙な人物と聞いた。

その忙しい人が、何を好《す》き好《この》んで片田舎の癩病院になど。上条が天生院の院長に就任以来、ひそひそと周囲で囁《ささや》かれ続けしかし誰も直接口にできずにいたその疑問を、スミは正面から本人へぶつけていた。

食い入るようなスミの眼差しを正面から見下ろして、上条は小さく笑う。

「亡くなった父の別荘が裾野《すその》に在るのはご存じですよね。実業家として成功し派手な生活を送った父には、家の外に妾《めかけ》があり子もおりました」

視線を正面に向けると、天国橋へ向けて再びゆるゆると足を進め始める。

「私の母は出来た人で、父の居ない家庭を愚痴《ぐち》一つこぼさず守ってくれました。家に父の姿がないのが当たり前でしたので、書生を何人も養う大家族のような我が家に何の疑問も持たず成長したのです。しかし、暁星《ぎょうせい》の寮に入って同級生の話を耳にするうちに、次第に父が許せなくなった」

そこでスミを振り返り、こんな話は退屈ですねと上条は短い息を一つ。

「いいえ、神父様。どうか、お続けになってください。私の父にも実は妾がおりました」

上条の顔をひたと見上げてスミは、熱心に先を促《うなが》す。ふっと笑って上条は、

「小学校から寮生活を送ったせいで、父との繋《つな》がりは希薄《きはく》です。多感な時期でもあり父への反発は私の目を海外へと向かわせました。一つの大学では飽《あ》き足らず、何年もヨーロッパを転々としたのも、父を困らせてやりたいという気持ちの現れでしょう。しかし、どんな親でも親は親です」

そこで言葉を切り、上条は小さく眉根《まゆね》を寄せる。こんな個人的な話を、自分はどうして看護婦に向かってしているのだろう。訝《いぶか》りつつも一言一言へ深く頷くスミの共感に誘《さそ》われて、再び心地良く言葉を繋《つな》ぐ。

「ヨーロッパで神学に出会い自らも司祭となった後、私は父への親不孝を遅ればせに反省した次第です。そこで気まずい思いを押してある日、療養中の父を裾野の別荘に訪ねてみたのです。晩年の父は救癩《きゅうらい》に心を傾けており、その父の要請で私はこの病院へ寄付を届けるようになりました」

在りし日のビクトル神父の面影が、ふいにくっきりと上条の瞼《まぶた》に浮いた。同じ哲学者として激《はげ》しく議論を戦わせた時の激昂《げっこう》した顔。我が子と呼んだ患者達への慈《いつく》しみ溢れる眼差し。そして、幾度井戸堀業者に騙《だま》されても諦めず、この地に水を求め続けた頑固《がんこ》者の顔。

「貴重な寄付金を井戸につぎ込む愚を見過ごせず神父と口論になったこともあります。しかしあの頃、ビクトル神父は既《すで》にご高齢でしたから。私に出来ることがあればお役に立ちたいとも考えていました。勿論《もちろん》その時は、まさか自分が院長を引き受けることになるとは思ってもいま

せんでしたが」

共同墓地から天国橋までは僅かの距離で、雪を被《かぶ》った木の橋がもう目の前だった。

「ビクトル神父が病に臥《ふ》されたと聞いた時、私は因縁《いんねん》を感じました。亡き父が気に掛けてきた救癩に、私が携わることでそれまでの親不孝を挽回《ばんかい》できればとの思いに強く駆《か》られました。それともうひとつ。日本の救癩事業をいつまでも外国人に委《ゆだ》ねているのもどうかと思いましてね」

古びた木造の橋を二人は黙って渡り、女性病舎と繋《つな》げられた自室へ戻るためスミは聖堂の前で足を止める。司祭館へ向かう上条は同じ歩調にスミを振り返り、

「全ては巡り合わせですよ。ビクトル神父のお人柄に惹かれてこの病院に関心を持ち、微力《びりょく》ながらも救癩の一助になれればと、院長を引き受けることにしたのです」

チラチラと小雪舞う径を、足早に歩み去っていった。

その背中を見送って、スミは激しい胸の動悸《どうき》を禁じ得ない。……上条神父さまが、私と同じ思いでいらしたなんて。それは驚きと同時に深い共感の織り混ざった複雑に波打つ感情だった。

七歳のスミを置いて母が家を出ていったのは、父親が大陸に囲《かこ》った妾《めかけ》が原因と祖母に聞いた。以後スミは伯父の元で祖母に育てられ、十二歳からは横浜の紅《くれない》女学院の寮で暮らした。父親とは当然疎遠《そえん》で、大陸で突然亡くなった父親がスミには今でも他人のように遠い。

だからなのだ。ここでビクトル神父と出会い、頑固さや厳《きび》しさも含めその大きく温かな人柄に惹《ひ》かれ父とも慕《した》うようになった。そして癩《らい》に非《あら》ずの診断を受けた後、高齢の神父の一助になりたいとここに留まる決心をし医療の途を志した。日本の救癩を外国人の神父一人に任せておいてはいけないと感じた点までもが、上条と自分はそっくりだった。

ビクトル神父の遺金があっては新たな寄付が集まらない。そんな金持ちの病院に高額な寄付は要らないと、きっと誰もが言うだろう。だからあの計画を五年で実行するには、遺金を使ってしまう必要があるのだと、上条の説明にも確かに一理ある気はする。だが病院に何の蓄《たくわ》えもない状態で、何かあった時困ったことにならないだろうか。

ねえ、頼子さん。どう思います。

長年そうしてきたように、スミは胸の迷いを天国の頼子に問うてみる。遺金を橋に使ってしまっても、本当に大丈夫なのかしらと。すると灰色の雪雲の間から、大丈夫よと小さな声が聞こえた気がした。ふっと愁眉《しゅうび》を開いて角巻《かくまき》の襟《えり》を掻《か》き合わせ、スミは聖堂の入り口に足を向ける。

高い塀などは設けずに、司祭館や職員宿舎と患者達の暮らす病舎とを生《い》け垣《がき》で隔てるだけというのなら、有毒区無毒区の分離は致し方ないのだろうか。

「神父様、先生がお風呂から上がられたようですが」

研究室と札が下がった小部屋の奥へ、スミは扉近くから声を掛ける。

「ああ、直ぐ行きます」

窓際の机で顕微鏡《けんびきょう》を覗いていた上条が、すると小さく応じて顔を上げた。

診察を終えて清めの風呂へ向かった井上医師は、上条が昨年視察に訪れた多摩真誠園の眼科医で、院長の好意で月一度の出張診療が実現した。目指すはもちろん専属医の確保だが、虹彩《こうさい》炎《えん》による失明など目を患《わずら》うことの多い癩者にとって、専門の眼科医の診察は大きな前進だった。

遠路片田舎まで往診に来てくれる眼科医のために、上条は早速病舎の一部を改装して眼科専用の診察室を設《もう》けた。暗室を備《そな》えた本格的なもので、更に隣《となり》の小部屋を研究室に改装し、ドイツから買い入れた顕微鏡を自ら覗き込んでいるのだ。

「婦長さん、ちょっとこれをご覧《らん》なさい」

「え、私がですか」

「これが患者達を苦しめている物の正体なのです。見ておいて損はないでしょう」

忙しく踵を返し掛けたスミは、上条に手招かれ戸惑いつつも顕微鏡へ歩み寄る。先刻、井上医師から渡された標本をここに届けたのはスミだから、それが何なのかは知っている。しかし、こんなふうに見えるものとは想像もしていなかった。

丸く切り取られた画面一杯に拡がった不思議な曼陀羅模様《まんだらもよう》は、まるで万華鏡《まんげきよう》さながら。眼前に拡がる微小世界の思わぬ美しさに驚き、声もなくそれを見つめていると、

「染色された癩菌が、動いているのが分かるでしょう」

言われて画面の中の小さな模様の一点に注意深く視線を注ぐ。筒を回さない限り静止している万華鏡と違い、目の前の不思議な微小世界は密《ひそ》やかにけれど紛れもなく、その一つ一つがそっと蠢《うごめ》いていた。

「これが癩菌……ですか」

口の中へ呟くと、ふうーと吐息が漏れた。こんな小さな菌のせいで何も悪いことをしていない人達が、まるで罪人《つみびと》のように社会を追われる羽目になるのだ。

「神父様、私達はこうして癩菌を見ることが出来ますのに、どうして癩を治すことが出来ないのでしょうか」

胸に涌いた疑問をそのまま口にすると、上条は残念そうに眉を顰《しか》める。

「癩菌自体は五十年近く前に発見されましたが、科学者も医者も未だに感染経路を特定できず、治療法も見つけられないままです。悔しい限りですが感染者を隔離して菌が拡がるのを防ぎつつ、自然消滅を待つしか今のところ方法はないのです」

進歩が言われる科学や医学の限界に、スミはこっそりと溜息をひとつ。

「やはり、こちらでしたか」

そこへ井上医師が、風呂上がりの上気した顔を覗かせた。

先の関東大震災でこの地にたった一つの井戸が涸《か》れてから、院内では農業用水路の水を漉《こ》して生活に使う状態だった。だが用水路には畑に撒いた堆肥《たいひ》が雨で混ざり込むので、不衛生このうえない。全体が厚い溶岩に覆われたこの台地は昔から水不足が深刻で、ビクトル神父はその解決に心を砕き、晩年は新たな井戸《いど》の掘削《くっさく》に挑んだが成功しなかった。

ところが新院長となった上条は、地震で枯れた古井戸に強力なモーターを取り付けることで水揚げに成功した。必要量の水を確保したことで職員と患者達の風呂も分けられるようになり、消毒に喧《やかま》しい衛生局への面目を天生院は漸《ようや》く果たすことが出来たのだ。

「やあ先生、今日は有り難うございました」

遠路来診の礼を述べ、上条は治療室に足りない物がないかを確かめる。

「いやいや、これだけ揃っていれば立派なものです。婦長さんも覚えが早いし、何の問題もありません」

笑顔で首を振り井上は、眼科の助手を初めて勤めたスミの手際を褒《ほ》めた。

「そうですか、それは良かった」

嬉しそうに頬を弛《ゆる》め、御殿場駅まで車で送らせましょうと上条は先へ立って司祭館へ足を向ける。屈託なく上条と並んで遠ざかる井上医師の背中を、スミは小さな笑いと共に見送った。昨日あんなにぎこちなかった人が嘘のようだと。

多摩の公立癩療養所である真誠園で午前の診療を終え、昼過ぎに東京駅を発った井上を、日の暮れかけた天生院前のバス停に出迎えたのはスミだ。大きな鞄を提げた青年医師の先へ立って、この夏完成し聖橋《ひじりばし》と名付けられたコンクリートの橋を渡り、宿舎となる司祭館へ向かいながらスミは聖堂や周りの建物の説明などを簡単に口にした。

しかし何を話しても、井上医師は全く上の空だった。癩病院に塀がないのが恐ろしいわけでもあるまいに、緊張に強張《こわば》ったその頬の硬さにスミは秘かに首を傾げていた。

ところが今朝、彼は一転溌剌とした表情で診察室に現れたのだ。

「いやぁー、参りましたよ。神父様は私など及びもつかない大きな方だ」

治療の合間に笑いながら語ったところによると、彼は生粋のプロテスタントで、昨夜は上条にどんな攻撃を受けるかと戦々恐々ここへ赴いたらしい。上条はカトリック擁護の立場から自身の著作で徹底的にプロテスタントを批判しており、その冷徹無情な辛辣《しんらつ》ぶりから、帝大西洋哲学科首席の優秀な頭脳そのままの鋭利な刃物のような人物と恐れられていた。

両者の対立が深刻な時代なればこそのプロテスタント批判だったが、昨夜の上条は手に入る限りの馳走を司祭館の客間に並べ、宗教と医学は切り離しておこうと穏やかに笑っただけという。そこで井上もすっかり打ち解け、医学の話で熱く盛り上がったという訳だ。

「哲学がご専門の神父様が、海外から取り寄せた医学書を、あれほどに読みこなしておられるとは。完全に一本取られましたよ」

照れ臭そうに笑う井上に、スミの胸も知らず温かなものに包まれていく。

しかし、この病に治療法はなく、感染者を隔離して自然消滅を待つだけとの無情な現実を思い起こせば、緩《ゆる》み掛けた頬を再び引き締めざるを得ない。

政府主導の癩撲滅《らいぼくめつ》運動が拡がりを見せるにつれ、本人もそれと気付かず見過ごされてきた子供の患者が次々と炙《あぶ》り出され癩病院へ収容されているのだ。生まれた村しか知らぬ年端《としは》も行かぬ子らが、癩病院という世間と切り離された狭い世界に閉じ込められ、そこで生涯を終える運命と思えば遣り切れなさに胸が潰れる。

だったら、いいえ、だからこそ。私達はここを彼らの天国にすべきなのだわ。

気重な胸に言い聞かせ、スミはそっと天を仰ぐ。

地震で枯れた古井戸を復活させた上条は、続いて水を溜めておく貯水タンクの募金を始めた。だが聖橋の架橋資金を募ったばかりでは捗々《はかばか》しくない。タンクは着々と完成に近付いており、空っぽの金庫を前に幹事は頭を抱えていた。すると上条は、ある篤志家《とくしか》からの寄付ですと、支払い金額と同じ百円の小切手をにこやかに差し出して見せたのだ。

いくらなんでも、そんな都合の良い話があるものだろうか。

神のお計らいに感謝ですと満足げな上条に、スミはそっと首を傾げたものだ。

かつて病院が苦しい時代、ビクトル神父はフランス本国の姪《めい》にこっそり私財を処分させ患者達の生活を支えていた。上条も今回それと同じことをしたのではあるまいか。とそう考えると、スミの胸はすうーっと軽くなったのだ。

最初に聞いたときはとても正気とは思えなかった上条の改善計画を、だから今のスミは全く疑っていない。この人なら、大丈夫。この病院を必ず素晴らしい所にしてくれる。だから私達は、神父様を信じて黙って付いていけばいいのだと。

ね、頼子さん、そうでしょ。

そっと胸の奥へ呟けば、空の彼方で頼子が微笑んでいる気がした。

「婦長さん、お電話ですが」

呼ばれてスミは、職員宿舎一階の食堂テーブルから顔を上げた。五分刈りの頭も初々しい青年薬剤師はこの春から職員に加わった新顔で、年若い看護婦三人も含め天生院の医療職員はこれで五人となった。看護婦が増えたおかげで深夜の見回りも当番制になり、スミも宿直以外はぐっすり眠れるようになったのだ。

「はい、今出ます」

食べかけのお昼をそのままに、スミは急いで椅子《いす》から腰を上げる。外からの電話は司祭館の親機から必要に応じて院内各所の子機に切り換える仕組みだが、先に受話器を上げておかないと切れてしまうのだ。

聖橋《ひじりばし》によって天生院の新たな玄関口となった司祭館は、かつての書斎を広々した応接室に改装され、幹事の事務室が隣に設けられた。従ってたいてい幹事が電話を取り次ぐが、今日はたまたま薬剤師が近くを通り掛かったのだろう。

食堂の一郭の電話台の前に立ち、スミは黒光りする受話器を耳に当てる。そのまま暫《しばら》く待っているとぷすりと小さな音がして、電話が繋がった。

「もしもし、……はい私です」

東京からとは信じられない近さで上条の声が耳に届き、ふいに心臓がどきんと鳴った。

《実はこちらの用事が長引いて、今夜は戻れそうにないのです》

そうですかと落ち着いた声音《こわね》を返しつつ、スミは神経を耳元に集中する。いつになく早い胸の鼓動が気になって、そうしないと用件が上の空になりそうだった。

《明日は朝から子供を迎えに行く予定だったのですが、これでは難しい》

私の都合で申し訳ないがと言葉を切ってから、それまでの事務的な口調とは異なる砕《くだ》けた調子で上条は、

《ここは是非、貴女のお力を借りようと考えた次第です。患者は十歳の少女だし、貴女の方が打ち解けやすいかもしれない。どうです、引き受けてもらえませんか》

引き受けるも何も、院長が行けと言うなら断れる道理などない。けれどそれを承知で命令でなくお願いという形で、スミを尊重してくれる上条の気遣いが嬉しかった。

「それは、もちろんですが……」

小さく頷きながら、しかしスミは思案顔に眉根を寄せる。

「その子は、汽車で連れてくることになりますか」
スミ自身ここへ来るときは客車を一両貸し切って隔離されてきた。が、それは特別な贅沢《ぜいたく》で、感染者の多くは家畜用の貨物車両に長い時間押し込められて運ばれると聞いた。途中で便所へ行く自由もなく、排泄《はいせつ》をバケツで処理させられるような劣悪な状態だそうだ。それを思うと気が重く沈んだ声音に問うと、
《いや、私の車を今夜そちらに向かわせます。場所は運転手に説明しておきますから》
上条は軽い調子で応じ、
《両親が亡くなって引き取り手のない子だそうです。どうしたものかと村長が助役《じょやく》に相談したところ、その人がカトリックの信者でこちらに入院を打診してきたのです。明日はその助役さんが子供の家まで案内してくれます》
再び事務的な口調に戻って言うと、それじゃと電話を切り掛けた。しかし、
《ああ、そうそう。岡本君の様子はどうですか。婦長のお眼鏡に適《かな》うといいのですが》
冗談めかして薬剤師の様子を尋《たず》ねてくる。
「嫌ですわ。まるで私が意地悪をするみたいな仰《おつしや》りよう」
上条の砕けた調子に合わせ、スミも拗《す》ねたふりに憤慨して見せる。
《ははっ、これは失敬。しかしせっかく田舎に来てくれた人だ。居ついてくれるよう願いたいものです》
「はい。私の方でも気をつけて目を配るようにしますから」
岡本は上条の奨学金により資格を得た薬剤師で、他に医学部の学生にも上条は奨学金を支給

していた。岡本は卒業後、約束通り天生院の薬剤師となったが、公立の癩病院で研修中の医学生は、申し訳なさそうに天生院への奉職《ほうしょく》を断わってきた。辺鄙《へんぴ》な土地のちっぽけな私立癩病院へ赴くに当たっては、彼の中にも葛藤があったに違いない。

「それにしても、今のこの病院をビクトル神父様がご覧になられましたら」

何と言って喜ぶだろうと、続く言葉をスミは小さな溜息に呑み込む。

専属医の確保こそまだ叶《かな》わぬものの、上条の努力で看護婦と薬剤師は揃った。御殿場の開業医は息子の代に替わったが、変わらず週二回往診に足を運んでくれている。その上、東京から月一度は眼科と歯科の出張診療もあり、ビクトル神父の時代とは比べものにならない進歩だった。

「でも神父様、私達の為に余りご無理をなさらないでくださいね。少しは、ご自分のお身体のことも考えませんと」

神学校講師の仕事を抱えつつ出版物の執筆や講演活動で全国を飛び回る上条は、相変わらず天生院と東京を二三日置きに往復する落ち着かぬ生活だった。その多忙な中で、職員の確保や病舎の増改築、職員宿舎の建設など例の計画を着々と実行に移している。その細い身体のどこにそんな胆力がと驚く一方で、スミは上条の健康が気懸《きが》かりだった。

スミより八年年長の上条は既に四十の坂を越えており、じき半ばに差し掛かろうとしているのだ。頻繁な移動の足にと自動車を買い求め自ら運転を習おうとした上条に、車中少しでも休息が取れるよう運転手を雇うよう勧めたのはスミだった。

「神父様に何かあったら患者達が哀しみますわ」

控え目に懸念を伝えると、上条は愉快そうに笑い、

《ははっ、実は皆さんに隠れて精の付くものを食べているんですよ。婦長こそたまに葡萄酒でも呑んでみたら如何《いかが》ですか。精が付くと女性には評判らしいですよ》

愉快そうにスミをからかって、電話はふつりと切れた。

天生院では年に数度の祝祭日以外飲酒は禁止だが、台所から黙ってくすねる者も中にはいる。そうした患者を寛大に目溢《めこぼ》しする上条に、スミは一度苦言を呈《てい》したことがある。我慢《がまん》できない頭痛や神経痛を紛らわす為の、それは患者達の苦肉の策だったが、自身酒を嗜《たしな》まないスミには他の患者との公平性に欠ける気がして黙っていられなかった。

スミのその融通のきかない性分を上条は酒嫌いのせいと決め、時折こうして揚げ足の材料にしてくるのだ。面と向かってはけしてこんな砕けた口を利《き》かない上条だが、電話でなら時折冗談《じょうだん》も言いスミをからかったりもする。数カ月に一度あるかなきか。時間にすればほんの数分でしかない上条からの電話が、スミにはこっそりと待ち遠しい。

弾んだ呼吸を整えた後、スミは冷めた昼食を済ませに再び食堂テーブルへ足を向ける。

先頃完成したこの陽当たりの良い職員宿舎の二階に、スミは専用の居室を一つ与えられ、患者棟の端の自室から少しずつ荷物を運び引っ越しを済ませたところだった。

患者としてここへ来てから十年少々暮らした慎《つつ》ましい離れ家は、スミの運命を哀れんだ親戚が自費で建て寄付してくれた建物だが、今回与えられた一室と引き替えにスミはそれを病院へ差し出し、以後は重病室として使われることになっている。

夜半の雨が明け方に上り、村の砂利《じゃり》道はもう乾いている。なのに村外れに建つその家へ向かう土の道は、まだ泥だらけにぬかるんでおり、深い水溜まりにタイヤを取られぬよう運転手は歩くほどの速度でのろのろ進む。やっと目指す家の近くに車を止めたが、そこからは車の入れぬ細道を歩いて登るしかないようだった。

こんなことなら農作業用のゴム長を履《は》いてくるのだった。滑りやすい革靴を後悔しつつ、スミはぬかるむ坂道を注意深く登る。村外れの北向きの斜面へ肩を寄せ合う家々はどれも頼りなく小さく、けれどその僅かな集落からも外れてぽつんと佇《たたず》むそれは、家というよりまるで物置小屋だった。

壁のトタンは錆《さ》びて剥《は》がれ、湿気のせいで土台が腐っているのか小屋全体が斜めに傾《か》しいでいる。染みだらけの雨戸は反り返ったままぴたりと閉じられ、この朽ちかけた小屋に人が住んでいるとは俄かに信じられない。訝《いぶか》しく首を傾げるスミの後ろで、しかし白髪の助役は間違いなくここで十歳の少女が寝起きしていると請《う》け合う。

ならばと意を決し、スミは玄関らしき歪んだ扉に手を掛けた。どうせすんなり開くまいと力を入れたが扉はびくともしない。後ろから助役も一緒に手を添えて、乱暴に戸を揺するがやはり開かない。ごめんください。大声に扉を拳で叩いても、やはり中からは何の反応もなかった。

留守でしょうかと振り向いたスミに、そんなはずはと助役は眉を顰め、横手へ回って今度は歪んだ雨戸を叩き始めた。風雨に傷《いた》んでいた雨戸がすると呆気なく外れ、暫しの躊躇《ちゅうちょ》の後に泥だらけの長靴を脱いだ助役が、埃《ほこり》だらけの縁側へ靴下で上がり込む。続いてスミも注意深く縁側へ上がり、しかし中には一点の明かりもないのだ。

おかしいですなあ。小声に呟きつつ、助役は目の前の破れ障子《しょうじ》を力任せに開けた。そこであっと声を上げ、気味悪そうにスミを振り返る。はっとしたスミが慌てて助役を押し退けると、少女が倒れていた。着物は勿論、周りのささくれた畳も血だらけで、傍らに錆びた鯵《あじ》切りが一本転がっていた。

血の気のないその顔に、スミは急いで耳を寄せる。あっ、まだ微《かす》かに息がある。傷は首に一カ所だけで急所を外れたようだ。気味悪げに突っ立っている助役へ運転手を呼ぶよう頼むと、スミは少女の着物の袖を裂いて血だらけの首をそっと縛《しば》った。木枯らしの季節というのに少女は継《つ》ぎ接《は》ぎだらけの薄い単衣《ひとえ》一枚だった。

運転手と戻った助役に近くの病院を尋《たず》ねるが、この田舎にそんなものはねえさと助役は首を振るばかり。その含みある言い方に彼の言わんとするところを察し、スミはこのまま天生院へ連れ帰ると決めた。

例えそれが瀕《ひん》死の怪我人であろうとも、一般の医療機関に癩患者を受け入れてもらうのは難しい。この近くでは応急手当さえ叶わないのが現実で、天生院へ電話を入れておいてもらえるように頼んで、スミは運転手と共に急いで車に向かう。運転手に抱えられぐったりと目を閉じた少女の顔は、紙のように白くあどけなかった。

痩せた少女の身体を後部座席に横たえ、頭をそっと膝《ひざ》に乗せる。車の揺れで傷口が開かぬようしっかりと首を押さえつつ、早く早くとひたすら祈る。もちろん運転手も極力急いでくれているのだが、でこぼこの続く砂利道にスピードはなかなか上がらない。蒼白なその頬を見つめつつ、この子は助からない方が幸せかもしれないとスミはふと思った。

両の眉が抜け落ちている他は、子供ながらに端正《たんせい》な顔だちで成長すればさぞ美しい娘になるだろうと思われる。但し、無事に成長すればの話だ。日々崩れゆく自分の顔を鏡に写し嘆き哀しむ患者の姿は嫌というほど目にしてきた。これから娘盛りを迎える少女には耐え難い苦痛に違いなく、どうして死なせてくれなかったと恨まれるかもしれない。

いいえ、それでも。生きてさえいれば、きっといいことがあるわ。

気重な胸に言い聞かせ、スミは少女の痩《や》せた掌にそっと自分の手を重ねる。

すっかり日の暮れた天生院では、御殿場から駆けつけた開業医と上条が今か今かと待ち受けていた。急いで治療室へ運び、手当を終えた医師は上条へ小さく頷いて頬を弛《ゆる》める。子供の力弱さと包丁の錆びが幸いし、どうやら命に別状はなさそうだった。

それからひと月もすると少女は重病室のベットに半身を起こせるようになり、スミはやれやれと胸をなで下ろす。しかし看護婦が何を話し掛けても、少女は何も答えない。喉に問題がないことは御殿場の医師が保障してくれており、しかし栄養状態が良くなり一般病舎に移ってからも、少女は貝のように黙りこくったままだった。

学齢の子供には院内に学校が用意されており、元教師の患者が教鞭《きょうべん》を取っている。けれど少女は学校に行こうとせず、同室の女達が患者作業に出払った部屋の片隅で子猫のようにうずくまっているばかり。見兼《みか》ねたスミは少女を治療室に連れてきて、部屋の掃除をさせた。掃除が済んだら器具の消毒や包帯の巻き直しなどを、手を取って教えた。

そうして一緒に手を動かしながら、傍《かたわ》らで独り言のように淡々と言葉を洩らす。

「私もね、自分がこの病《やまい》だと知った時、死のうと思ったのよ。親戚に黙ってここへ連れてこられて、周りを見れば恐ろしい顔や姿の人達ばかりで。自分も何時《いつ》かああなると思えば本当に恐ろしかった」

「…………」

「死に場所を探して、ふらふらと森を歩き回ったわ。私のお祖母様《ばあ》は武家の出で、それはそれは気丈な人だったから。お前も武士の娘なら見苦しい姿は人に晒《さら》すでないぞと、幼い頃から何度も言われて育ったの」

七歳の時に両親が離婚し、親戚の家で祖母に育てられたことを簡単に話してからスミは、

「だけど私は、女学校時代にプロテスタントの洗礼を受けていたから。自ら命を絶つことは神のご計画に背《そむ》くことで、いけないことなのです。自分の身にどんな理不尽なことが起こっても、それは全て神の遠大なご計画なのだから文句を言わずに受け入れるべきではないのかと、ヨブ記を思い返しながら毎日悩んでいたの」

そこでちらりと隣を窺《うかが》うが、手元に目を落としたまま少女は顔を上げない。

「私と同室になった患者さんにね、アメリカで修道女を目指していた人がいたの。少しずつ崩れる自分の手足や顔が恐ろしくないはずはないのに。彼女はそれを嘆《なげ》かず、目の見えない人に故郷の便りを読んであげたり、曲がらなくなった両手に筆を挟んで手紙の代筆をしていたわ。それを見て、私は死のうとしている自分が恥ずかしくなってしまった」

頼子だけでなく、他の先輩患者の前向きで明るい生き方にもスミは多くを教えられた。そして勿論《もちろん》、患者を我が子と呼んで慈《いつく》しんだ碧《あお》い目の老神父にも大きく生きる勇気を与えられた。

「もしもここで、その人や偉大な神父様に出会わなければ今の私はなかったわ。だからせめてもの恩返しに、こうして患者さんのお世話をさせてもらっているの。生きていれば毎日色々なことがあって、どうしようもなく悲しくて、死んでしまった方が楽だと思うことだって時々はあるわ」

　そこで小さく眉を顰《ひそ》め、スミはそっと溜息。

「でもね、昔から言うでしょ。苦あれば楽ありって。生きてさえいれば、何時かきっと良いことがある。私は今、しみじみとそう思っているの」

　あの天地がひっくり返ったかの驚愕《きょうがく》と絶望の日々が、今上条の元で過ごすこの充実した日々に繋がっているのだと改めて感慨《かんがい》深く思い返しつつ、

「だからミチ子ちゃんにもね、何時か必ず良いことがある。私はそう信じているわ」

　少女の名を呼んでそっと笑い掛けると、ミチ子は頑《かたく》なに俯いていた顔を一度だけ小さく上げた。けれど直ぐに困ったよう視線を逸らし、再び顎《あご》を俯《うつむ》ける。それからは呼びかけても一切反応はなく、相変わらず貝のように黙り込んだままだった。


「この病院はね、先代の院長様と同じ船で来日したフランス人の神父様が、明治二十二年に始めた日本初の癩病院なのよ。当時の日本は癩者に石を投げたり、食べ物も与えず放置したりとそれはそれは酷《ひど》いものでした。布教に歩いた沢山の場所で度々それを目にした神父様は、ここに癩者の安住の地を創《つく》ろうと決心なさったの」

相変わらずうんともすんとも言葉を発しようとしないミチ子に、それでもスミは治療室での作業の合間に根気よく言葉を掛け続ける。

「神父様はフランスからの寄付を集めてこの病院を創られましたが、最初は地主に土地を売ってもらえなかったり、川下の農家の反対を受けたりと随分ご苦労されました。それでどうにか病院が形になった二年後に、若くして亡くなってしまったの」

「………」

「その後を継いだ二代目の神父様も、癩者には村の共同墓地を使わせないとか、癩病院が川上にあると水が汚れるとか言われて心労《しんろう》が絶えませんでした。今私達が使っている井戸は、その二代目の神父様が苦心の末に掘ってくださったものなのよ。他にも色々なご苦労が重なって二代目の神父様も若くして亡くなってしまいました」

そこで言葉を切って、スミは小さく眉根を寄せる。日本人の癩者を救おうと、遠いフランスから来た神父様達がご苦労しているのに、同じ日本人がその神父様を苦しめるとは何と理不尽《りふじん》なことかと、話していても胸が苦しくなるのだ。

「そしてその後が、先代のビクトル神父様なの。先々代と同期だから既にご高齢でしたけど、ビクトル神父様は喜んで院長を引き受けて、ご自分がフランスで相続した遺産を切り売りして病院を支えてくださいました。ヨーロッパで大きな戦争があったせいで、本国の寄付が集まらなくなっていたのです」

「………」

「私がここに来たのはビクトル神父様が院長になられた翌年の大正八年よ。一年程患者として過ごした後で、神父様から貴女は違うようだと言われたの。精密検査を受けてみたら癩でないことが分かったけど、親戚は喜んでくれなかったわ。癩であろうとなかろうと、私が癩病院帰りと知れたら、親戚達も世間から爪弾《つまはじ》きにされると怖がっていたから」

そこでミチ子の肩がぴくりと震えた。何か言うかと待ってみたが言葉はなく、スミは静かに先を続ける。

「これからどうしたらいいのか私は途方に暮れたわ。神父様は姪に手紙を書くからフランスに行きなさいと仰《おつしや》ってくださった。日本では私の生きる場所がないことを良く御存じのようでした。でもその有り難い申し出を私はお断りしたの。そして、ここで神父様の一助となって働かせてくださいとお願いしたのです」

頑《かたく》なに俯いたきりだったミチ子が、そこで驚いたように顔を上げた。

「検査をしてくださった大学の先生はね、癩に非《あら》ずという証明書を私に渡してくださいました。それを持って喜んで伯父の家を訪ねたけど、待っていたのは迷惑そうな顔ばかり。戻っても誰も喜んでくれないと分かって、背筋がすうっと冷たくなった。そして逆にここで触れ合った患者さん達や神父様の温かさが骨身に沁みたの」

食い入るようにこちらを見つめる澄んだ瞳に向けて、スミは澱《よど》みなく言葉を続ける。

「ビクトル神父様は患者を我が子と呼び、一つの大きな家族のように暮らしていました。それはとても平和で穏やかな毎日ですが、医療面では余り恵まれていなかったの。そこで私は医者になろうと決心しましたが、神父様は既に七十歳を越えるご高齢でしたから。資格を取るのに六年も掛かる医師を諦《あきら》め、看護婦になることにしたのです」

そこまで言って軽く微笑《ほほえ》むと、ミチ子も小さく笑い返してきた。そしてこの日を境に、臆病な貝が用心しながらもそおっと口を開くよう、少女はぽつりぽつりと生い立ちを語り始めたのだ。

中村ミチ子の両親は山梨の在の生まれで、農業と炭焼きで生計を立てており、生活はけして楽でなかったが懸命に働けば食べるには困らなかったらしい。しかしミチ子が三歳のとき、丈夫で働き者だった父親に突然癩の症状が現れたという。

病の発覚を恐れた両親は高価な売薬に縋《すが》りついたが、薬は何の効果もなくやがて父親は失明。僅かな蓄えを使い果たした上に炭焼き仕事も出来なくなってしまった。狭い畑を母親が耕しても一家三人食べるにやっと。ミチ子の着物は接ぎ当てだらけで下駄もちびてぼろぼろだが、どんなにせがんでも新しい物は買ってもらえなかった。

父親の発病当初、母親は離縁して戻るよう実家から言われたが、病気の夫と子供を置き去りには出来ないと親や兄の言いつけに背《そむ》いた。すると怒った実家から縁を切られ、どんなに困窮《こんきゅう》しても一切の援助は望めない状態だった。

ミチ子も母親を助けて懸命に看病したが父親の病勢はいよいよ重《おも》り、二人が枕元で見守る中、苦しみぬいて遂に息を引き取った。ミチ子が九歳の時だ。形ばかりの葬式に親戚は誰も姿を見せず、近所の者数人が訪れただけだった。

父親の看病で借りた僅かな金を返す為、母親は近所の農家の雇われ仕事もこなすようになった。そうして必死に働いていたある日、ミチ子の顔が異様に光っているのに気が付いたのだ。着物を脱がせ調べてみると、股《もも》の辺りに赤い斑紋《はんもん》が見つかった。この子も同じ病に冒《おか》されている。母親は愕然《がくぜん》としたが、もう売薬に頼る金などどこにもない。

それから間もないある夜、今度は母親が突然高熱を発した。医者に診せる金も儘《まま》ならず子供のミチ子がただおろおろしているうちに、母親は重湯《おもゆ》さえ喉を通らなくなり寝ついてからひと月後に亡くなった。

あまりのことに呆然《ぼうぜん》と座り込んでいるだけのミチ子を気の毒がって、近所の者が葬式の世話だけはしてくれた。母親の親戚は顔を見せたが、ミチ子には見向きもせずにさっさと帰っていった。眉が抜け落ちている様子からミチ子の病を悟《さと》り、関わるまいとしたのだろう。残されたミチ子を心配した近所の者が、そこで村長に相談したという訳だ。

「だって、おら、お母《かあ》に聞いたんだ。もしもお父《とう》の病が人に知れたら、お巡《まわ》りが来て犬ころみたいに棒でこずいて、お父を連れていくんだって。そいで療養所に入れられて、注射で殺されてしまうんだって」

当時の癩患者の収容は、役人や警官が大勢で家に押しかけ、家そのものや患者の歩いた後へこれでもかと消毒薬を振りかけるなど必要以上に大げさだった。病人を出した家はまるで犯罪者のよう村八分《むらはちぶ》にされ、お国の役に立たない癩者を放り込んで殺してしまう所が癩病院と恐ろしい噂《うわさ》も囁《ささや》かれていた。

「だからお母は、ずっと苦労して家でお父を看病してきたんだ。けんど癩病院がこんないいとこだと知ってれば、お母まで死なないで済んだかもしれねえな」

途切れ途切れに長い時間を掛けて少しずつ自分の身の上を話し終えた後、ミチ子は重たい口調でこう告げた。そして泣きそうな顔でスミを見上げると、零《こぼ》れそうな涙を健気に堪《こら》えつつ唇をきゅっと引き結んで見せたのだ。

二　棄《す》てられて

絶対に違う。こんなはずはねえ。

小走りに父の背中を追いながら、賢三《けんぞう》の胸は不安に震えている。

だって東京には、おらが見たこともねえようなでっかい建物が沢山あると聞いた。駅だって、さっきのはおらの田舎と違わねえくれえ小さくて寂《さび》しかった。おまけにこの道はどんどん頼りなく狭くなっていく。

「ねえ、父ちゃんどこ行くの」

呼びかけても返事はなく、父親は険《けわ》しい顔でずんずん先へ行く。膨《ふく》らむ不安に潰されそうになりながら、それでも賢三は歯を食いしばって父の後を追う。

疎《まば》らな建物はすぐに見えなくなり、道は徐々に勾配《こうばい》を付けながら山の奥へと向かっていくようだ。雨の掘った深い溝がくっきり浮きでた急坂はぬかるんでおり、足を滑らせて転ばぬよう賢三は全身に力を入れて慎重に足を運ぶ。

鬱蒼《うっそう》と生い茂る木立の向こうに、やがて厳《いか》めしい大きな門が見えてきた。石造りの巨大な門は壁のような高い塀に囲まれており、厚い鉄の扉がぴたりと閉じられている。そのおどろおどろしい威圧感に怖《お》じけて足を止めた賢三を振り返り、父親が怒ったように告げた。

「おめえはこれから、病院さ行くがんだ」

「嫌だ、行ぎたくねえ」

逃げ出そうとした賢三の手を引っ掴み、父親は強引に石門の前へ引きずっていく。分厚い鉄扉の横に切られた潜り《くぐ》戸へ近づき、その手前の番小屋へ頭を下げると、顔を確かめただけで潜り戸の扉が開き中へ通された。父親は門番と顔見知りのようだった。

「学校が夏休みさ入《へえ》ったら、姉ちゃんのとこさ連れてってやる」

父親にこう言われて賢三は楽しみにその日を待った。光枝《みつえ》は具合が悪いすけ、東京の病院さ入れた。いつか母親が親戚にこう話すのを、ちらりと耳に挟んだことがあるからだ。新潟の片田舎の小学校には東京へ行ったことのある者など一人もいない。帰ったらうんと友達に自慢してやろう。わくわくしながら賢三は、今朝早く父親に連れられ家を出たのだ。

ところが、その賢三を次兄が追掛けてきて耳元で意地悪げに告げた。おめは東京なんか行かねえ、これから山奥の病院さ行ぐんだぞと。そんなのは嘘《うそ》に決まってる。自分は行けねんで嫌がらせだあ。と賢三は気に止めずにいたが、やっぱりあれは本当だったのだ。父親に騙《だま》された悔しさと塀に囲まれた病院の陰気な恐ろしさに、賢三の目には涙が滲《にじ》む。

「父ちゃんの嘘つき。東京さ行くってから、おら」

泣きながら嫌々をする賢三を、父親は消毒薬の臭いが強烈に鼻を突く大きな建物に連れていき、ずらりと並んだ長椅子の一つに座らせた。

怖いもの見たさで周りの様子をそっと窺《うかが》うと、薄汚れた着物を纏《まと》って長椅子に座っている男達には一様に眉がなかった。どす黒い出来物で鬼のように顔が腫《は》れている者や、真っ白い目玉を剥《む》いた盲人も居た。盲人には腐って落ちたように鼻がなく、首の下の小さな布切れを押えては獣《けもの》が呻《うめ》くような不気味な声で喋《しゃべ》るのだ。

「大丈夫だ、直ぐ治る。光枝姉ちゃんもここに居るすけ、なんも心配ねえ」

怖がる賢三を落ち着かせようとしてか、父親が小声に話し掛けてくる。だが賢三は周りの男達のこの世の者とも思われぬ面相が恐ろしく、泣くのも忘れガタガタと歯の根を震わせていた。ああ、こんなとこにいたくねえ。もう、早く家に帰りてえ。頭の中でひたすら念じていると、随分《ずいぶん》長く待たされた後にやっと順番が来て賢三の名が呼ばれた。

「まあ、三年も治療すれば治るでしょう」

裸にして賢三の身体を調べた後、医者らしき太った男は面倒《めんどう》臭そうに父親へこう告げた。それを聞いた瞬間、拳骨《げんこつ》でガツンと頭を殴《なぐ》られたような衝撃が全身に走った。そんなの嘘だ。おらは絶対に病気なんかじゃねえ。胸の奥で大声に叫びながらも、絶望で目の前が真っ暗になる。診察が終われば家に帰れる。だからあと少しの辛抱《しんぼう》と怖《お》じける自分に言い聞かせ、母親の暖かな胸を思い描いては必死に恐怖に堪《た》えてきたのだ。なのに、なのに……。瞼の裏の母がぼんやりと遠ざかり、そこで再び泣きだした賢三を、父親は引きずるように姉のいる女子寮へと引っ張っていく。

「賢三、良く来たな」

四つ歳上の姉光枝は嬉しそうに二人を迎え、畳の擦《す》り切れた汚い部屋へ上がれと言った。構わんでくれと父親は首を振り、賢三だけが火のない囲炉裏《いろり》の側へ座った。そこで同室の年寄りに何か話し掛けられているうちに、いつの間に父の姿が見えなくなっていたのだ。賢三は慌てて姉の部屋を飛び出し、父の背中を捜《さが》して広い療養所を無茶苦茶に走った。だがどこまで行っても父の姿は見つからない。

それでも泣きながら走り回っている賢三を、係の患者がつかまえて男子寮へ連れてきてくれた。日当りの悪い斜面の一郭へ平屋の粗末な小屋が並んでおり、賢三が入ることになったのは、中でも一段と薄汚い旭舎《あさひ》と書かれた寮だった。

建物の中は暗くてよく見えないが、狭い廊下の両側へ向かい合わせに部屋が四つ並んでいるようだ。賢三の部屋は右奥の三号室と教えられた。同室患者は四十年配の大人が二人と、林という青年、そして賢三より二つ歳上の和也《かずや》という少年だった。寮では六畳間に四人が寝起きしていたが、賢三が加わったことで三号室だけは五人となった。

「坊《ぼう》は家で美味《うま》いおまんまをたらふく食ってたから、ここの飯は口に合わねえか」

出された晩飯に手を付けようとしない賢三を、大人達はにやにやしながらからかう。

押し麦の間に僅《わず》かばかり米が覗く療養所の飯は、家で食べていた米の飯とは違う変な匂いがした。けれどその噎《む》せ返りそうな異臭より、何処とも知らぬ辺鄙《へんぴ》な山奥の恐ろしげな顔をした男達の間に、たった独り放り出された不安と衝撃《しょうげき》で賢三は飯どころでなかった。

晩飯が終わると大人達にけしかけられ、賢三は部屋で和也少年と相撲を取らされた。十四歳にしては小柄な彼の背丈は賢三とさほど変わらない。しかし流石に力は強く賢三はころりと負かされてしまった。晩飯を抜かしたので力が出なかったとも言える。

今日から、ここで寝るのか……。

消灯時間となり、擦り切れて藁床《わらどこ》が覗くぼろぼろの畳にぞっとしながら、賢三は支給された薄汚い蒲団を敷いた。するとまたも大人達がどっと笑う。蚤《のみ》の襲撃《しゅうげき》を避けるため夜は押し入れに丸まって寝るのだと和也少年が教えてくれた。煤《すす》けて真っ黒な障子《しょうじ》は骨だけに破れ果てており、夏は涼しそうだが冬の寒風を思うと気が滅入《めい》った。

押し入れでさんざん蚤に食われ目覚めた翌朝、賢三は改めて療養所の汚さと酷さに仰天した。食事は昨晩と同じ麦飯と腐った野菜の浮いた汁だけだが、汁の入った鍋にはぱんぱんに腹を膨らませた鼠《ねずみ》の土左衛門《どざえもん》が浮いているのだ。それを慣れた手つきで摘《つま》み出し、林青年は平気な顔で各自の碗へと注いでいく。

土地の豪農《ごうのう》の家に育った賢三は、とてもその食事を口にする気になれなかった。が、そこは育ち盛りの子供だ。そうして三日も食わずにいると、猛烈に腹が減ってきた。仕方なく和也と並んで火のない囲炉裏の側に座り、不味《まず》そうな麦飯を恐る恐る口に運んだ。ムッと鼻を突く異臭や時折鼠の浮いている汁にも、耐え難い空腹からやがて慣れてしまった。

だがそれだけでは到底空腹を満たすに足りず、栄養も充分でない。他に何か食えそうなものがないかと、大人達の真似をして森をうろついてみたが、不慣れな賢三には何も見付けられなかった。畜生、家でならたらふく米の飯が食えるのに。水を飲んで膨らませた空きっ腹に、毎日たらふく銀舎利《ぎんしゃり》を食らっている兄達への恨みがましさが募《つの》った。

賢三は五人兄姉の三男坊で五歳下の妹と四歳上の姉、更にその上に兄が二人いる。兄はどちらも意地悪で特にしょっちゅう手を出す次兄《じけい》が賢三は大嫌いだった。あの兄達がのうのうと家で暮らしてるのに、なんで俺と姉ちゃんがこんな目に。

悔しさに歯ぎしりして拳を握れば、日頃長兄《ちょうけい》ばかりを贔屓《ひいき》にする父親への怒りが改めてふつふつと胸に滾《たぎ》る。「達者でな」も「それじゃあ」もなく姉の寮へ賢三を置き去りにした父親は、それきり面会にも現れず、何時まで辛抱すれば迎えに来るでもなかった。

「あの高い煙突が焼き場で、そっちの低いのが風呂場。それからあっちが注射だよ」

広い療養所内を和也の案内で見て回っていた賢三は、注射の意味が分からずエッと問い返した。あそこで週三回大風子油《たいふうしゆ》の注射を受けられるんだと、和也は応じ、

「今度一緒に連れてってやるよ。だけど、すごおく痛いんだぞ」

そこでさも恐ろしげに、大きく顔を顰《しか》めて見せる。

「うん、有り難う。でも、注射なら、おら平気だよ」

幼い頃から病弱だった賢三は医者から注射を打たれたことがあり、その痛みなら知っている。確かに少しちくっとはするがそれだけだ。臆病な和也を心の中で笑ったが、直ぐにそれが大袈裟《おおげさ》でも何でもないことを思い知らされた。

「ええっ、あれを打つのか」

長かった列が徐々に短くなり自分の順番が近付くと、前の者が受けている注射の様子が見えてくる。賢三が良く知る注射器とは似ても似付かず、その針は馬にでも射すそれのように太かった。粘着性《ねんちやく》のある油液を臀部《でんぶ》の筋肉へ注入するのだから当然激痛《げきつう》も伴う。大人でも歯を食いしばり脂汗を絞る様子からその痛みが想像され、賢三は忽ち《たちま》怖じけた。

うわっ、ありゃ駄目だ。心の中で悲鳴を上げ、その場から逃げ出そうとした賢三の着物の袖《そで》を、しかし前列の和也が振り向きざまにはっしと掴んだ。

「おらだって嫌だけど、早く家に帰りたいべ」

だから我慢《がまん》して受けようやと言われ、仕方なく賢三は寝台に腹這《はらば》って看護婦の前に尻を出した。目を瞑《つむ》って耐え難い痛みに歯を食いしばり、終わった時には涙ぐんでいた。そうしてやっとの思いに部屋へ戻ったが、尻の痛みはなかなか退かない。和也に見てもらうと賢三の尻は赤黒く腫《は》れ上がっているという。

大風子油の注射はうまく筋肉で散らずに化膿《かのう》することも多く、化膿した患者の尻を医者は麻酔も使わずメスで切り開くと聞かされた。そしてエイヒと呼ばれる耳搔き状の金属棒で、固まった油と一緒に尻の肉を容赦《ようしゃ》なく抉《えぐ》り取るのだと。その痛みは当然注射の比ではなく、脂汗と涙を絞った後も醜い傷が一生残ることになる。

「嫌だ。おら、エイヒなんか絶対にしたくねえ」

臆病な賢三は注射の痕《あと》が腫れるたび、化膿したらどうしようと恐ろしかった。エイヒの洗礼から逃れたい一心で、部屋に戻ると欠かさず濡れ手拭いで尻を冷やした。そのおかげか何とか化膿を免れていたが、それでも家に帰りたい気持ちが強く週三回の注射には欠かさず通った。そうしてあっという間に夏が終わり、九月になると学校が始まった。

学校とは言うが正式なものでなく、教員経験のある患者が小学校程度の読み書き算盤《そろばん》を教えるだけだ。あの厳《いか》めしい石門から僅《わず》かに離れた敷地外の山の斜面に、木造の小さな建物がぽつんと建っており、賢三と和也は毎朝連れ立ってそこへ通った。

生徒は賢三のような子供から、上は三十過ぎの大人までさまざまな顔が並ぶ。癩患者はろくに教育を受けていない者が多く、同室の林青年も時々顔を見せた。木造校舎の裏手の斜面は傾《けい》斜《しゃ》が緩《ゆる》やかで、旭寮の建つ斜面より日当たりもずっと良い。山の恵も豊富で賢三と和也は学校などそっちのけで、栗拾いに夢中になった。

しかし山からの贈り物に有り難く飢えを凌《しの》げたのは、ほんの束の間。秋が深まり雪の気配が近付くと、山は裸木の立ち並ぶ不毛の地に一変した。目を皿にしても一粒の栗さえ見付けられず、それでも未練がましく山をうろつく二人を強烈な寒風が追い返す。そうして急速に冬の気配が近付く中、療養所では木炭運びの奉仕《ほうし》作業が始まったのだ。


奉仕作業は建て前自由参加だが、これに出ないと新しい長靴や衣服の支給が受けられない。冬は零下《れいか》二十度近くにもなる草津の山中で、劣化して先の割れた長靴や擦り切れた木綿の単衣《ひとえ》では、到底寒さを凌《しの》げない。だから誰もが競って奉仕作業に参加するのだ。元気な男達は勿《もち》論《ろん》、女も老人も盲人さえも。

「おい、お前らどこも不自由のない身体だべ。だったら炭背負《すみしょ》いぐらい出来るろう」

学校帰りに担任から咎《とが》めるように言われ、賢三と和也は子供ながらに奉仕作業へ向かうことにした。つづら折れの急峻《きゅうしゅん》な山道は雨に抉《えぐ》られた赤土が所々で深い溝を成しており、大人達は慣れた様子に大股でそれを飛び越えながらずんずん駆け下りていく。負けん気を出して遅れまいと後を追えば、たちまち賢三の膝《ひざ》が笑った。

そうして小一里も山道を下ると、やがて山間《やまあい》の小さな村に出た。村外れの倉庫に集められた大量の木炭を、療養所まで背負《せお》い上げるのが患者達の奉仕仕事らしい。

大人達の後ろで順番を待っていると、やがて重そうな炭俵が一俵、係の患者の手で背中に括り付けられた。ずしりと肩を噛む荒縄《なわ》の痛みに、賢三は思わず悲鳴を上げそうになった。危うくそれを呑み込み、よろよろと歩き出した賢三を周りの大人達がどっと笑う。

力仕事などしたことのない賢三には、十五キロの炭俵を担《かつ》いで歩くだけでも辛い。なのに今下ってきた急峻な山道を、これから登らねばならないのだ。下りで既《すで》に笑っている膝には、もう踏ん張る力が残っていない。それでも歯を食いしばり一歩一歩懸命に足を運んだ。たった一俵の炭俵に四苦八苦しているのは、しかし賢三ばかりではなかった。

大人でも力弱い老人や足の悪い者などは、急峻な登り坂に大きく喘《あえ》いでいる。転倒して四つんばいに涙を拭っている女も居る。賢三も幾度か転びそうになりながら、それでも半べそをかきかき療養所までの道を半ばまで登った。が、そこで遂に力尽きてしまった。

「駄目だ。おらもう歩けねえ」

よろけた拍子に足を滑らせ、立ち上がろうにも膝が言うことを聞かない。その場でめそめそ泣きだした賢三を小さく睨《にら》むと、和也は歯を食いしばったまま黙って先へ行く。顔見知りの大人達は、この子は口ばっかで何もできねえと聞こえよがしの悪口を浴びせて通り過ぎた。為《な》す術《すべ》もなく、そこで情けなくべそをかいていると、

「なんだ、おめ。六年生にもなって炭の一俵も背負《しょ》えねんか」

背負子《しょいこ》に二俵の炭俵を括りつけた林青年が、小馬鹿にした顔で賢三の横にぴたりと足を止めた。ふふんと意地悪げに笑いながらも、目の前にすいと片手を差し延べてくれた。

良かった、助け起こしてもらえる。

日頃は手厳《てきび》しい林青年のその思い掛けぬ親切が有り難く、喜んでその手に縋《すが》ろうと賢三が手を延べた刹那《せつな》。揶揄《やゆ》するようにさっとそれを引き、刺のある笑い声を残して彼は行ってしまった。悠々と坂道を登っていく背中を呆然と見送る賢三の中で、立ち上がろうとする最後の気力が枯れ萎《しぼ》んでいく。

しかし、それでも。

水捌《は》けが悪く所々ぬかるんだ急坂を、賢三は泣きながら四つんばいに這い登る。重たい炭俵を支える膝も肘《ひじ》も泥だらけで、擦りむいた傷がひりひり痛んだ。日の落ちた真っ暗な山路《やまみち》は急激に気温が下がり、寒さと空腹に震えが止まらない。立ち上がる力など一かけらも残っておらず、だが凍え死にたくなかったら這ってでも前に進むしかないのだ。

いやだぁーー。死にたくねぇーーー。

おら、こんなとこで死ぬのはぜってえ嫌だ。

涙と鼻水で顔をグシャグシャにしながら、それでも賢三は生きようとする気力だけで凍《こご》えた手足を懸命に動かす。背中の炭俵に押し潰されそうになりながら、それでも歯を食いしばって泥だらけの坂道を這い登る。泥手《どろて》で擦った目がしくしく痛み、手足はかじかんで言うことを聞かず、もう駄目だと諦《あきら》め掛けたその時。真っ暗な山の向こうに小さく明かりが見えてきたのだ。奉仕作業の最後の一人として、賢三はどうにか療養所へ辿り着くことが出来た。

とっくに時間を過ぎていたが、和也が賢三の分の飯を取って置いてくれた。冷えてぼろぼろの麦飯を腐った野菜の冷や汁で喉の奥へと啜《すす》り込みながら、賢三の目にはまたしても涙が浮かぶ。だがそれは先刻のめそめそした涙とは全く種類の異《こと》なるものだった。

途中で泣きだした自分の弱さが、まず恥ずかしく不甲斐なかった。そして大人達に役立たずと笑われたことが情けなく悔しかった。だからいつか必ず、今日馬鹿にした大人達を見返してやるんだと心に誓う悲壮な決意の涙であった。

やがて吹雪が山の裸木を白く凍りつかせ、膝まで雪に埋まる険しい山道で、それでも木炭運びは続けられた。大人達に笑われたくない一心で、賢三はそれからも度々炭背負いに出た。火の気のない日中の寮で燻《くすぶ》っているよりは、身体を動かしている方が少しは暖かいだろうとの思いも多少はあった。

炭背負いだけでなく、町から療養所までの道を確保する除雪作業や、職員宿舎に湯を引くための木管の敷設《ふせつ》作業、職員が使う薪ストーブ用の材木を山から切り出す重労働も全て患者による無償の奉仕作業だった。飢えと寒さに震えながら、患者達による過酷《かこく》な奉仕作業は雪の日も、風の日も黙々と続けられる。

そうして目も開いていられない吹雪が、山全体をごうごうと震わせて吹き荒れる一月の寒い日。炭俵を背に山道を登っていた賢三は、踏み固められた雪がかちかちに凍り付いた吹き曝《さら》しの急坂に足を滑らせ、斜面にぱくりと口を開けた谷底へ転落した。

怒鳴《どな》り声に、目覚めた。

もう朝かと壁の時計へ目をやると針は二時過ぎを指しており、ずらりとベットの並んだ重病室の明かりが皓々《こうこう》と点いている。ならば夜中だろうと、寝不足の朦朧《もうろう》とした頭で賢三はぼんやり考える。

　急坂から転落し雪だるまにもがいている賢三を、谷底から引き上げてくれたのは通り掛かった老人と和也だった。転落の際に岩角に打ちつけた脇腹が酷《ひど》く痛み、医務室で調べてもらうと肋骨が折れていた。賢三はそのまま重傷患者達が入る重病棟へ入院したのだ。

「聞いてるんですかっ。とにかく直ぐ来てください。高熱で意識がないようなんです」

　ギブスで固定された身体から頭だけをそっと擡《もた》げて、賢三は怒声の主を盗み見る。当直の看護人患者が、部屋の隅の電話器の側で大声を発していた。喧嘩《けんか》腰なその内容から、相手は職員居住区の当直看護婦らしいと見当が付いた。

「ええっ、寒いですとっ。そんな馬鹿げたことを言って死んだらどうするんですか。いくら癩者の命だからって、余り軽く考えんでくださいっ」

　黙って耳をそばだてている賢三に、すると喉に布切れをぶら下げた隣のベットの老人が獣《けだもの》の唸りのような掠れ声で呟いた。

「……佐伯さんが、……悪いようだのう」

　佐伯は四十半ばで目にも手にも異常はなく、麻痺《まひ》した片足を軽く引きずる程度の軽症患者だった。一見癩者とは見えない彼が、感覚のない足に傷を作り、いつの間それが化膿して重病棟へ入院してきたのがつい四日前。

「さっきから様子が変なんです。来てくれないなら婦長さんに訴えますからねっ」

　怒り心頭の看護人患者が受話器を叩きつけるように置いてから丁度一時間後。分厚い外套《がいとう》の上に頭から角巻《かくまき》を被った当直看護婦が、救急箱を片手に不機嫌《ふきげん》な顔で現れた。彼女は佐伯の顔も見ずに注射を二本すると、この寒いのにと不平を言いながら出ていった。それきり、朝になっても医者や看護婦の姿はなく、佐伯は昼過ぎに息を引き取った。するとそれまで一度も顔を見せなかった医者がのそりと現れ、線香を上げに来ていた顔見知りの患者達にこう告げた。

「解剖《かいぼう》するから運んでくれ」

そのまま鼻唄まじりに出ていく医者を見送って、賢三は隣の老人に小声で聞いてみる。

「ねえ、カイボウって何」

「解剖ってのは……死んだ人をコンクリートの……流し台に載せて……腹や胸を切り刻んで……頭なんざ鉈《なた》でぶち割って……バラバラにすることよ」

気管切開で穴の空いた喉へ器用に指をあてがい、老人は不気味な掠れ声を絞り出す。

「ここで死ぬと皆カイボウされるの？　嫌だといっても？」

賢三の怯《おび》えた上擦《うわず》り声に、反対隣《どなり》のベットの盲人が、

「だって坊やは、ここでただのおまんまを食わせてもらってるだろ。だから、嫌なんて言っても駄目なのさ」

「なんで、バラバラになんかするの」

「病気を良くする為の研究も、ちっとはあるかしんねえが。まあ、博士号をとる為だな」

片足の盲人が訳知り顔に断ずると、気管切開の老人も大きく頷き返す。

「だから坊やは……ちゃんと治療して……ここを出ていかんと駄目だ……真面目に注射せんで……怠《なま》けてると……こうなるぞ」

脅《おど》すように言って老人は、穴の空いた喉の布切れをひょいと捲《ま》くり上げて見せる。するとそこで片足の盲人が、ぼそりと呟いたのだ。

「だろものう。考えてみれば、佐伯さんは幸せだったかしれんのう。さっさと死ねば、わしらみたいに長靴を嘗《な》めんで済むからのう」

癩の失明者は手足の感覚が麻痺しており、一般の盲人のように手指の触覚《しょっかく》には頼れない。唇の感覚は冒されにくいので、着物の表裏や泥だらけの長靴の上下を確かめるにも唇を使う。その様子がまるで長靴を嘗めているように見えるのだ。

「ほんに……五体満足で死ねりゃ……これ以上のことはねえ……喉切り三年……足八年というから……わしもそう待たんで……向こうへ行けそうだがのう」

大きく頷くと、気管切開の老人は羨《うらや》ましそうに笑って見せた。

早く死ぬのが幸せという老人達の言い種《いぐさ》に驚きながら、賢三は記憶の底を探っている。先刻、ここへ線香を上げに来た佐伯の母親を、何処かで見た気がするが思い出せないのだ。あっ、そうか。ここへ来た日に姉ちゃんの部屋に居た婆さんだ。やっとそこに気が付いたが、まだ何か違う気がした。

あの日、その老婆に不思議な懐《なつ》かしさを覚え、しかしそれが何なのか分からなかった。見ず知らずの婆さんがどうして懐かしかったのか。しばし思案に暮れていると、ふいに脳裏へそれが閃《ひらめ》いた。そうか、眉のないあの顔が死んだ婆ちゃんそっくりなんだ。

下に妹が産まれたことで、賢三は母の寝所《しんじょ》を出され離れの隠居所《いんきょ》で祖母と一緒に寝起きするようになった。賢三が行く前は、姉の光枝がそこに居たのだ。

ある晩、賢三は恐い顔の父親に揺すり起こされ母屋へ行けと命じられた。訳が分からぬまま、真っ暗な夜道を半べそかきながら母屋へ辿り着くと玄関に姉が居て、婆さんが首を吊《つ》ったと聞かされた。しかし五歳の賢三には、それがどういうことか分からなかった。

その後ずっとその晩のことが気になっていたが、暫《しばら》くすると姉の姿を見かけなくなり、何処に行ったか聞いても教えてくれない。そしてここへ来る前の晩、婆様を恨むでないぞと恐い顔の母親に言われたのだ。東京に連れていってもらえると信じていた賢三は、母のその切なそうな顔が不思議だったが、いま突然全てが繋がった。

そうか婆ちゃんは、この病気だったんだ。そしてそれを苦に、あの晩首を吊った。だったら。ああ、なんてこった。俺もきっと同じ病気なんだ。

癩には昔から天刑《てんけい》病や遺伝病といった誤《あやま》った噂《うわさ》が付きまとった。けれどここ数年で、伝染病との認識が急速に拡まり始めていた。だから賢三はここで顔の崩れた重症者を見掛けると、感染を避けようとわざと遠回りをしたりした。医師の診断で入院が決まってからも、自分が癩とは信じていなかったのだ。しかし。

ああーっ、なんてこった。

そしたら俺も、いつかはこの爺さん達みたいに咽《のど》や目が潰《つぶ》れて手足を切り落とすことになるんだろうか。そして死ねば、カイボウとやらでバラバラに切り刻まれるんだろうか。

ああ、嫌だ。そんなのは、絶対に嫌だ。

たった今聞かされたカイボウのおどろおどろしい光景が頭の中でずんずん膨らんで、背中がぞくぞく震え出し、とても寝ていられた気分ではない。

「ねえ、この病気って本当に治らないの」

旭寮の大人がそう言ったと、気管切開の老人へ震え声に問《と》うと、

「なあに、たまには治ることだってあるさ」

片足の盲人が横から自信たっぷりに応じ、賢三は僅《わず》かにも救われた気がした。

確かに、三年も治療すればと医者も言った。なら、真面目に治療して一日も早くここを出よう。鉈《なた》で頭を叩き割られるのだけは、絶対に御免《ごめん》だ。こんな所で死にたくねえ。薄い布団を頭に引き被り、震えながら死ぬもんかと呪文のよう繰り返しているうちに、昨夜の寝不足から賢三はあっけなく眠りの底へ引き込まれていった。


んっ、旨そうな匂いがするぞ。

針を片手に破れ畳へ這いつくばっていた賢三は、三匹重ねて串刺しにした蚤《のみ》と針を放り出し和也と顔を見合わせた。そのまま犬のよう四つん這いに薄汚い寮の部屋をくんくんと嗅ぎ廻る。廊下へ出れば匂いは更に濃くなり、腹の虫がぐうと泣いた。

「おーい、カズ、ケン。飯持ってこい」

そこで名を呼ばれ、麦飯のお櫃《ひつ》と椀《わん》を抱えて大急ぎに一号室へ走る。耳も把手《とって》も取れたぼろの大鍋にぐつぐつと何かが煮えており、肉の旨そうな匂いがぷんと鼻を突いた。

「これ、どうしたの」

驚いて目を剝く賢三に、鍋を囲んだ大人達はにたりと笑う。

「いいから食え。たまにはこういうもんでも食わなきゃ体がもたん」

青物替わりに雑草が浮いているだけの殺風景な汁だが、一口啜《すす》れば忘れて久しい肉の旨みがじゅわーっと口中に拡がる。こんなご馳走を味わうのは一体どれくらいぶりだろう。幸せを噛みしめつつ熱々の汁を啜り終えた賢三に、林青年が旨かったかと訊いた。笑顔にうんと頷くと、周りの大人達がどっと笑う。

「どうして笑うのさ」

訳が分からず頬《ほお》を膨らませた賢三に、林青年はにやにやしながら言った。

「今のはな、猫の肉さ。お前らは猫を食ったんだぜ」

「えっ、あの猫なん」

急に気分が悪くなり賢三が喉元を押えると、なあに旨《うま》かったんだからいいでねっか、と大人達はまたも大きく笑う。

寮の玄関先で痩せた虎猫を見かけるようになったのは夏の盛りだった。誰かが死んだ鼠でも与えているのか猫は寮の人間を見ても逃げず、近頃はしゃがんで呼べば寄ってくるようになっていた。賢三もたまに頭を撫でたことのあるあの猫が、この肉の正体だったとは。

猫は初めてだが、蛇《へび》や蛙など毒にならぬ生き物なら手当たり次第とっ捕まえて食ってしまうのが旭寮の大人達のやり方だった。畑荒らしや賭博《とばく》も日常的で、畑荒らしは一号室と三号室、博打は二号室と四号室という具合。不品行な患者ばかりが揃ったこの旭寮を、他の患者らが山賊《さんぞく》部屋と呼んでいることを賢三はここへ来て間もなく知った。

余所《よそ》の畑から黙って作物を失敬《しっけい》するのは勿論《もちろん》悪いことだ。けれど支給される僅かな麦飯だけでは育ち盛りの空腹を満たせない。悪いとは知りながらも常に隣り合わせの飢餓《きが》感に負け、二人は有り難く大人達の盗人鍋《ぬすつとなべ》のおこぼれに与っていた。ところが、その晩。

「おい、お前ら。俺達の盗ってきた物を、ただ食うばかりじゃいかんぞ。たまには働いてわしらを食わしてみろ」

猫鍋を食い終えた後の囲炉裏端《いろりばた》にだらしなく寝そべり、猥談《わいだん》に花を咲かせていた大人達の一人が突然こう言い出したのだ。

「お前ら目だって手だって悪くねえべ。だったら、なんちゅうことなかんべよ」

そうだそうだと連呼する声に押し出され、賢三と和也は仕方なく真っ暗な戸外へ。

「なあ、……どうする」

空の籠《かご》を背負わされた賢三が上擦り声に問うと、月のない闇の空間に和也の溜息が重く響いた。

秋は日々深まっており、厳しい冬の足音がもう直ぐそこだ。冬になればまたしても、あの過酷な炭背負いが始まる。麦飯と汁だけの粗末な食事では、冬の厳しい寒さと重労働に身体が耐えられない。そして、ここで大人達の言いつけに背けば、もう二度と盗人鍋のおこぼれに与らせてもらえないに違いないのだ。

生きる為だと胸に理屈をこねながら、賢三も重い足どりで和也の後を追い、火葬場へ通ずる松林へ向かった。

松林を抜ける頃には厚い雲が途切れ、敷地をぐるりと囲む高い土手が月明かりにくっきり見えた。無断で土手を越えるところを見つかれば懲罰房《ちょうばつぼう》行きだ。大人達の言いつけ通り、月が再び雲に陰るのを松林の影に踞《うずくま》ったまま二人はじっと待つ。流れ雲が月を隠してからも、監視の足音がしないかと張り裂けそうな緊張とともに暫《しば》らく耳を澄ませる。

「よし、今だ」

小声に叫んで走り出した和也に遅れまいと、賢三も夢中で土手を越えた。監視を恐れて正門近くは森に迂回し、小学校を過ぎてからやっといつもの急峻《きゆうしゆん》な山道を下る。木炭倉庫のある集落の少し手前に、村の農家の耕す僅かな畑が在るのだ。黙々と足を運び目指す畑が近付くと、賢三は自分の足音が気になりだした。人の気配に驚いて叢《くさむら》の虫がぴたりと鳴き止むせいで、道を踏む履物《はきもの》の音が余計鮮明に響くからかもしれない。

「足音がするとまずいぞ」

前をいく和也に小声で注意され、賢三は踏み出す足取りを少しだけ弛《ゆる》めた。いよいよだな、上手くいくだろうか。どきどきしながら坂を下る。が、一分一秒でも早くこの嫌な仕事を終わらせたい賢三の足取りは直ぐに再び早くなる。

「しっ、音を立てるな」

またも和也に注意され、足音を殺してそっと地面を踏もうとするが、緊張にがくがくと膝が震えて上手くいかない。

そこで月を覆っていた薄雲が途切れ、月下に皓々と輝く畑が見えてきた。夜目にも青々と葉を繁《しげ》らせた畑には当然誰の姿もない。震える膝を折るのに苦労しつつも賢三は、和也を真似て低姿勢に進み、やっとの思いで南瓜《かぼちゃ》畑の前に辿り着いた。

農道にうずくまり暫《しば》し辺りを伺うが、月下の畑はしんと静まり返って物音一つしない。カサとても音がすればその場から逃げ帰り、大人達に言い訳が出来る。そんな思いで尚も待ったが畑は眠っているかの沈黙に満ちており、これではやるしかなさそうだった。月明かりに隣を伺うと、思いは同じらしく溜息混じりの小さな頷きが返された。

そうと決まれば、この嫌な仕事からさっさと解放されたい。賢三は大きく一つ息を吸い、意を決して月明かりの畑へそっと一歩を踏み入れた。すると途端《とたん》にガサっと葉擦れの音が涌き、心臓がドキンと鳴った。どんなに注意深く慎重に足を運んでも、乾いた不穏な音は忍び足の一足毎にこれでもかと付きまとうのだ。

その度に心臓が口から飛び出しそうに跳《は》ね上がり、高鳴る心音が祭り太鼓のよう激しく耳元で鳴り響く。これから盗みを働くという罪悪感に、張り裂けそうな心臓がずんずん膨れて重くなり、まともに息も出来ない。膝の震えは酷くなる一方で、足は他人のそれのように言うことを聞かない。すると不器用なその足がふいに何かを引っ掛けた。

あっと思う間もなく、賢三は四つんばいに畑へ倒れ込んでいた。大きな葉擦《はず》れの音が波のようにザーァーっと畑中に響き渡り「こらぁー、誰だぁーーー」。後ろから大声に怒鳴られる気がして縮み上がった。

もう駄目だ。怖《お》じけた賢三はそこでなりふり構わず畑の真ん中へ駆け出していた。驚いた和也も慌てて後を追い、皓々と月の照る畑の真ん中で、二人は手当たり次第に作物を引き抜いていく。

「ほう、早かったでねえか」

「お前ら、なかなか見込みがあるぞ」

背負わされた籠を一杯にして畑から逃げ帰った二人を、大人達はよくやったと褒《ほ》めてくれた。直ぐに大鍋が用意され、お前らが先に食えと、ホクホクに煮えた南瓜が目の前に突き出される。旨そうな匂いに、腹の虫がぐうと鳴った。殆《ほとん》ど駆け足に山道を往復した賢三はヘトヘトに疲れ切り、もちろん腹ぺこだった。

しかし胸元に大きくて重たい塊《かたまり》が冷え冷えと居座っていて、とても箸をつける気になれないのだ。新潟で炎天下に田の草取りを手伝わされていた賢三には、これを丹精した農家の人の苦労が良く分かる。作った人に申し訳ないという思いは和也も同じらしく、目の前の南瓜を黙って眺めている二人に忽《たちま》ち座が白けた。

「ふん。誰だって、盗みなんかやりたかねえや」

「でも、こうでもしねえと皆飢え死にしちまうべよ」

腹立たしげに呟いて顔を見合わせている男達の間から、すると林青年がすいと箸を延べ黙って南瓜を口に放り込む。と、直ぐにぺっとそれを吐き出した。

「駄目だこれは。青臭くてとても食えたもんじゃねえや」

「何だ、馬にでも食わせるやつか」

白けた顔を見合わせていた男達は、それでもどれどれと箸を延べ、鍋はいつものように空っぽになった。

女子寮の畳の剥《は》げた六畳間に、十人程の女達が膝を揃えている。その人いきれで、十一月というのに狭い六畳間は汗ばむほどの暖かさだ。女達は賢三の姉光枝の同室患者と歳の近い女性患者達。それぞれの前にはささやかな祝いの品である紅白饅頭《まんじゆう》が並べられ、片隅に座った賢三も、窮屈《きゆうくつ》な正座による足の痺《しび》れを先刻から我慢《がまん》している。

部屋の正面には絹の白無垢に身を包んだ光枝と、その連れ合いとなる男性患者、そして仲人《なこうど》役の初老の患者が畏《かしこ》まって並んでいた。男性患者と仲人役に両脇を挟まれて、この秋十七歳になったばかりの光枝は、恥ずかしそうに深く俯いている。

三年前父親に連れられてここに来た時は、光枝も賢三同様自分が癩とは信じられず、父の言いつけ通り治療に励めば退院出来ると信じていた。だがやがて恐ろしい病の正体を受け入れざるを得ない日がやって来た。そしてそれが不治であることも。それはつまり、この療養所から出られる見込みは一生ないということなのだ。

ここ草津公立癩療養所は優に千人を超える大所帯で、圧倒的に男性患者が多数を占める。女子寮のある敷地は高い塀に四方を囲まれ、夜には出入り口の門を固く閉ざし、当然監視《かんし》も厳《きび》しい。だが、それをものともせず塀を乗り越える男達が後を絶たず、特に年頃の娘への夜這《よば》いは執拗《しつよう》かつ乱暴だった。

光枝も身の危険を感ずるようになり、仲人役の患者が勧める縁談に頷くことにした。夫が決まれば他の患者は夜這いを遠慮するからだ。しかし夫婦になったからと個室が与えられる訳もなく、夫となった男は夜女子寮に入ることを許されるというだけだ。

光枝の夫となるのは悪名高き旭寮の患者で、三十歳前の頑健《がんけん》な男だった。隣部屋の患者だから賢三も顔は知っている。毎晩のよう博打に興じ、子供の前でも平然と下卑《げび》た話題に唾《つば》を飛ばす粗野《そや》な患者で、賢三はなるべく側へ寄らないよう気をつけていた。その野卑《やひ》な男が相手と聞いて、賢三はこっそり姉にこの話を断るよう忠告した。

学校帰りに姉の女子寮を訪ね、男の本音を告げ口したのだ。弟と知ってか知らずか姉の容姿を大外《はず》れとこき下ろし、それでもやることさえやれれば文句はねえやと醜《みにく》く笑った顔が許せなかった。下品なその笑いを思い返し、馬鹿にしてらあと憤《いきどお》った賢三に、しかし光枝は仲人の顔を潰す訳に行かないと困ったように首を振るばかりだったのだ。

話が纏《まと》まって実家に祝言の日取りを知らせると、母からお祝いの反物《たんもの》が届いた。同室者の手を借りて、この日の為に縫い上げた絹の白無垢《むく》を纏《まと》った光枝は、しかし少しも幸せそうに見えなかった。酒も馳走《ちそう》もなく、汗ばむほど豪勢な囲炉裏の火だけがせめてもの、何ともつつましい披露《ひろう》宴だった。

だが久々に口にした饅頭《まんじゆう》のおかげか、今日は珍しく身体が軽い。そのまま学校をさぼることにして、賢三は一人で炭背負いの奉仕作業へ向かった。常に隣《とな》り合わせの空腹感から解放され、これなら炭俵の一俵くらい楽に担げそうな気がした。するとそこで忘れもしない屈辱《くつじよく》が鮮明に蘇り、持ち前の負けん気がむずむずと頭を擡《もた》げた。

よおし、あの日笑った大人達を見返してやろう。

去年より頭一つ背が伸びた賢三は、係の患者の前へ出ると二俵の炭俵を所望《しよもう》した。周りの大人達が、そこでほうと呟く。だが実際に背中へそれを括《くく》り付けられてみると、肩に食い込む三十キロの重みは想像以上だった。見えない手にずしりと背中を押さえつけられているようで、立っているだけでも容易《ようい》でない。

だけど、ここで弱音を吐けばまた大人達に笑われる。

駄目だ、逃げるな。しっかりしろ。

挫《くじ》けそうな自分を懸命に励まし、歯を食いしばって砕《くだ》けそうな腰を支えた。背中の重みに耐えて深く顎《あご》を引き、足元を見据えて慎重に片足を前へ。これを担いでこれから小一里の山路を登るのかと思えばぞっとして目の前が暗くなる。だが自ら望んだ以上、いまさら後へは退けないのだ。

一番の難所である急坂に差し掛かった時、目の前の女がふいに足を滑《すべ》らせ転倒した。驚いて一緒に足を滑らせ掛け、しかし賢三は懸命に両足を踏ん張り持ち堪《こた》えることが出来た。危いところで難を免れ、泥だらけの顔で泣いている女を横目に更に上を目指す。

急坂の途中で息を切らせ立ち止まっている老人の背中が、やがて行く手に見えてきた。狭く急な山道で、背中の荷が僅かでも触れ合えば体勢を崩し谷底へ転落する。賢三は後ろから老人に声を掛け、注意深く距離を取って老人を追い抜いた。そうして遅々《ちち》とした歩みながらも途中一度も立ち止まることなく、遂《つい》に療養所まで辿り着くことが出来たのだ。

ふうーっ、やったあー。

大きく肩で息をしながら二俵の炭俵を下ろす賢三を、顔見知りの大人達はにやにやしながら眺めていた。良くやったと褒《ほ》めてくれる者も、偉いぞと頭を撫でてくれる者もなかった。だがそれでも賢三は満足だった。弱音を吐かずに困難を克服できた自分への少年らしい誇《ほこ》らしさが、痩せた胸一杯に溢《あふ》れていた。

こうした無償の重労働で患者達が運び上げた一冬分の木炭は、患者達の寮にも多少は配られるが、主に療養所の職員達が冬場の暖を取る為に使われる。僅かばかりの木炭で患者達の部屋はどこも寒々しいのに、職員達の部屋の窓には温かそうな結露《けつろ》がこれ見よがしに張りついているのだ。

そしてこの特別な贅沢は、患者達の過ごすある場所でも例外的に認められている。

年の瀬が間近に迫るある寒い晩。いつものように暗くなってから寮を出る林青年を、寝た振りにやり過ごしておいて、賢三と和也はそっと布団を抜け出し後をつけた。

月光を浴びて青く輝く雪道を踏んで、林青年は集会所に近付いていく。忍び足にその背中を追い、彼の姿が扉の向こうに消えてからも暫《しばら》く様子を窺《うかが》う。もう誰も来ないと判断して恐る恐る集会所に忍び込み、二人は物陰に身を潜ませた。外気の寒さに凍えていた頬に、するとふわりと血の気が戻り急にむず痒《かゆ》くなるのに驚いた。

寒々しい寮とは比べ物にならず、建物内はじっとしていても汗ばむ程の暖かさだった。部屋の中央では薪ストーブが赤々と燃え、その中で大勢の男達が刀を振り回している。皆、額から玉の汗を滴《したた》らせていた。やがて手のあいた者がストーブの側に歩み寄り、すると間もなく餅の焼ける香ばしい匂いが漂い始めた。稽古を終えた役者達が食うのに違いなかった。

間もなく披露《ひろう》される正月芝居は、近隣の住民も多く見物に訪れる療養所人気の恒例行事だ。県の偉い役人も招かれるだけに、これを担う役者達には特別に夜食や薪《まき》が支給されているようだった。抜け目のない林青年はこの特典を何処かで聞きつけ、劇団への参加を決めたのだろう。

だが彼はその他大勢の悪役の一人でしかなく、へっぴり腰の立ち廻りが無様《ぶざま》なうえに、切られる時の倒れ方が悪いと何度も稽古を付けられている。少しだけ苦しんで床に倒れ込む度に、もっと派手な音を上げろと怒鳴られており、夜食にありつくのも楽ではなさそうだった。

やがて吹雪が真っ白に山を覆い、吹き曝《さら》しの急坂が危なく凍りついても、賢三は二俵の炭俵を背負って療養所まで辿り着けるようになった。去年、足を滑らせ転げ落ちた坂道では、深い谷を横目に足元を確かめ一歩ずつ慎重に足を運ぶ。二つ年上の和也も負けん気を奮《ふる》い、同じく二俵の炭俵を担ぎ、ぜえぜえと白い息を吐きながら急坂を登った。

子供ながらのその頑張《がんば》りが認められ、遅い春の訪れとともに二人は模範《もはん》患者として表彰された。かつて役立たずと自分を馬鹿にした大人達を、これで見返してやれたと賢三は胸のすく思いだった。

そうして次の冬も張り切って炭背負いに出ていたある晩、賢三は冷たい汗をびっしょりかいて目覚めた。全身が火事場のように火照っているのに、背中を大きな蛇《へび》のような悪寒《おかん》がざわざわと這い回っている。びっしょり汗をかいた寝間着が冷たく胸に張り付き、震えながら背を丸め輾転反側《てんてんはんそく》しているところへ、林青年が芝居から戻った気配が伝わってきた。

ちぇっ、今日も餅をたらふく食ってきたんだろう。いい気なもんだ。

空きっ腹の鬱憤《うっぷん》を胸に、汗で湿った煎餅蒲団《せんべいぶとん》の中で賢三は猫のように身を丸めている。気味悪い火照りと悪寒は何処へも行かず、冷たい寝床で震えているうちに白々と夜が明けていた。鉛でも詰め込まれたように体が重く、起き上がるのが億劫《おっくう》だった。だが、このまま寝床で震えていてもどうにもならない。

仕方なく、えいっと布団を撥《は》ね除け、戸外の寒さにガタガタと歯を鳴らしながら医者の診察を待つ長い列に並んだ。やっと順番がきて医者の前に座ったが、医者はろくに賢三の顔も見ず黙って風邪薬を処方しただけだった。やっとの思いで手にしたそれを急いで飲み下し、重い身体を引きずって、それでも賢三は炭背負いの奉仕作業へ。

せっかく大人達を見返してやれたんだ。意地でも休むもんか。

役立たずと馬鹿にされたくない一心で、熱でふらつく身体に二表の炭俵を背負いぜえぜえと山道を登った。倒れそうになる度に気力を奮《ふる》って身体を支え、肩で荒い息つきながらどうにか療養所まで辿り着いた。あとは何をする気力もなく、寮で死んだように眠った。

貰った風邪薬を呑み切ってしまっても相変わらず悪寒と寝汗は収まらず、やがて賢三は胸に鋭い痛みを覚えるようになった。欠伸をしただけで刃物で刺されたよう胸が痛む。咳でもすれば忽ち激痛に身を捩り七転八倒《しちてんばっとう》する羽目になる。医者はどうでも良さそうな顔で肋膜《ろくまく》炎だろうとは言ったが、治療らしいことは何もせず同じ風邪薬を出すだけだった。

笑うことも怒ることもままならず、寮の片隅につくねんと転がっている賢三に、大人達はそれみたことかと口を揃える。

「おめえら。表彰されたぐれで、ちっといい気になってたんでねっか」

「そうだ。おめえもじき、和也みてえになっぞ」

「ならない……さ。和也……みたいに……なんか」

胸の痛みに大声も出せず、それでも弱々しく言い返しながら、賢三は正直不安だった。自分もひょっとしたら和也のように呆気なく死んでしまうのではあるまいかと。

　炭背負いの途中の山道で和也が倒れたのは、つい十日ばかり前のことだった。賢三自身熱があり、ふらふらになって炭俵を担いでいた。倒れたまま起き上がろうとしない和也を置いてきぼりにも出来ず、歯を食いしばって療養所まで運び上げたが、和也の痩せた身体は火のように熱かった。肺炎と診断され、彼はそのまま重病棟へ入院した。

　重病棟の食事も、寮と同じ麦飯と腐った野菜の汁だけだ。高熱でその貧粗《ひんそ》な食事さえ喉を通らなくなった和也は、ろくな治療もされぬままあっと言う間に弱り、入院から僅か一週間で死んでしまった。様子を気にしながらも賢三は、高熱と胸の痛みに寮で呻《うめ》いており見舞いにも行けなかった。

　侘《わび》しい葬式に和也との別れを惜しみつつ、賢三はただ呆然としていた。嘘《うそ》だろ、人間ってこんな簡単に死んじまうのか。夏にはあんなに元気だった和也がと信じられない思いで両手を合わせつつ、同時に冷たい旋律《せんりつ》が背筋を走り抜ける。最初の冬に重病棟へ入れられた時、入院三日で呆気なく亡くなった軽症患者のことが、そこでまざまざと思い返された。

　そうか、ここで病気になると簡単に見殺しにされてしまうんだ。

　ああ、でも嫌だ。ここで死んだら、カイボウで頭を叩き割られてしまう。

　お前もじきにああなると枕元で意地悪く声を揃える大人達に、なるもんかと小声に言い返して賢三はくるりと背を向ける。途端《とたん》に襲《おそ》われた胸の痛みに洩れそうな悲鳴を、息を止めて必死にやり過ごした。少しでも大人達に弱みを見せたが最後、こいつは無駄飯《むだめし》食いと食い扶持を減らされるのが恐かった。

痛む身体に気力を奮《ふる》い、次の日もその次の日も賢三は奉仕作業へ向かう。

身体を動かせるうちは大丈夫だ。俺は、まだ死なない。強く自分に言い聞かせ死への恐怖を跳ね返していたが、病んだ身体にはもう一俵の炭俵さえが重たい。立前《たてまえ》自由参加だが、新しい衣服の支給を受ける為、盲人までが義足を引きずりながら炭を担ぐのだ。仕方なく賢三は、早朝のまだ身体が疲れていないうちに作業を済ませることにした。

日中は学校どころでなく、大風子油《たいふうしゆ》の注射に通うのがやっとだった。過労と栄養不足で身体は痩せ細り、激しい胸の痛みと死への不安に夜もろくに眠れない。だが、それから逃れるたった一つの方法があった。

「あんまり、無茶しちゃ駄目よ」

「大丈夫さ。部屋でおとなしくしてるよ」

注射で親しくなった若い看護婦が、こっそり消毒用のアルコールを分けてくれるようになったのだ。水で割っても、口に入れた途端に吐き出したくなるほど不味《まず》い代物だ。だがそれで僅《わず》かにも、痛みと不安からは解放される。大人達の中にはモルヒネを常用する者もいたが、金のない子供には縁のない代物だった。

「ケンが死んだら、私が解剖してあげるね」

療養所へ来て日の浅い若い看護婦は、賢三が解剖を怖がっていると知ると、こんな慰《なぐさ》めを口にするようになった。まるで弟のように可愛がり面倒を見てくれる優しい看護婦だったが、いくらその彼女の手でも賢三はカイボウだけは御免被《ごめんこうむ》りたかった。

姉の光枝が重病棟に入ったのは、まだ雪の消え残る三月半ば。肝炎らしかったが、ろくな治療もされないせいで病状はどんどん悪化した。四月には危篤《きとく》状態に陥《おちい》り、賢三は実家へ電報を打った。結婚の案内にさえ顔を見せなかった親が、今更見舞いに来るとは思えなかったが一応知らせておいてやりたかった。

やはり実家からは誰も現れず、浅い縁だった夫と同室者や病友達に送られて姉は旅立った。侘《わび》しい葬式を終え、火葬場の焼き窯の前に腰を落し、姉の焼かれるのを待ちながら賢三はぷかりと煙草の煙を吐きだす。煙草は林青年の荷物から黙って失敬してきた物だ。旨いとは全く思わないが、憂《う》さ晴らし程度にはなる気がする。

半年ばかり前に和也が呆気なく死んだとき、賢三は自分の胸に大きな穴が空いた気がした。友を失った哀しみがひしひしと胸に迫り、独りぼっちになった寂しさに布団の下で身を震わせていた。だが大人達に弱みを見せまいと、歯を食いしばり嗚咽《おえつ》を堪《こら》えていたのだ。

なのに今、身内である姉が亡くなっても哀しくも何ともない。ああ、またかと思うだけだ。窄《すぼ》めた口から刺すような胸の痛みに動くのも辛く、安らかな姉の死に顔が羨《うらや》ましくさえあった。窄めた口からぷかりと煙を吐き出して、次は林青年かなと賢三はぼんやり思う。

芝居の稽古は毎晩深夜に及び、しかしどんなに寝不足でも決められた患者作業は休めない。おまけに奉仕作業の炭背負いもあり、夜食の甲斐《かい》もなく林青年は見る見る痩せ細り、正月が明けた途端に熱瘤《こぶ》で寝込んでしまったのだ。結節の膿《うみ》は一旦収まったが、それから頻繁《ひんぱん》に熱瘤を繰り返すようになり、今も顔を腫《は》らし寮で寝込んでいる。

口の中が結節だらけで何も食えねえから、もう長くねえだろうな。

そいで……次は、……俺かもな。

口の中の煙をぷかりと吐き出して、賢三は重たい溜め息を一つ。

俺達って、まるでこの煙みたいだ。目的もなくこの世を彷徨《さまよ》って、やがて跡形もなく消えていく。将来に何の希望も持てず夢もなく、ただ死んでいくだけなら生きてることに意味なんかないじゃないか。なのに汗水流して奉仕作業なんかして。大人達を見返す為に頑張った自分の幼さが、今となっては大きく腹立たしい。

姉が危篤状態に陥っている間にも、千人を超える患者が暮らす療養所では毎日多くの患者が亡くなっていた。火葬場の煙突から煙の上がらない日など一日もなく、その中には同じ旭寮で顔見知りの大人も含まれていた。

ああ俺もいつか、こんなふうに死んで煙になるだけなんだ。

なのにあくせく生きて何になるってんだ。

胸の痛みと熱は相変わらずで、だるい身体には何もかもが虚《むな》しい。学校も奉仕作業もどうでも良く、賢三はそれから毎日火葬場の焼窯の前に座り込むようになった。何もせずに日がな一日、骨にされていく遺体をぼんやりと眺めているのだ。

どうせ自由に生きられねえなら、せめて死に方くれえ好きにしてえ。俺はカイボウだけは嫌だ。それよりは山に入って飢え死にでもするかな。見つかれば懲罰房《ちょうばつぼう》だけど、うんと遠くに逃げて死んだ後に見つかればカイボウも懲罰房もないだろうさ。暗い思いに耽《ふけ》りつつぷかりと煙を吐き出した時、ふいに後ろから大声に名を呼ばれた。

驚いてうっかり吸い込んだ煙に噎《む》せ返り、胸を抱えて激痛に身を捩《よじ》る羽目になる。やっと痛みが治まって声のした方に涙目を向けると、

「おめえに、面会人だとよ」

直ぐには返辞も出来ない賢三をにやにや眺めていた後で、顔見知りの大人はぷいと背を向け行ってしまった。尚も胸を抱えて咳が治まるのを待ってから、賢三はのろのろと焼き窯の前から腰を上げる。

一体誰だろう。

今更父親が来るはずもなく面会人には全く心当たりがない。訝《いぶか》しい思いに事務棟へ足を運び職員に名を告げると、面会室のある廊下に通された。番号を確かめて頑丈な木の扉を開ける。仕切りの向こうの粗末な椅子に、余所《よそ》行きの着物を着込んで所在《しょざい》なげに座っている母親の姿があった。

「母ちゃん、来てくれたの」

姉が死んでも実家からは遺骨の引き取りさえなかった。その実家から誰か来るとは想像もしなかったが、やはり嬉しかった。父の手で突然ここに放り込まれて三年。賢三は年齢以上に大人び、かなりひねくれた子供になっていたが、懐《なつ》かしい母の姿を前に忘れて久しい子供らしい心を取り戻した。喜びに目を輝かせる笑顔の賢三に、

「うちに電報を打ったのは、おめえか」

しかし母親は、父ちゃんが怒っていなしてなあ、と眉を顰《しか》める。

姉の荷物の中に持ち込み禁止の僅かな現金を見つけた賢三は、炭背負いの奉仕作業で馴染み

の小さな集落から姉の危篤を報せる電報を打った。電報には発信局名が入ることを賢三は知らなかったが、そのせいで電報が草津からだと郵便局員に知られてしまったらしい。

「おめや光枝の居所がここだと知れたら、うちは世間に顔向けできんだでなあ」

母親は困ったようにもう一度眉を顰め、

「おめが死んでも、一切報《しら》せは要らねえ。そもそもおめを家《うち》の子にはしておけねえとこうなのさ」

あの父親の言いそうなことだと、賢三は黙って唇を噛む。家が大事で長男は宝だが、出来の悪い三男など死のうが生きようがどうでもいいのだろう。いやむしろ父親は、姉のように早く死んでくれればと思っているに違いない。

「ふうん、それで」

「そいでの、おめをおらが実家の養子にせば死亡通知は戸籍《こせき》のとこへ行くからな」

そこまで言うと母親はふいにまじまじと賢三を見つめ、訝《いぶか》しそうに首を傾げた。

「おめ、ちゃんと食べてるか。随分《ずいぶん》背も伸びたろも、だいぶ痩《や》せてんでねえか」

ここでの酷い食事と扱いを話したところで心配させるだけだと賢三が黙っていると、

「そいでまあ、ここは郵便局員に知られてしもたから、今度はもっと遠くへやれとこうなのさ。おらが実家で、私立の病院がいいんでねえかと言うてくれての」

「ふうん」

「転院の許可は貰っただから、荷物を纏《まと》めてこらっしゃい」

いつの間に白髪の増えた母親の鬢《びん》の辺りへちらりと目をやってから、賢三は肩を丸めて気重に旭寮へ向かう。

どうせどこへ行っても同じさ。

投げ遣りな思いに、僅かばかりの荷物を渡された布呂敷《ふろしき》に包み始める。すぐ横の煎餅布団からは結節に喉を塞がれ掛けた林青年の苦しげな呼吸が、笛のようにヒューヒューと漏れていた。紫に腫れたその顔に色濃い死の影をぼんやり眺めていてから賢三は、サヨナラも言わず彼に背を向けた。

三　叶《かな》わぬ願い

「婦長さん、院長先生がお呼びです」

重病室で患者の包帯《ほうたい》交換をしていたスミは、ベットの上へ屈《かが》めていた腰を延ばし背後を振り返る。いつの間にこんなに背が伸びたかと、まじまじ顔を見つめていると、

「あの……私、どうかしましたか」

不安そうに眉を寄せ、ミチ子は澄んだ大きな瞳を揺らした。

「ううん、何でもないのよ」

小さく笑いながらスミは、もう一度ミチ子の背丈を目で計り、

「ミチ子ちゃんに追い越されそうだなと思ってね」

小柄な自分の身の丈を、爪先立ちで伸ばして見せる。するとミチ子も小さく笑い、聖堂の二階で上条が待っていると告げて踵《くびす》を返した。その背中を目で追いながら、いつの間に体つきも随分《ずいぶん》と娘らしくなったと目を見張る思いがする。

そうかミチ子も、もう十四歳なのだ。

そっと胸の奥へ呟けば、知らず温かな情が溢れた。看護婦として公平を期す為に、ミチ子が元気になってからスミは必要以上の接触を避けてきた。けれど血まみれの現場からこの手に抱いて連れ帰り、一命を救った少女への想いはやはり特別だ。

栄養状態が良くなったおかげでミチ子の病は衰えを見せ、抜け落ちた眉は生え揃《そろ》い、左手の小指と薬指の麻痺《まひ》以外は自覚症状も認められない。このまま無事に成長してくれればと祈る思

いにその姿を見送り、スミはもう一人の看護婦に後を頼んで重病室を出た。

患者達の居室が並ぶ長い廊下から建て替え工事の終わった聖堂へ向かい、祭壇《さいだん》横の聖具室《せいぐ》と呼ばれる小部屋へ入る。その奥の急階段を登った先が、今は司祭館に代わる上条の書斎《しょさい》兼寝室となっていた。

多忙な上条は相変わらず東京との往復が続いており、生け垣の向こうの司祭館に寝起きしていては思うように患者達と触れ合えないと考えたようだった。そこで手狭《てぜま》になった聖堂の建て替えに際し、自分の居室として屋根裏部屋を設けることにした。聖堂の二階なら患者達も自由に出入り出来るし、何かあった時も直ぐに駆けつけられるという訳だ。

「院長、お呼びでしょうか」

狭く急な階段を慎重に上り、軽いノックに部屋のドアを開ける。正面の大きな机で書き物をしていた上条が、するとにこやかに顔を上げた。

「やあ、婦長。お待ちしていました」

気さくにスミを机の前へ手招くと、単刀直入に午後の予定を尋《たず》ねてくる。何を頼まれるか見当の付くスミは、自分の仕事を誰に替わってもらおうかと思案しつつ、特に予定はないと応じた。それは良かったと目尻を下げ、上条は丁寧《ていねい》な口調でこう切り出す。

「私の代わりに、視察の案内をお願いできると助かるのですが」

確か今日は上条が子供達を御殿場《ごてんば》へ連れていく日だったと考えつつ、もちろんですと頷き返してスミは、視察者は誰かと問う。

「カナダに本拠を置く修道女会の総長、スージー女史だそうです。鹿児島に癩病院を建てる計画をお持ちで、日本の公立病院を見て回っているそうです。公立でここの噂を聞いて、急遽立ち寄ることにしたらしい」

公立で悪い噂を耳にしたなら立ち寄るはずもなく、その急な予定変更が得意でならないよう、彼女らの来院時刻を告げる上条へ、

「ご案内できないのが残念ですと院長が申していたと、私からお伝えしておきましょう」

静かに微笑んでスミは、小窓から心地好く夏風の過ぎる屋根裏部屋を後にした。

当初の五年が一年延びて六年掛かったが、上条は大規模な天生院の改善計画をこの春ほぼ完了させた。懸案《けんあん》の医師問題はかなり難渋《なんじゅう》したが、東京の伝染病研究所の若き医師が専属医を引き受けてくれ、専門医による週二日の診療が実現した。生活面では新たに娯楽室《ごらくしつ》が設けられ、患者達はここでラジオ放送や蓄音《ちくおん》機で音楽までも楽しむことが出来る。

原野を患者自らが開墾《かいこん》することで野球場も整備され、患者達による紅白試合が日曜毎に行われている。この秋には若い患者中心の病院選抜チームと、上条が教える神学校生達との野球対抗試合も予定されており、女性患者も元気な者は応援の横断幕作りに余念がなかった。

こんな恵まれた癩病院が果たして他にあるだろうか。明日の米や包帯の心配をしていた時代を振り返り、スミは夢のようだとしみじみ思う。すると噂《うわさ》を聞きつけた視察団が内外から頻繁《ひんぱん》に訪れるようになり、院長の上条はもとより、英語の堪能《たんのう》なスミも案内に追われるようになったのだ。

「それではまず、サンルームへご案内しましょう」

通訳の修道女一人を伴って訪れた金髪の中年女性スージー女史を丁寧に迎え、スミはまず上条の発案により建設された日当たりの良い図書室へと向かう。

この建物は天上が高く窓が大きいので、晴れた日は冬でも暖房が要らない程だ。夏は窓を開ければ涼やかに高原の風が通る。この心地好い図書室を教室にして、小学生から十四、五歳までの男女児が椅子式の机に向かっていた。何時もなら二十人弱の顔が並ぶが、今日は上条が小学生低年組を御殿場へ連れ出しているので数が少ない。

親元から隔離《かくり》された子供らは、田舎の家と癩病院しか知らずに生涯を終える運命だ。それが不憫《ふびん》と上条は、せめて御殿場の賑《にぎ》わいを見せてやりたいと考えた。とはいえ車の車窓から遠く繁華街《はんかがい》を眺めるだけなのだが、町に行けるのが嬉しくて子供らは指折り数えて順番を待つ。引率する上条にとっても、子供らとの触れ合いは楽しみな時間のようだった。

「こちらはボイラー室です。お湯が簡単に使えるようになったおかげで、洗濯の苦労がだいぶ減りました」

スミがここへ来た当時、洗濯は風呂の残り湯を使い包帯や衣類にこびりついた血と膿《うみ》を棒でこそげ落としてから盥《たらい》で手洗いしていた。真冬の水は手が切れそうな程で、寄付されたアメリカ製の手回し式洗濯機が使えるようになってからも、水の冷たさは相変わらずだった。

続いて製氷機の前では、高熱の患者の為に夜中に氷を買いに走る必要がなくなったと微笑み、ラジオや蓄音機が鎮座する娯楽室では、昼休みや夕食後の団欒《だんらん》の様子などを事細かに話して聞かせる。外国人二人を前に流暢《りゅうちょう》な英語で説明するスミに、通訳の修道女も仕事を忘れ熱心に聞き入っている。

最後に自慢《じまん》の水洗式便所を見せて回る。職員用なら珍しくないが、患者病棟の全てが水洗式なのは全国でもここだけで、これには殆どの見学者が目を見張る。けれどカナダの修道女会総長は、静かに頷いただけだった。スミは続いて屋外へ足を向け、周囲が見渡せる小高い丘へと二人を案内する。

道の途中の建物からは、何時ものように歌が聞こえていた。陽の当たる作業小屋の土間に胡座《あぐら》をかき、盲目の患者らが慣れた手付きに竹籠を編んでいるのだ。その和《なご》やかな歌声に惹き込まれるよう足を止め、スージー女史は暫し作業風景を眺めた。やがて微笑ましく頬を撓《たわ》めると、そっとワンダフルと呟いた。

聖堂の屋根を見下ろす小高い丘からは、干し草用に半分刈り取られ、けれどまだ半分以上が青々と牧草に覆われた広い放牛場が見渡せる。森を隔てた日当たりの良い畑では、賑やかに芋堀作業に励む患者達の姿。遠くそれらを眺めてスージー女史は、まるで少女のよう胸の前で小さく両手を組み合わせる。

「おお、ここは癩者の理想郷《りそうきょう》です。こんなにも心地良い場所を私は他に知りません。もし私がこんな素敵な癩病院の経営者になれたなら、どんなに嬉しいでしょう」

蒼い瞳を潤《うる》ませては、患者達の表情が明るくて実に素晴らしいと、院内の和やかな空気感を絶賛した。

かつてビクトル神父の時代、間違いで入院させられたスミが一番に感じたのもそれで、この家族的な雰囲気だけは絶対に壊してほしくなかった。そして上条は設備や医療を一新しても、この大家族的な空気感をそのまま残してくれたのだ。多大な経済的困難を伴《ともな》った改革への感謝を胸に、スミは背の高い金髪の婦人へ控えめな笑顔を向ける。

「大丈夫ですよ。総長様ならきっとお出来になれます」

上条も医療には素人だったが、深い信仰と信念により患者達の理想郷を実現させた。貴女の様な志の高い方に、同じことが出来ないはずがないですわとの思いを込めて、強く一つ頷いて見せた。

上条の就任当初こそ新院長の無謀《むぼう》とも思える改善計画に反発を感じたスミだが、今は心から上条を信頼している。そしてその上条に得意の英語力を買われ、経験豊富な看護婦長として頼りにされ、微力ながらも救癩事業に貢献《こうけん》できる自分がこっそりと得意でもある。

もし何事もなければ今頃は、伯父の勧《すす》める見合い相手と結婚し、外交官の妻としてどこか外国に暮らしていた頃か。夫に仕《つか》え子を産み育てる人生は、きっとそれなりに幸せだろうとスミは思う。けれど果たして今感じる程の充実や遣《や》り甲斐《がい》を味わえるかは疑わしい。とそう考えると、一時は神を恨みかけた運命の過酷さえが今は有り難く思われてくる程だ。

「では、そうなることを願って」

見上げるスミに小さく微笑むと、スージー総長は今日の記念にと自分の足元に小さなメダイを埋めた。その澄んだ碧眼《へきがん》に燃える強い光が、頑固な情熱家だったビクトル神父に少しだけ似ているとスミは思う。

予定外の訪問に満足して帰途に付いたカナダの修道女会総長は、しかし強引に中国侵略《しんりゃく》を進める軍部の外国人排斥《はいせき》とキリスト教迫害により、間もなくカナダへの帰国を余儀なくされる。

鹿児島に癩病院を造る計画が実現することは残念ながらなかった。

だが、神のご計画とは何と遠大で計り知れないものなのだろうか。

戦後しみじみとこの日の出会いを思い返し、スミは驚嘆《きょうたん》の念で感謝を捧げることになる。


ぼんやりと机に片肘《かたひじ》付いたまま、賢三はほうっと短い溜め息。

開け放された大きな窓から、心地好い風が吹き込んでは頬を撫でる。窓の遥か向こうには、白い夏雲を纏《まと》って裾を引く雄大な富士の姿。頬杖《ほおづえ》のまま病院の敷地内に目線を落とせば、青く茂った細い麦の葉先がさわさわと風に揺れている。吹き込む風はその青臭い草いきれをたっぷりと含んでおり、故郷で嗅ぎ馴れた懐かしい薫風《くんぷう》にこっそりと胸が騒いだ。

窓が大きく天上の高いこの建物は図書室で、賢三の腰程の高さの本棚が大きな窓の下にはずらりと並んでいる。ここを教室にして学齢の子供が授業を受けており、先生は元教員の患者という点は草津と同じだが、生徒数が少ないので男女同室というのが大きく違う。勿論《もちろん》男女の間は通路で隔てられており、隣同士に机を並べる訳ではない。

草津療養所で学校をさぼってばかりいた賢三には、年齢相応の勉強など雲を掴むようでさっぱり分からない。そもそも将来に何の目的も希望もないから、勉強しようという意欲も涌かない。それでも毎日ここに来るのは、雄大な眺めや頬に触れる高原の風が心地好いからだが、実を言えばもう一つ。

通路に隔てられた女子席を、こっそり覗き見るという楽しみがあるからでもあった。女子席の一番後ろに座る色白の美少女ミチ子。一級下と聞いた彼女の横顔がちらりと見えるだけで、賢三の胸は正直に弾む。ここに転院して良かったと思えるのは唯一こんな時だ。

（どんなことがあっても死のうなんて考えてくれるな。生きて、生きて、生き抜いてくれ）

母親の別れ際《ぎわ》の言葉を、賢三はそこで改めて思い返してみる。

草津療養所から駅へと向かう道すがら、問われるまま賢三はぽつりぽつりと姉の最期を母に語った。光枝は結婚後急速に病を悪化させ、重病棟へ入ってからは見る間に痩《や》せ衰《おとろ》えていった。療養所での結婚生活に絶望し、生きる気力を失っていった気がする。

賢三が正直にそう言うと、姉の短い生涯へ不憫《ふびん》の涙を流した後で、母親は無念そうに呟いたのだ。この病気だって、真面目に治療せば治らんもんでもなかろうにと。それを白々と聞き流し、賢三は胸の中でこっそりと嘯《うそぶ》いていた。

ふんっ、おれ達癩者の救いは早く死んで楽になることだけさ。五体満足で死ねた和也や姉ちゃんは人の羨《うらや》む幸せ者なんだ。どうせじき死んで煙になるだけだってのに、転院なんかして何になるってんだ。私立だか何だか知らねえが、癩療養所なんてどうせろくな所じゃねえに決まってる。

（養生《ようじょう》してこその療養所ぞ、自棄《やけ》にならずに養生せえよ）

レンガ作りの洋館の立派な応接椅子で、黒服の院長へ挨拶を終えたあと、母親は黄瀬川《きせがわ》に掛かるコンクリート橋の手前で名残《なごり》惜しげに賢三を振り返り、

（そいでな、今後一切家へは便りをせんでくれ。お前も辛かろうが兄さん達の為だと思って辛《しん》抱《ぼう》してな。便りがないのは元気な証拠だと、おらも考えることにするだでの）

申し訳なさそうに告げると、賢三の痩せた腕を両手でしっかりと握り、

（くれぐれも、無茶はするなよ）

愛おしそうにそれを二、三度揺すぶってから、橋向こうのバス亭へと背中を向けた。

「なあ、ちょっと、賢三君」

ぼんやり考え事をしていた賢三は、隣の少年に肘を突かれてはっとした。

「この後、キャッチボールやらないか」

彼の名は真雄《まさお》といって一つ歳下だが学年は同じだ。学校をさぼってばかりいた賢三とは違い勉強が良くできる。毎日寝起きを共にする同室者でもあり、黙っていれば癩者には見えない健康そうな少年だった。男子病棟での同室患者は他に盲目の年寄りと二十代半ばの岩橋青年で、目の不自由な年寄りの世話は三人が交代ですることになっている。

「うーん、そうだなあ」

暫《しばら》く考えてから賢三は、小さく頷き返した。断ってばかりでは気が引けるので仕方なく頷いたが、正直に言えばあまり気が進まない。

太股の赤班《せきはん》以外、どことい って悪いところのなさそうな真雄の屈託ない明るさが賢三は苦手だった。胸に痛みを抱えた賢三には無駄に身体を動かす余裕などそもそもなく、いずれお前もこうなるさと心中で悪態《あくたい》つきながら、学校が終わると部屋で布団を被る毎日だった。ここでは蚤《のみ》の襲撃《しゅうげき》もお手柔《やわ》らかで、押し入れに丸まって寝ずに済むのが有り難かった。

しかし転院から、はや四カ月。

痩せて骨張っていた身体には、確実に肉が付き体力も増してきている。

ここに来て賢三が一番驚いたのは、日に三度米の飯を腹一杯食べられることだった。おかずは院内の菜園で採れた野菜中心だが、卵や鶏肉や牛乳など滋養《じよう》のものが時折添えられる。更に特別な日には豚を屠殺《とさつ》してのご馳走まで出るらしい。この栄養豊富な食事と休養が効いたのか胸の痛みは快方に向かい始め、もう軽い咳ならしても平気な程なのだ。

「起立、礼」

学級委員の真雄の号令で教師役の患者に一礼すると、賢三は彼の後へついて野球の用具室に向かう。ユニフォームやシューズが整然と並ぶ棚の下から、革製のグローブとボールを取り上げ、中庭の広場に足を向けた。グラウンドは患者作業を終えた大人達が練習に使うので、遠慮《えんりよ》して中庭でボールを投げ合うのだ。

最初は旨く手中に収まらなかったボールも、やっているうち次第にグローブの真ん中で取れるようになってきた。受けては投げ、投げては受ける単純な繰り返しにじわりと身体が汗ばみ始め、高原を渡る夏風が火照った身体を心地良く冷まして過ぎる。

草津では学校が終われば奉仕作業か、山で食えそうなものを探すと相場が決まっていた。空腹に耐え兼ねて嫌々盗みを働いたこともある。なのにこの違いはどうしたことだろう。

草津で見慣れた鉄扉や高い塀がここには一切なく、それが不思議で賢三は真雄に聞いてみたことがある。すると、何でそんなものが要るのさと逆に聞き返された。懲罰房や解剖に至っては、ぽかんと首を傾げるばかりだったのだ。

ああ、なんていい気分だろう。

飛んできたボールをグローブで掴み、慎重に右手に握り直す。視線の向こうには白い雲を纏《まと》った富士の姿があり、その裾野に拡がるこの広い台地を行こうと思えばどこまでも行かれそうだった。握ったボールを再び真雄へ投げ返しつつ、この弾むように心地好い瞬間が、もしかしたら生きるってことだろうかと賢三はぼんやり思う。

「ナイスボール」

小さく応ずる真雄の声を聞きながら遠い空に眼をやれば、和也の顔が小さく浮いた。奉仕作業の炭背負いに歯を食いしばる時の、眉間に皺《しわ》の寄った辛そうな顔だった。草津では和也と一緒にいろんな悪さをしたが、こんな爽快《そうかい》な気分になったことは一度もなかった。


集めた卵を抱えて鶏小屋を出ると、賢三は丘の麓《ふもと》から遠く離れた炊事棟へと急ぐ。夜中にイタチでも現れたのか、今朝は鶏達の気が立っており卵集めに手間どった。足を早めても籠の卵が割れないよう、膝や足首を柔らかく使うのに神経がすり減る。

やがて炊事棟の勝手口が見えてきて奥に人の気配を感じると、賢三の胸は急に苦しくなる。肋膜炎のあの痛みとは全く別の、痛痒《いたがゆ》いような胸苦しさ。心臓が勝手に鼓動を速め、それを鎮《しず》めるために戸口の前で一度足を止めた。大きく息を吸って吐き、期待に胸を膨らませつつ賢三はゆっくりと勝手口の扉を開ける。

「お早うございますっ」

いつものように両手で籠を差し出すと、勝手口の側に居た中年の女性患者が大切そうにそれを受け取ってくれた。ご苦労さんだねと声を掛けられ、ぺこりとお辞儀を一つ。と同時に素早く炊事場の奥へ視線を向ける。あっ、居た。包丁で芋を剥《む》いているミチ子の背中が、僅か数歩の距離に見えた。

「そいじゃ、失礼します」

わざと大きな声で告げると、視線の先の彼女がこちらを向いて小さく笑ったような。ただそれだけのことで、賢三の心臓がびくんと大きく跳ねた。特別なことなど何もない昨日と同じ一日が、突然眩《まばゆ》い輝きを放ち始め、羽根のように気分が軽い。

学校に行っていた頃は、毎日間近でミチ子の顔を見られた。なのに卒業した途端に礼拝堂で姿を見るだけになり、彼女の炊事当番の日が賢三は待ち遠しくてならない。今日は芋を剥いていたミチ子だが、たまには勝手口の側に居て賢三の差し出す籠をはにかんだ笑顔で受け取ってくれることだってあるのだ。

陽射しが徐々に春めく三月、賢三と真雄は非公式の院内学校を卒業した。

学業を終えた者はそれぞれの症状に合わせ患者作業を受け持つ決まりで、真雄は迷わず農作業を選んだが、賢三は家畜の世話を希望した。母の忠告と草津での経験から、体力の要る農作業を回避《かいひ》して真雄の誘いを断ることにしたのだ。

天生院《てんせいいん》には三十羽ほどの鶏が飼われており、他に十頭ばかりの豚と数頭の乳牛が飼育されていた。患者数は公立の十分の一の百人少々。患者は野菜や麦などを育ててほぼ自給自足の暮らしをしているが、米だけは買っている。私立病院なので入院費は身内の負担だが、身寄りのない者も多く、不足分は寄付や助成で賄《まかな》われているらしい。

この一年の間に賢三は、こうした事情を少しずつ理解することが出来た。

あのまま草津に居たら、今頃は生きていなかったろうと賢三は思う。だから費用の伴《ともな》うこの転院を母の実家には感謝している。けれど生まれ持った姓を変えることだけはどうにも受け入れ難《がた》く、母の実家の姓で呼ばれても返事をしないと周りには公言していた。

やがて季節は初夏へと移り、神学校生達との野球親善試合が近付いてきた。大事な親善試合の選手に選ばれた真雄は、毎日遅くまで練習に励むようになった。本番を翌週に控えた院内対抗戦では大きな当たりを連発し、これなら四番を任せて大丈夫と周りの期待を一身に集めていた。しかし迎えた試合当日。真雄のバットは沈黙したままだった。

その失敗が余程堪《こた》えたか、試合後の楽しみである豪華な夕餉《ゆうげ》の席に真雄の姿がなかった。手付かずの真雄の飯を盆に取り置いて後片付けを済ませた賢三は、しょげているだろう彼を捜しに表へ出た。真雄は黄瀬《きせ》川の河原に、ぽつんと座り込んでいた。

「まあ、そうがっかりすんな。次があるべさ」

落胆を絵に描いたその背中の隣《となり》に腰を下ろし、軽く肩を叩く。

「次なんかねえさ。この試合でって約束だったんだ」

真雄はその手を邪険《じやけん》に振り払い、苛立たしげに声を荒げた。

乱暴に傍らの小石を掴むと忌《い》ま忌《い》ましげに川面に投げつけ、重たい溜息をひとつ。

「応援席の彼女が気になって、肩に力が入っちまった。全然、何時ものようにバットを振れんだった。あーあ、情けねえなあ……」

そこで悔しそうにもう一度大きな溜め息。

暫《しば》し無言で川を見つめていた後で、真雄はふっと肩を落としぽつりと言った。

「実は俺、彼女に手紙を出したんだ。出鱈目《でたらめ》の住所と女の名前で」

「うん」

短く応じて先を待ちつつ、彼女とはミチ子のことだと賢三はすぐに察した。色白で黒目勝ちの美少女を特別な想いに見つめるのは自分だけでないことには、とっくに気が付いていた。

「ここから出すと郵便局に怪しまれるだろ。だから、遠くのポストまで歩いていってさ」

天生院からの手紙の宛て先が、同じ天生院では確かに郵便局員が変に思うだろう。そこで真雄は消印の違うポストまでこっそり遠出をし、手紙を投函《とうかん》したらしい。

「今度の親善試合で必ずホームランを打つから、そしたら返事くださいって書いたんだ。ホームランは俺の気持ちのありったけだから、どうか受け取ってくださいって」

何とも青臭い内緒話を聞き終えて、賢三はそっと鼻で笑う。真雄は勉強も運動も良くできて、病み上がりの眉なしの学校も落第寸前だった自分とは比べるまでもないのだが、なにせ苦労が足りない。ふんっ、ざまあみろ。そんな子供騙《だま》しの計画が上手くいくもんか。

「ちぇっ、悪くても一本くらいは打てると思ったのにな」

そこで真雄は傍《かたわ》らの小石を手にとり、またも思い切り川面へ放った。さらに腹立たしげにこれでもかと石を投げ続けていてから。

「でもまあ、仕方ねえべさ。これですっきりしたよ」

ぱんぱんと音を立てて手の砂を落すと、あー腹減ったと河原から尻を上げた。

真雄にだけそんないい格好をされてはたまらない。事の顛末《てんまつ》に賢三もこっそりと胸を撫で下ろした。

そしてそのことを忘れ掛けていた秋のある日。真雄に一通の手紙が来たのだ。

その日、たまたま部屋に居た賢三は、配達係の子供が差し出した真雄宛の手紙を見てドキンとした。差出人は聞いたこともない男の名前だが、消印が何故かこの近くなのだ。急に心臓が怪しく高鳴り始め、直ぐにも封を切って中を確かめたい衝動をしかし懸命に堪《こら》える。

九月の声を聞いても昼の暑さは相変わらずで、汗だくに農作業を終えた真雄は疲れた顔で部屋へ戻ってきた。同室の岩橋青年の前でそれを渡すのが憚《はばか》られ、賢三は風呂のついでに真雄を黄瀬川の土手に誘った。まだ明るい戸外で懐《ふところ》の手紙を差し出すと、真雄は怪訝《けげん》そうな顔で無造作に封を切り、するとあっと呟いて目を輝かせる。

《お返事を出そうか止めておこうか随分と迷いました。でもせっかくの熱いお心に何もお返しをしないでは申し訳がなく、遅ればせに筆を執《と》ることといたしました》

こんな書き出しで始まるミチ子の手紙は、何の変哲もない至って当たり前の内容だった。少なくとも横に居て真雄の口からおよその文面を聞かされた賢三には、そのように思われた。けれど諦めていた返事が来たというそれだけで真雄はすっかり有頂天なのだ。早速返事を書くと嬉しそうな彼に、賢三はちょっと待てと首を傾げて見せた。

「返事は暫《しばら》く間を置いてからの方がいんでないか。だってお前とミチ子にだけ急にしょっちゅう手紙が来だしたら、周りが変に思うべよ」

患者同士の結婚を認めていないこの病院で、男女間の文通が問題にならないはずがない。草津では手紙の検閲《けんえつ》があり、文面が真黒に塗り潰されていたという話も聞いた。ここでは手紙の開封をしないようだが、用心するに越したことはないのだ。間を空けた方が目立ちにくく万一の難を逃れやすいと、賢三は冷静に理を説いて聞かせる。

「うーーん。じゃあ仕方ねえ、返事は来月にするか」

不満そうな顔で渋々賢三の忠告を容《い》れた真雄は、翌月ミチ子にこんな手紙を書いた。

《もうお返事はないものと諦《あきら》めておりましたので、お手紙を拝見した時は本当に嬉しく、天にも昇る心地でした。直ぐにもお返事を書きたかったのですが、返信が遅くなったのには訳があります。私達の文通は周りの誰にも知られてはならないことなので、用心して時間を置くことにしたのです。

なので貴女も、この手紙の返事は翌月まで待ってから書いてください。そしてもし熱瘤などで具合の悪い時は、無理をせずその翌月にしてください。貴女からのお返事を、私は楽しみに待つことにします。

さて、秋の親善試合がまたも近付いてきました。春は不甲斐ない結果で面目もありませんでしたが、今度こそあの約束を果たしたいと思います。貴女が私の味方となって一生懸命応援する姿を見ればたちまち勇気百倍。二人分の力を得て必ず良い結果を残せるでしょう。どうか、来月の試合を楽しみにしていてください》

やがて迎えた秋の親善試合で、真雄は約束通りホームランを放ち三打点をあげた。

快音を残し青空に吸い込まれていく打球を見送った瞬間、真雄は応援席のミチ子に誇らしげな視線を送り、それを受け止めてミチ子は眩しげにそっと目を細めた。その嬉しそうな二人を間近に、賢三は胸の奥の焼ける痛みをじっと堪える。

ミチ子の存在が気にならないと言えば嘘になり、だからと真雄のように真っ直ぐ想いをぶつけられるほど賢三は自分に自信がないのだ。試合後の有頂天な真雄の傍《かたわ》らで、賢三は胸の痛みをひた隠しミチ子には興味のない振りをするしかなかった。ところがそうして気のない素振りをすればするほど、真雄は送られてくる手紙を得意げに賢三へ見せびらかしてくる。

両親を失って、一度は死のうとしたが死に切れなかったこと。独りぼっちではあるが婦長さんに命を救われここで生かされている自分を、今は天に感謝している等々。ミチ子は飾らぬ言葉で自分の想いを率直に綴《つづ》っていた。

そうか、彼女も苦労したんだな。なのに周りを恨まず人を妬《ねた》まず、天主様へ真っ直ぐに感謝を捧げるその清い心根に賢三は深く打たれた。姿形だけでなく、彼女は心の中までもが本当に美しい素敵な人だと想いは益々深まった。

けれど身体の奥からふつふつと湧き上がる熱いマグマのような感情の塊《かたまり》は、再び黙って腹の底へと呑み下すしかないのだ。読めと言うから仕方なく目を通したんだと、興味のなさそうな顔でミチ子の手紙を真雄に返しつつ、賢三はそっと我が身に言い聞かせる。

仕方ねえべさ。真雄になんか逆立ちしたって敵《かな》いっこねえもんな。この熱い感情の塊は自分の内側の誰にも知られぬ秘密の場所で、これからも暗く燻《くすぶ》り続けるしかないのだと。

穏やかな秋の陽が注ぐ聖堂に、オルガンの響きが満ちている。凜《りん》とした威厳に彩《いろど》られ、しかしどこか哀愁《あいしゅう》を含んだ聖なる調べ。年末に披露する賛美歌の練習にはまだ間があり、燦々《さんさん》と陽の降る昼休みの聖堂はがらんとしている。その誰もいないはずの聖堂から洩れてくるオルガンの調べに、ミチ子ははたと首を傾げた。

そっと中を覗くと、婦長が一人オルガンの前に座っている。他に誰もいないのを確かめて、足音を殺しつつ聖壇の前まで進み静かに床へ膝を折った。厳《おごそ》かな音色を耳に、胸の前で両手を組み固く目を瞑《つむ》る。天主様、どうか私に道をお教えください。どうぞ私をお導きください。胸奥に呟きながら、一心に祈る。

まるで深い霧の中にでも迷い込んだかの、息苦しい頼りなさ。それをどうにか追い払いたくて毎日祈り続けている。だが右も左も乳色の霧に覆われたまま、一寸先も見えないのだ。胸の中に厚く垂れ込めた迷いの雲は何処へも行かず、祈っても祈っても答えが見つからない。

人目を忍んで真雄に手紙を書くようになってから、一年余りが過ぎていた。

その強引さに戸惑うこともあるが、彼の前向きな明るさがミチ子は嫌いでなかった。常に遠慮と気後れが先に立つ引っ込み思案の自分に比べると、彼の真っ直ぐな積極性が羨《うらや》ましく惹かれるものを感ずる。天涯《てんがい》孤独な身の上を打ち明けたり、小さな悩みを相談したりと二カ月に一度の返信をいつしか心待ちするようになっていた。

ミチ子ちゃん最近明るくなったわね。同室者の言葉にそうですかと首を傾げて見せながら、心の中で真雄に感謝した。自分を想ってくれる誰かがいると知るだけで、身寄りのない不安や孤独が吹き払われ、ありふれた野辺の草花さえがいつになく活き活きと輝いて見えるのだ。この幸せが、どうかいつまでも続けと祈らずにいられない。

ところが先日届いた真雄の手紙には、それだけでは我慢《がまん》出来ないと書かれていた。

「どうしたの、溜息なんて」

ふいに婦長の声がして、オルガンが止んでいるのに気付いた。

「あの……ちょっと、考えごとをしてて」

悩み深き嘆息《たんそく》を聞かれたことに慌て、ミチ子はぎこちない顔でその場へ立ち上がる。婦長に背を向け急いで出口へ向かおうとすると、心配そうに呼び止められた。

「浮かない顔ねえ。何か困り事でもあるんじゃなくて」

「いいえ、何でもないんです。ただ……」

しばし思案してから、ミチ子は小さく婦長を振り返り、

「人を好きになるって、どういうことかなあと思って……」

胸奥に立ち込めるもやもやした不可解な塊を、知らず言葉にしていた。

穏やかに頷いて、婦長は小さく眉根を寄せる。そのままじっとこちらを見つめていてから、

「ああ、そうねえ」

オルガンの側へ柔らかくミチ子を手招いた。

「誰か、気になる人でもいるのかしら」

「うーーん。良く分からない」

素直に婦長の側へ歩み寄り、ミチ子は困り顔に首を傾げて見せる。

真雄のことが気にならないと言えば嘘になるのだ。二カ月に一度の秘密の手紙は常に待ち遠しく、独りぼっちの寂しさを忘れさせてくれる。その存在は大きく頼もしく、何事にも前向きな陽気さに勇気を貰えたし、もちろん好ましさも感ずる。が、それと彼が書いてきた強い感情

とはどうも違う気がしてならない。

その熱く悩ましい感情を、真雄は恋と呼んでいた。

恋しい相手がいれば会いたくなるのは当然で、一度二人きりで話したいと真雄は強く書いていた。しかしミチ子はそう思わないのだ。このまま手紙で励《はげ》まされたり、失敗にくすりと笑ったり、喜びや感動を分かち合うので充分だった。直接会ってもどうせ緊張して上手く話せない気がするし、何より文通なら今以上の罪悪感に苦しまずにも済む。

「だけど、……男の人を好きになるのは、いけないことなんですよね」

答えは分かり切っているとの思いから、ミチ子は問い掛けの語尾を断定的に下げた。即座に肯定《こうてい》の頷きが返されるだろうと待ったが、そこで婦長の目の奥に小さな揺れが生じた。戸惑いを隠すかにふっと祭壇《さいだん》の十字架へ目線を逸らし、そのまま黙り込んでいた後で、やがて気を取り直したよう婦長は大きくひとつ息を吸う。

「あのね、人が人を好きになるのは、けして悪いことではないと思うの。だって、世の中には愛し合って結ばれる御夫婦だって沢山いらっしゃるのだから」

まるで自分自身へ言い聞かせるかに、婦長は一つ一つの言葉を慎重に区切りながらゆっくりと口にする。それから静かにミチ子へ視線を戻し、困ったように小さく笑った。

「だけどここは世の中とはちょっと違う特別な場所なの、それは分かるわよね」

「はい。分かります」

言われた意味を直ぐに察してミチ子が頷くと、婦長も安堵したように頷き返し、

「世の中に癩病院は沢山あるけれど、ここは本当に恵まれた素晴らしい所だと私は思うわ。世《せ》

間《けん》から忌み嫌《きら》われ石を投げられる患者さん達が、互いに助け合い家族のように和気あいあいと暮らしている。専門の先生の診察も公立並に受けられるし、病気に負けないよう精の付く物も食べさせてもらえる。慈愛《じあい》深い院長様のおかげで私達は本当に幸せよね」

同意を促すように間を置いてから、婦長は憂鬱《ゆううつ》そうに細い眉根を寄せた。

「ねえミチ子ちゃん、アダムとイブのお話を知ってるでしょ。蛇にそそのかされて知恵の実を食べてしまった二人は、神の怒りに触れてエデンを追われるのよね。それがなければエデンの園でずっと幸せに暮らせていたはずなのに」

「誰かを好きになったら、ここに居られなくなるってことですか」

不安に駆られてミチ子が問うと、哀しげに頷いて婦長はしんみりと先を続ける。

「私はね、私達がいつまでもこのままでありますようにって、毎日神様にお祈りしているの。少しでも何かが変わったら、幸せなんて簡単に壊れてしまうから。そして、人の想いは常に揺れ動いているものだから。ねえ、ミチ子ちゃん。貴女だって、ここに居た方が幸せだって、そう思うでしょ」

思いがけぬ非難めいた口調にミチ子は面食らい、

「でも、好きになるだけで……どうして」

素朴な疑念をつい言葉にしていた。人を好きになることは、けして悪いことではないと先刻婦長も言ったではないか。患者同士の結婚は禁じられていても、こっそり誰かに想いを寄せるだけなら誰にも迷惑を掛けないし、生きる励みにもなる気がするのに。

怪訝《けげん》そうに首を傾げてこちらを見返す澄んだ瞳に、スミは気後れを感じた。それを気取られぬようミチ子の瞳から用心深く視線を外し、こっそりと沈鬱《ちんうつ》な吐息をひとつ。

「それはね。男の人を好きになると、苦しくなるからなのよ」

「………」

「誰かを好きになったら、その人と目が合っただけで息が詰まりそうになるの。溢れる熱い想いに胸が騒《さわ》いで夜も眠れなくなる。なのにそれを誰にも言えないでしょ。重たい秘密をたった一人抱えて生きるのはとても辛いわ。ふつふつと涌き上がる熱い感情に蓋《ふた》をして耐え続ける自分が苦しくて、堪えきれなくて、逃げ出したくなってしまう」

感情の昂《たかぶ》りを押さえ兼ねたスミがつい語気を強めると、驚いたようミチ子は小さく身を退いた。

「逃げる……って、何処へ？」

不安そうに揺れるその大きな瞳を真っ直ぐ見つめ返し、スミは黙って頷いてみせる。ここより他に行くところは公立しかないのだ。それが恐ろしくて死のうとしたことを、ミチ子だって忘れたはずはないだろう。

「その人のことは諦めなさい。今なら間に合うでしょう」

鋭く命令的に言い放つと、ミチ子の視線が一瞬困ったように胸元へ落ちた。けれど直ぐに唇をへの字に曲げたまま気丈に顔を上げる。

「はい。良く……分かりました」

ぺこりとひとつ頭を下げ、そのままくるりとスミに背を向けた。

女性病舎の入り口へ向かう細い背中を痛ましく見送って、スミはほうっと短い息を漏らす。

乱れた想いを鎮《しず》めようと再びオルガンに向かい、耳慣れた厳かな旋律をひっそりと奏《かな》で始める。

引き取られた先の叔父一家がクリスチャンだった関係で、スミは幼い頃から教会音楽に親しんで育った。見よう見まねでオルガンを覚え音楽学校への進学も考えたが、父の意向で叶わなかった。だが高等女学院の寮に暮らしてからもオルガンは常に心の友だった。そして今でも、オルガンはスミの悩みを聞いてくれる唯一無二の親友なのだ。

抱えきれぬ胸の重荷を幾度もオルガンに打ち明けて、深く迷った末にスミはどうにか心を決めたところだった。それを告げる為に先刻上条の書斎を訪《たず》ねたが、生憎《あいにく》と電話中だった。書斎の扉をそっと閉じ、聖堂の二階から急な階段を聖具室《せいぐ》まで降りて、ここで電話が終わるのを待っていたのだった。

はっとして指を止め、白衣のポケットから父親の形見の懐中時計《かいちゅう》を取り出す。几帳面《きちょうめん》なスミには重宝《ちょうほう》な物で、実用品として愛用している。金色に輝く文字盤に目を落とし、そこでスミははたと思案に暮れた。

上条の電話はもう終わっているだろう。だがそろそろ昼休みの終わる頃合いでもあり、今日は午後から見学者の予定もある。今日でなくとも、またの機会で構わないのではあるまいか。まるで注射から逃げ回る子供のように、上条の前に出るのを無意識に敬遠《けいえん》している自分に気付きスミは小さく眉を顰める。

かつて多摩から出張診療に来ていた眼科の井上医師が、今は所長として沖縄《おきなわ》療養所に赴任していた。一緒に赴いた内科医の妻から届いた手紙には、南国の汗ばむ気候には馴れたが療養所は酷《ひど》い手不足でろくに寝る間もないとあった。夫人は夫の出張診療の折りに私的に天生院を訪《おとず》れており、その際に院内を案内して回ったスミとの文通が続いている。

人手が足りないのなら、沖縄に行ってみようか。その手紙を目にしてからスミの胸にはこの考えが降って湧いたように生まれ、やがて押さえ難《がた》くなった。だがそれでは、あの約束を果たすことが出来ない。瀕死の頼子の枕元で、私はずっとここにいると神に誓《ちか》ったのだ。何度も何度も自問を繰り返し悩んだ末に、しかしスミはやっと心を決めた。

ここが嫌になって逃げ出すのじゃないわ。沖縄に行っても私は一生癩者の友であり続ける。ただ、ここで味わう薄氷を踏むような毎日にはもう耐えられないのよ。頼子への言い訳を天に向かって呟くと、スミは肩を落としてふっと笑う。

上条と目が合うと勝手に鼓動を早める心臓の息苦しさ。それを悟られまいと常に表情を殺し、厚い鎧《よろい》で心を覆い、感情を封じ込めて過ごす日常の耐え難い重さ。そしてそれを悔いて悶々《もんもん》と寝返りを繰り返す夜の、眠れずに迎える夜明けの遠さ。

心から上条を尊敬し、共に癩者救済に働ける幸せを神に感謝していたというのに。その想いは今も少しも変わらないのに。上条の側にいることがこんなにも辛くなる日が来るなんて想像もしなかった。けれど何気ない瞬間に上条の存在を意識しただけで、ふいに燃え上がる心の炎は制御《せいぎょ》不能、いくら冷静に理を説いても消えようとしないのだ。

聖職者に想いを寄せる罪深さが恐ろしく、自分を責め続ける毎日にスミはもうヘトヘトだった。心の内をひた隠し一瞬も気の抜けない日常と、誰にも打ち明けられぬ秘密の重みにどうしようもなく疲れ果てていた。こんな毎日にはもう耐えられない。だからここにはいられない。苦しみ悩んだ末のそれがスミの結論だった。

力なく首を振ると、スミはオルガンの前から重たく腰を上げる。溜息とともに再び懐中時計をポケットへ滑り落し、そっと自分に言い訳をした。だって、今日これからじゃ慌《あわただ》しいわ。こんな話はもっと時間に余裕のある時に、落ち着いてするべきでしょうと。多忙な上条が昼日中に天生院の書斎に腰を落ち着けている機会など、実は滅多にないのだが。

なだらかな丘に拡がる麦畑の片隅で、賢三は寒さに震えている。青く冴えた月が丘の頂の櫟《くぬぎ》林に懸かっており、聖堂の尖った屋根や病舎の平屋根が、目の下で青く輝いていた。

「おい、ちゃんと伝えたんだろうな」

傍らの苛立ち声に、賢三はうんざりと溜息を洩らす。

「だから言ったでねえか。返事は貰えんだったたって」

ミチ子との密会の手引きを真雄に頼まれた時、賢三は最初きっぱり断った。それはいけないことだとは建前で、実は嫉妬《しっと》心からの拒否だった。手紙で強引に日時を約束した真雄は、夜ここで独りミチ子を待ったが彼女は現れず、次の日も、その次の日も待ちぼうけを食っただけだったらしい。

彼女が俺の誘いを断わるはずはねえ、来ないのにはきっと深い訳がある。何か困ったことが起きてるに違いねえんだ。それが心配で、俺は夜もおちおち眠れねえ。思い詰めた顔の真雄に強くせがまれ、不本意ながら賢三は伝言だけならと橋渡しを引き受けることにした。但し、運良く卵をミチ子に渡せたらという条件で。

なるほど賢三は毎朝炊事棟へ行くが、そこに必ずミチ子がいるとは限らない。炊事当番でたまたま本人がいても、直接卵を渡す機会など滅多にない。そして万一偶然その機会を得たとしても、本人が密会に応ずるとは限らないのだ。

いやそもそも伝言などせずに、彼女が真雄とは会いたくないと言ったことにする手もある。よおし、うんとじらして苦しめてやろう。日頃の強気もどこへやら、情けない顔で懇願する真雄を白けた思いに眺めつつ賢三は胸の奥でそっと笑っていた。ところが思いがけず、その機会は早くも三日後に訪れたのだ。

うっかり寝坊した賢三が、鶏小屋から卵を抱え急ぎ足に丘を下ると、炊事棟の戸口の横に盥《たらい》を持ち出してしゃがみ込んでいる背中が見えた。丸みを帯びた小さな尻には見覚えがあり、ミチ子のものだと直ぐに分かった。すると心臓がびくんと跳ね上がり、どくどくと頭に血が昇り、脳味噌《のうみそ》がふわりと霧に覆われた。

手早く青菜を洗う背中をそのままぼおーっと眺めていると、泥だらけの盥の水をミチ子が突然ざぶりと空けた。うわっ、冷てえ。足が濡れて上げた悲鳴に、驚いたよう彼女がこちらを振り返る。そこで賢三は、咄嗟《とっさ》にそれを口にしていた。

「今晩九時に、麦畑の作業小屋へ来てくれって。真雄が」

言うと決めたわけでもない言伝《ことづ》てを勝手に吐き出した自分の口に驚き、それを聞いた途端、困ったように歪められた細い眉に胸が締めつけられた。言わねばいかった、と強い後悔に苛《さいな》まれつつ、

「けど、二人じゃ気づまりだべ。俺も一緒に行くから、必ず来てな」

知らず、夢中で付け加えていたのだ。真雄だけでなく賢三自身、このままでは気持ちの収まりが付かないと感じていた。どうにかしてミチ子の本当の気持ちを知りたい。その欲求が言わせた言葉だった。

今は一体、何時頃だろう。

そわそわと気が急《せ》いて、二人は約束の一時間前に寮を抜け出した。それから随分と時が経った気がする。正確な時刻は知りようもないが、月の位置からすると十時近いと思われた。十一月末の夜気《やき》は容赦なく冷え込んでおり、足元から這い登る寒気に閉口して二人は着物の裾《すそ》から剥き出しの脛《すね》を両手で擦りつつ、その場へしゃがみ込んでいた。

「やっぱ、来ねえな」

ぼそりと賢三が呟くと、農具などを収納する作業小屋の横で真雄が強情《ごうじょう》そうにふんと鼻を鳴らす。しゃあない帰るべよ、と賢三が腰を上げ掛けると。いいや来る、と小さく唸って真雄は冷えた地べたへどかりと胡座《あぐら》をかいた。

「そうか……んだな」

もうミチ子は来るまいと思ったが、仕方なく賢三も再び隣へしゃがんだ。真雄の苛立ちが手に取るようで言葉が見つからず、じりじりと気詰まりな時が過ぎる。櫟《くぬぎ》林の上の月がやがて聖堂の真上まで来たのを確かめて、賢三は今度こそきっぱりと尻を上げた。

「もう待っても無駄だ。帰ろ」

真雄の鼻先へ手を延べると、無念そうに顔を歪めた真雄が渋々その手を掴んだ。のろのろと冷えた身体を引き起こし、そこで乾いた咳を一つ。寒さと惨めさに肩を窄め、二人は懐手《ふところで》に月明かりの丘を下る。すると向かう聖堂の影から、小さな人影が月光の下へ歩み出るのが見えたのだ。その場に足を止め、二人は仄《ほの》青い夜道へ注意深く目を凝らす。

人影の細い線はどう考えても男のそれでなかった。ミチ子だと嬉しそうに声を弾ませる真雄へ、しかし賢三は用心深く首を傾げて見せる。

「いや、見つかるとまずいかもしれねえぞ」

もしそれが当直の見回りなら、消灯過ぎに部屋を抜け出たことを咎《とが》められるかもしれない。ともかく様子を見ようと、刈り取って積み上げられていた麦わらの影へ身を隠す。人影は坂道を真っ直ぐこちらへ進み、やがて青白く染まった頬や三つ編みにしたお下げ髪がはっきりと見分けられるようになってきた。

これは幻でないのだろうか。それが待ち人とは俄《にわ》かに信じられず、狐につままれた心地で二人は言葉もなく目の前の人影を見送った。それからこれが夢でないことを確かめようと、互いの頬を軽く抓《つね》り合ってみる。そこでやっと気を取り直し、忍び足に踵《くびす》を返すと真雄は作業小屋の手前で無遠慮な大声を発した。

「いかったあ。来てくれて」

飛び上がらんばかりに驚いてこちらをふり向いたミチ子は、慌ててすとんと足元へ視線を落とし、困ったように胸の前で両手を揉み合わせる。

「おら、ほんとは来ねえつもりだったろも。………このままじゃあんまり申し訳ねくて。お手紙を貰えて………本当に嬉しかったです。おらには身内がいねえし、だから手紙が来るのが楽しみで、………それでこっそり返事を書いてきたけんど」

消え入りそうな声でそこまで言うと、ミチ子はきまり悪そうに顔を上げる。

「だけんど実を言えばこの一年、ずっと後ろめたくてならんだった。人に見つからねえように読みかけの手紙を慌てて隠したり。返事を書くのも夜中に聖堂の明かりでこっそりと。こんなことが上手く行くはずがねえ。いつかばれるに決まってる。そう考えると押し入れに隠した手紙が急に気になって、洗濯してても気が気じゃなかった」

思い詰めたように、そこできゅっと唇を引き結び、

「おら、神父様や婦長さんには良くしていただいて、すごく感謝してる。なのにその神父様や婦長さんに隠し事をするなんて、きっと罰が当たる。早く止めねば、止めねばと思いながら、でもお手紙が待ち遠しくてぐずぐずと今日までできたけんど」

困った顔で強くかぶりを振る。

「でも天主様は上から何もかもご覧になっているから、神父様や婦長さんの目を誤魔化《ごまか》しているおらを、きっとお許しにはならねえ。だからもう、お手紙は出さねえでください。今までいろいろ有り難うございました。お気持ちに添えなくて本当に御免《ごめん》なさい」

申し訳なさそうに深く一つ頭を下げると、ミチ子は素早く真雄の脇をすり抜け、今来た道を逃げるように病舎へと駆け下っていった。

惚《ほう》けたようにその背中を見送って、真雄は強張った肩の力をふっと抜き小さく笑う。何時もの自信の微塵《みじん》も感じられない、乾いた空虚《くうきょ》な笑いだった。その顔を横からちらりと盗み見て、まるで泣いてるみてえだと賢三は思う。

不本意ながら協力者のふりをしてきた賢三にとって、この結末は本来喜ばしいはずだった。

けれど傷心の真雄を前に、それ見たことかと手を叩く気にはとてもなれない。

「ちっと、寄り道していくべ」

下手な慰めも思い浮かばぬまま、賢三は気晴らしになればと黄瀬川の土手へ真雄を誘った。

月明かりを浴びた川面は巨大な蛇のように、蒼白い光を浮かべ静かにうねっている。河原の石に並んで尻を据え、まるで生き物のように何事かを囁いて過ぎる川の流れに黙って耳を浸《ひた》す。川面は勿論《もちろん》、土手の叢《くさむら》や河原石の一つ一つまでが月の滴に青く染まったそこは、まるで水底に迷い込んだかの別世界。眺めていると自分が息をしていることさえ忘れてしまいそうだった。

俺達ってまるで魚みたいだ、と賢三は思う。

深い水の底へ閉じ込められ、じっと身を潜めたまま夢も希望もなく一生を終える魚。乾いて味気ない療養所が水の底とはおかしな表現だが、ならいっそ本当の魚のように血も冷たくなってしまえればいいのに。ミチ子の前で急に心臓がどきどきしたり、かあっと頭に血が昇ったりしなくても済むように。

ぼんやりと賢三がそんなことを考えていると、ふいに間近で獣の声が響いた。女の悲鳴に似た鋭く甲高いそれは、牝を求める牡鹿の叫びだった。静寂を切り裂くその雄叫《おたけ》びには、命の欲求に従い生を謳歌《おうか》しようとする獣の本能の力強さが溢れていた。

「くそっ」

真雄が苛立たしげに立ち上がり、乱暴に下駄を脱ぎ捨てた。着物の尻をからげると、足袋裸《たびはだ》足《し》のままざぶざぶと川の中へ入っていく。

「おめ、冷めたくねえのか」

賢三が驚いて問うと、ふくらはぎまで水に浸かった真雄は、気持ちいいからお前も来いとにこやかに手招いて見せる。そんな馬鹿なと半信半疑に下駄を脱ぎ、賢三も恐る恐る川面に足を浸けてみる。案の定、水は足が切れそうに冷たい。

「うわっ、なんだよっ」

慌てて後ずさり、賢三は大声に真雄を罵《ののし》った。けれど気持ちは分からぬでもない。

「ははっ、ざまあみろ」

悪びれず愉快そうに笑うと、真雄はそのままざぶざぶと浅瀬の水を分けていく。と隠れていた岩にでも躓《つまづ》いたのか、ふいに身体が大きくぐらついた。慌てて両手を泳がせ危うく体勢を立て直すと見えた次の瞬間、けれど堪《こら》えきれずザブンと川床へ尻餅を付いた。

「うわっ、冷てえ」

大声で悲鳴を上げた真雄は、しかしそのまま立ち上がろうとせず、うおーっと獣のような唸りと共に川面を激しくひっぱたき始めたのだ。ありったけの力を拳に込め、これでもかと狂ったように水を殴《なぐ》る姿には、腹に据《す》え兼《か》ねる理不尽が透けていた。

俺は何も悪いことしてねえぞ。この病《やまい》は俺のせいじゃねえ。悪いのは全部癩菌の奴なんだ。なのに何で俺がこんな目に遭《あ》わねばならねんだ。こんな所に閉じ込められて恋も結婚も許されず、一生このままなんて。ふざけるんじゃねえ。同じ病を抱える賢三には、言葉にならないその叫びが痛い程に分かる。

そのまま気の済むまで放っておいてから、手を延べて川床から真雄を引き上げてやった。ずぶ濡れの真雄に着物を貸して賢三も震えながら下着で寮へ戻り、一緒に手探りで寝間着に着替えた。布団に潜り込んで暫くすると賢三はどうにか人心地《ひとごこち》が付いたが、真雄はいつまでもがたがたと歯の根を震わせていた。そして翌朝から高熱を発したのだ。

賢三が見舞いに行くと、重病室の真雄は体中を包帯に覆われていた。口の中にも熱瘤がにょきにょきにょき生え、水しか喉を通らないようだった。しかしそれでも体力のある者は、二週間もすると熱が下がり起きられるようになるのだ。熱瘤は、低温を好む癩菌が身体の中で活動を活発化させたことへの正常な免疫《めんえき》反応だったが、解熱《げねつ》後の身体には様々な爪痕《つめあと》が残されることになる。

丘一面を覆っていた櫟《くぬぎ》林には、墓標のように切り株が続いている。

櫟林は薪や炭の材料として患者達が大切に育ててきたものだが、供出《きょうしゅつ》で丸坊主にされた。冬場の暖は雑木でも集めて凌ぐしかないが、御国の為に贅沢《ぜいたく》は言えない。中国大陸での長引く戦争が、本土の生活に色濃い影を落し始めていた。

丘の中腹まで登った賢三が切り株の一つに腰を下ろすと、痛々しく並んだ切り株の向こうに尖った聖堂の屋根やその背後の麦畑が見下ろせた。澄んだ秋空の西端は少しずつ淡い蜜柑《みかん》色に染まり始めており、その夕空を切り裂いて編隊を組んだ戦闘機《せんとうき》の一団が、颯爽《さっそう》と翼を煌《きら》めかせ飛び去っていく。

子供の頃は飛行機乗りになるのが夢だった。

西空へ遠ざかるその雄姿を目で追いながら、賢三は小さく笑う。富国強兵が叫ばれ急速に軍国主義へ傾く世相の中で、戦闘機乗りは多くの少年の憧《あこが》れの的だった。賢三も勿論《もちろん》その口で、だが草津の大人達にそれを言うと腹を抱えて笑われた。癩者には徴兵検査《ちょうへい》も出征《しゅっせい》もなく、お国の役に立つどころか、生きて療養所から出られないことを後から知った。

「おーい、賢三」

名を呼ばれて目線を下げると、真雄が切り株の間を登ってくるところだった。身体を左右に揺らす特徴的な歩き方から、遠くからでもそれと分かる。

あの夜無茶をして高熱に見舞われた真雄は、片足の自由を失った。熱が下がりベットから立ち上がろうとしたら、右足の足首から先が麻痺《まひ》していたのだ。だらりと足が下がったままで感覚のないその足を引きずって歩き回り、知らぬ間に作った傷が化膿して切断に至る患者を賢三は草津で多く目にしてきた。

しかし真雄は不自由な片足を器用に持ち上げては難なく斜面を登ると、賢三の隣《となり》の切り株へ息も乱さず腰を下ろした。持ち前の負けん気から足のハンデをバットで取り返し、今も野球を続けている。

「おめ、練習はいいのか」

「ああ、遅くなると断ってきた。実はお前に、折入って頼みがあってな」

切り株へ尻を付けるなり、真雄は賢三の方へ小さく身を乗り出す。

「この前もちっと話したが、この病院の将来について若いもんだけで改善点を話し合っててよ。今晩、その集まりがあるのさ。それでお前にも顔を出しちゃもらえねえかと思ってな。秘密の集まりだから場所はまだ言えねえが、俺と一緒に来ちゃくれねえか」

先週この集まりのことを真雄から聞かされたが、賢三はふうんと首を傾げるに留めておいた。一部の若者の不穏な動きは他の患者の知るところでもあり、良からぬ相談をしてねばいいがと、同室の年寄りも気に懸《か》けていた。賢三がそれとなくその懸念《けねん》を伝えると、

「ふんっ。大人達は皆、娑婆《しゃば》でいい思いしてきてるだろ。でも、俺達は死ぬまでここから出られねんだ。公立じゃ結婚を認めてるってのに、ここで認めねえのは納得できねえ」

鼻息荒く吐き捨てると真雄は賢三の顔を覗き込み、お前はそう思わねえのかと逆に詰問調《きつもん》の言葉を投げてくる。刺すようなその視線から目を逸《そ》らし、ふーーっと長い息を吐いて賢三は仕方なし重い口を開いた。

「あそこで結婚すっと玉抜かれんだぞ。おめ、そんでもいいのか」

「ええっ、何でだ」

「決まってるべ。子供が出来んようにだ」

「うーん、そらあ嫌だなあ」

「だいいち公立へ行ったからって結婚できる保証はねえ。女がうんと足りねんだから。そいで運良く相手が見つかっても、一緒に暮らせるわけでもねえ」

癩療養所の入所者は男性が女性の三倍程で、その著しい不均等から風紀の乱れが甚《はなは》だしく、断種手術を条件に結婚を認めたのは管理者側の苦肉の策でもあったろう。

「俺の姉ちゃんは夜這《よば》いを嫌って、好きでもねえ相手と仕方なしに結婚した。結婚すると亭主は女子寮に入れるけど、人前じゃなんだろ。便所とか木の陰でするから、おちおちなに出来ないって大人達がぼやいてた。結婚しても姉ちゃんは全然幸せそうじゃなかった」

痩せてやつれた姉の死に顔を思い起こせば、賢三の胸には暗い怒りが蘇《よみがえ》る。

「ろくなものを食わせないで患者をこき使って、文句を言ったら反抗的だってんで懲罰房《ちょうばつぼう》に放り込むのが公立さ。それに比べりゃここは天国だもんな。俺は頼まれたって二度とあんなとこへ戻りたくねえ」

懲罰用の独房には火の気がなく、治療どころか食事も減らされる。草津の厳しい冬には凍死者も多数出た。職員の一睨《ひとにら》みで簡単に放り込まれるから、他者の動きを密告して胡麻《ごま》をする者もいて、そういう患者を犬と呼び山賊《さんぞく》寮の面々は目の敵にしていた。賢三が沈んだ声で話し終えると、

「そうか、公立は駄目かぁ。だったら、やっぱここで認めてもらうしかねえな」

落胆したように肩を落としつつも、真雄は諦めきれない様子だ。

その彼にうんざりと首を振って賢三は、

「世間の人達はいいんだよ、俺達は癩者だから。人様の情けで生きてる厄介《やっかい》もんだから。一生ただ飯食ってる役立たずが、女房子供も養えねえのに結婚どころじゃねえだろう」

乱暴に吐き捨てると、真雄はふと真顔に戻りぽつりと呟いた。

「だったら俺、なおさら結婚してえよ」

「…………」

「だってこのまんまじゃ、あんまり俺が可哀相だ。男として生まれて、女の柔肌や乳房の温みも知らねえで死んでくなんて。どうせ一生ここから出れねえなら、せめて人間らしく死にてえ。男と女の営みは、命として当然の摂理《せつり》だろ」

「そんな難しいこと言われても、俺には良く分からねえよ。ただ、神父様は俺達のことを本当

に親身に考えてくれてるって気はするな」

強情そうに歪んだ真雄の顔へ、賢三が穏やかに言葉を添えると、

「それは俺だって分かってるよ。有り難てえことだとも思ってる。けどこればっかりは、どうしても納得がいかねえ」

強くかぶりを振って立ち上がると、真雄は怒ったよう後も見ずに斜面を下っていった。

その背中を気まずく見送って賢三は、同室の盲目の老人の言葉を胸に呼び返す。

真雄が同室の岩橋青年と連れ立って頻繁《ひんぱん》に部屋を空けるようになってから、盲目の老人の世話は賢三一人《ひとり》の仕事になっていた。消灯過ぎに部屋を抜けた二人は、夜の白む頃に寝床へ戻り、翌朝は必ず寝坊するからだ。

家畜小屋から一度戻って着替えや朝食の世話を焼き、賢三は老人を盲人用の作業場まで手を引いて連れていく。癩者は目をやられることが多いから、いずれ我身と思えば毎朝の世話焼きも苦とは思わない。コツコツと硬い音を上げる義足に合わせゆっくり連れ立って歩くうち、やがて老人はぽつぽつと自分の身の上などを語るようになった。

加藤文吉老人は代々続く富農の嫡男《ちゃくなん》に生まれたが、突然の病に妻を離縁《りえん》し全財産を弟に譲《ゆず》ってここへ来た。弟は兄の入院費を払う約束だったが半分しか金を払わず、怒り心頭の老人は弟を殺して自分も死のうと決意する。けれど碧眼《へきがん》の先代神父から遠大なる神の愛を諭《さと》され、弟は死んだものと思い決め、身寄りない患者として生きようと決めた。

それからは馴れぬ農業に精を出し、若い頃は農業主任を務めていたらしい。大正の大地震の際には先頭に立って傾いた病舎の補修に当たり、瓦の葺き替えに自ら屋根にも登った。その無

理が祟《たた》って急速に目を悪化させ、麻痺していた片足も失う羽目になったが、恩ある神父様のお役に立てて本望だと静かに笑う。

応じて賢三も簡単に身の上を話し、黙って聞き終えた老人は急に声を低めた。

「ところで、あんたはあの相談事に加わらんのかね」

眉間の皺《しわ》を深くして真雄や岩橋青年の仲間にならないのかと問うてくる。

「おら気が進まねえんだ」

賢三が正直に眉を顰めると、

「そうか。あんた、草津から来なした人だったね。草津も酷いところと聞いたが、長島で大きなストがあったのを知ってるかね。当時は新聞も連日取り上げたようだったが」

「ああ、そう言えば。大人達がこそこそ話してるのを、ちらっと聞いた」

その頃賢三は笑うことも出来ぬ胸の激痛に寮で呻《うめ》いており、大人達のひそひそ話を小耳に挟んだ程度の記憶しかない。長島で凄い暴動《ぼうどう》が起きたと聞いたが、新聞も手紙も検閲で真黒に塗りつぶされており、大人達が何処でその情報を掴んだかは謎だった。

賢三の返答を受けて老人は、

「あそこじゃ定員を三百人も超えとったそうでの、国からの支給は定員分だから当然食費が足りねえ訳さ。飯は粗末んなるし、作業賃だって雀《すずめ》の涙だ」

昭和十一年当時、瀬戸内海の小島の国立療養所は定員八百九十人分の食料費で千二百人を養っており、そのうえ更に患者を受け入れようとしていた。

「なら、草津もきっとそうだ。出てくるのは麦飯と腐った野菜の汁だけだったから」

それを腹に据えかねた山賊寮では、畑の野菜を盗んでいたが、それは言わないでおく。

「そこで患者側が人数に見合うだけの食費と、もうちっとましな作業賃を要求して一斉にハンストに入ったのさ。患者が作業を放棄したら職員だけじゃ何にも出来ねえのが療養所だ。ストを収《おさ》めるのに警察が動いたそうだ」

老人は皺《しわ》ぶいた口の端から沈痛《ちんつう》な吐息をふっと洩らし、

「うちの神父様は、長島の所長さんとはお知り合いだそうでの。当時は、事の成り行きに随分と心を痛めておられた」

長島療養所の所長は、かつて多摩療養所の所長をしていた人で、上条の求めに応じて天生院《てんせいいん》に眼科医の井上を派遣してくれた人物だった。

「事件が新聞に出た後、神父様はわしらを講堂へ集めなさっての。自分を親とも思い困ったことがあれば何なり相談してほしい、出来る限りのことはする。と、こうお話しになられた。わしはその頃患者会の代表をしとっての。いやいや、神父様。こんなに良くしていただいて、何の不満なんてありましょうやとお答えしたのさ」

「………」

「わしがそう言うと、神父様は嬉しそうに有り難うと仰《おつしや》った。それでもその後、わしらの作業賃を値上げまでしてくださったんじゃ。ここの生活は確かに世間並みとはいかねえ。それでもわしらはこれ以上ない暮らしをさしてもらってる。公立にいたあんたならそれが分かるだろう」

老人の問い掛けに賢三が黙って頷くと、まるでそれが見えたかに頷き返し、

「何の相談だか知らんがの。神父様を困らせるようなことをすると罰《ばち》が当たる」

見えない目で虚空を睨み、老人は眉間へ大きな皺を寄せた。

櫟の切り株に腰を下ろしたまま賢三が丘の麓《ふもと》へ眼をやると、真雄は聖堂の角を曲がってその向こうへ姿を消すところだった。そこで鐘楼《しょうろう》の鐘が鳴りだし、思い思いの場所に跪《ひざまづ》いた患者らが夕べの祈りを捧げ始める。遠い放牧地では牛がのんびり草を食み、畑では麦の穂が夕陽を浴びて黄金色に輝いている。

お前に、これを見せてやりてえよ。

胸の中に小さく呟いて、賢三は重たい溜息を一つ。腹一杯米の飯が食えて炭背負いもねえなんて、お前は何でそんなところに居るんだと和也なら目を丸くするだろう。しかしそれを真雄に言っても、きっと無駄なのだ。小さくかぶりを振って肩を落とし、賢三は櫟《くぬぎ》の切り株からのろのろと腰を上げた。


夏の盛りには大地に満ち満ちていた虫の音が、近頃めっきり寂しくなった。虫音の合間に訪れる夜の静寂に、深まる秋が色濃い。都会の喧騒《けんそう》を忘れさせるその静寂に喜んで賢哲《けんてつ》の書でも紐解《ひもと》きたいところだが、上条には相変わらずそんな暇がない。

聖堂二階の書斎兼寝室で、大きな書き物デスクに向かい上条は気重にペンを走らせている。胸には理不尽な要求への憤《いきどお》りが強く蟠《わだかま》っているが、これぱかりは如何《いかん》ともし難かった。

先頃、東京の大司教を通じて打診を受けた際には、きっぱり断りの返答をした。その件は私の任に非《あら》ずと。しかし軍部はそれを承知せず、協力は国民の義務とまで迫られては日本男子として肩身が狭い。度重なる要請を断りきれず、遂に不本意ながら中国大陸東北部視察の意を固め、興亜院《こうあいん》宛の返事をしたためているところだった。

興亜院とは対中国侵略政策に対応する中央機関で、実権は帝国陸軍が握っている。

視察とは言うが、旅の目的は対中国天主教懐柔《かいじゅう》工作に他ならない。蘆溝橋《ろこうきょう》事件により中国大陸へ侵攻した日本軍は民心掌握《しょうあく》に苦慮《くりょ》しており、その対策として教会に目をつけたのだ。中国カトリック教会はヴァチカンの傘の元、現地信者に多大な影響力を誇っており、一人の宣教師を味方にすれば千人の中国人を得たも同然と言われていた。

小さくドアが叩かれる音に気付き、上条はペンを持つ手を止める。壁の大きな振り子時計に眼をやるまでもなく、消灯時刻はとっくに過ぎていた。誰だろう。訝《いぶか》りながらもドアの向こうへ招《しょう》ずる声を掛けるとゆるゆるとドアが開かれ、入ってきたのは良く知る聡明な青年患者だった。その後ろには六人ばかりの若者がぞろぞろと続いている。

「やあ、君達か。どうしたんだい、こんな時間に」

一体何事かと内心首を傾げつつも、上条は笑顔で彼らを迎えた。

「神父様、今日は大事なお話があって来ました」

先頭の若者の固い視線へ穏やかに頷き返し、書き物デスクの前から腰を上げる。

「じゃ、そっちで聞こうか」

隣接《りんせつ》する応接ソファーへ自ら席を移すと、先頭の若者ともう一人が意を決したよう向かいの椅子に座った。他の者は立ったままソファーの周りをぐるりと囲む。

「俺達、将来のことについていろいろ話し合ってきたんです。それでどうしても改善してほしい点があって、お願いに上がりました」

リーダーらしき先頭の若者は、切り口上に告げると懐《ふところ》から半紙を取り出す。

「ここに要望書があります。署名はここにいる者だけですが、これはこの病院の患者の総意とお考えください。患者達の声に耳を傾け、どうか善処《ぜんしょ》をお願いしたい」

挑むような視線を上条に向け、無表情にそれを差し出してくる。

聡明で向学心が強いその若者に、上条は日頃から一目置いていた。図書館の難解《なんかい》な哲学書に興味を持っていることを知り、多忙な時間を割いて哲学を語ったこともある。その時の質問の鋭さと的確さに内心舌を巻き、こんな病に躓《つまず》かなければ将来ひとかどの人物になったはずと、秘かに岩橋青年の才能を惜しんでもいたのだ。

その彼の、鋭く尖った視線にたじろぎつつ上条は差し出された半紙に黙って目を通す。

毛筆で箇条《かじょう》書きにしたためられた要求は全部で四つあり、要は院内での結婚を認めてほしいとの内容だった。結婚した夫婦には専用の一部屋をあてがうことや、子供が出来たら養子に出すなど、現状では到底不可能な青臭い要求も含まれている。

「もちろん、君達の要望には出来る限り応えたいと考えているよ」

半紙から目を上げ上条がにこやかに応ずると、若者は安堵したよう頬を弛《ゆる》めた。

「だが、ここでは患者同士の結婚を認めていない。これはこの病院を創設されたフランス人宣教師がお決めになったことだ」

残念だがと静かに付け加えたうえで上条は、これが当院の患者全員の総意というのは間違いないのかと逆に彼に問うてみる。

「そうです。皆は口に出さねえけど心の中は同じです。院長先生には本当に良くしていただいて、それは凄《すご》く感謝してるんです。だけど結婚を禁じられて死ぬまでここで禁欲生活を送るのは、どうしても納得できません。公立では結婚を認めてるじゃないですか」

リーダーがそこで声を荒らげると、隣の若者が堪《こら》え兼ねたよう鋭い声で、

「ここは修道院じゃないし、俺達は修行僧じゃねえんだ。公立で認めてる結婚を、何故認めないんですか」

周囲の若者からも、そうだそうだと激昂《げっこう》した声が飛ぶ。

「癩者だって人並みの生活を送る権利があるはずです」

「人間は神の前に平等だと、神父様だって日頃から仰ってるじゃないですか」

口々に言い募る彼らの興奮を鎮《しず》める為に、上条はそこで小さく片手を上げた。

「君達の言うことは良く分かった。私は興亜院の要請で暫く中国へ行かねばならなくなった。だが、戻ったら直ぐに転院の手続きを取ることにしよう」

努めて冷静に告げると、彼らは顔中を不満に歪めた。

「違います神父様、俺達は公立へ行きたいんじゃない」

「そうです、ここで結婚したいんです」

「ここで結婚を認めてほしいんだ」

「公立が認めてるのに、何故ここじゃ駄目なんですかっ」

しつこく食い下がる若者達へ、上条は小さく眉を顰める。

「ここは皆さんが静かに祈りながら病を養い、最後の審判《しんぱん》による復活を待つ為の神の家です。

世間を追われた癩者が家族のように助け合い励まし合って暮らす神の家です。フランス人宣教師である代々の院長はご自分の命を投げ出して、ここに癩者の楽園を築こうと奔走《ほんそう》されてきたのです」

厳しい表情で告げると、彼らの真意を確かめるように居並ぶ顔のひとつひとつを見回す。

「ここでは患者同士の結婚を認めていないが、もちろん皆さんの意志は尊重《そんちょう》します。私が戻るまでに良く考えて、転院希望者は申し出るように」

言い終わると黙って立ち上がり、ドアの前まで歩いて大きくそれを引いた。硬い表情の無言の圧力に押し出されるよう、不満げにぞろぞろと出ていく若者達の背後で気重にドアを閉じ、長い溜息を一つ。

初代の院長は不治の病の救いを祈りに求め、修道院の如き自給自足の生活を理想としてこの病院を興《おこ》した。しかし米を買う金や治療に掛かる費用など、寄付に頼らざるを得ない部分も少なくない。人の善意で養われる者が、人並みに結婚とはおこがましいと代々の院長は患者同士の結婚に否定的だった。

だが患者の低年齢化に伴い、思春期を迎えた若者の性の問題は深刻化している。公立が条件とする断種手術は宗教上到底容認出来ず、しかしそれをしない結婚では当然子が産まれる。親が隔離《かくり》施設に収容された未感染《みかんせん》児童さえ引き取り手がない現実を見れば、上条も患者同士の結婚には否定的にならざるを得ないのだ。

多忙な時間を割いて球場へ足を運び、自ら野球のルールを覚えたのも、院内の荒れ地を患者らと共に整地して手製の野球場を造ったのも、神学校生との対抗試合を企画し、院内上げての恒例行事としたのも、全ては若者達の有り余るエネルギーをスポーツで発散させ、異性への興味から目を逸《そ》らそうとする上条の苦肉の策だった。

その努力の全てが虚しく感じられ、書き物用の大きなデスクの前に上条は崩れるよう腰を落した。手紙の続きなど書く気も失せたが、それでも溜息混じりに興亜院への返信をしたため終え、インクの渇ききらぬ便箋《びんせん》を前に椅子の背当てに深々と身を埋める。

両腕を肘掛けに重たく瞼を閉じると、それまで感じたことのない激しい徒労《とろう》感に襲われた。東京と天生院との往復という多忙な生活の中で、溜まりに溜まっていた全身の疲れがそこで一気に噴出《ふんしゅつ》し、張り詰めていた気力が急速に萎えていく。怒濤《どとう》のように渦巻く疲労と倦怠《けんたい》の泥沼にどっぷりと呑み込まれ、二度と這い上がれないような気さえした。

しかしそれでも上条は小さく頭を振り、へたり込んでいた椅子から身を起こす。

聖職者として、定時の祈りを捧げる時間だった。

若者達が去った後のドアへ再び足どり重く向かい、聖堂へと続く急な階段を上条は静かに降りる。移動がちな多忙な生活にありながらも、上条は聖職者の義務であるこの祈りを欠かしたことはなかった。

良く晴れた秋空の下に、北京の街並みが拡がっている。

北京飯店（ホテル）の自室の窓辺から、すっかり見慣れた壮大な夕景を見渡して上条はそっと嘆息をひとつ。沈む夕陽が染め上げた黄昏《たそがれ》色の街並みが、黄砂《こうさ》にまみれたかに埃っぽくくすんでいた。いや、こちらの気分が重たいせいでそう見えるのかもしれない。そっと肩を揉《も》みながら上条は、小さな溜息をもう一つ。

北京入りしてから既に十日。可能な限りの伝《つて》を探《さぐ》って中国カトリック教会との接触を模索《もさく》しているが、進展は思わしくない。それでも滞在中のホテルから、ミサに預かる為に近くの教会へ毎朝通ううち、現地の邦人信者らと親しくなった。そこで彼らから同教会の中国人司祭が、スパイ容疑で日本軍に捕えられていると知らされたのだ。

あの温厚な神父様がスパイなどとは、きっと何かの間違いだ。是非どうにかしてほしいと懇《こん》願《がん》され、無理を承知で日本軍の憲兵《けんぺい》詰所に赴き、今戻ったところだった。たった今目にしてきた光景を思い返せば、自身の非力と無力さに溜息を禁じ得ない。

面会室に現れた小柄な中国人は、両足を鎖で繋がれていた。鉄の枷《かせ》に擦《こす》れて肉の破れた脛《すね》は血だらけで、それを庇《かば》いつつ慎重に足を運ぼうとする彼を、若い憲兵は早く歩けとばかり乱暴に小突きながら引き立ててくるのだ。牢獄《ろうごく》に繋いで更にこれほど厳重に拘束する必要が一体どこにあるのかと、上条は痛ましさに胸を刺された。

粗末なテーブルを挟んで向かい合い、まずは初対面の挨拶を口にする。カトリックの公用語であるラテン語を使えば、中国語を解《かい》さぬ上条にも司祭との会話に不自由はない。だが立ち会いの憲兵の為に、それを逐一《ちくいち》日本語に訳さねばならないのだ。司祭へのラテン語を憲兵向けに日本語に訳し、相手のラテン語を再び日本語に。

十月の底冷えする季節に司祭は薄い下着一枚で、拷問を受けたに違いない紫に腫れた唇や痩せた手首の縄目の痕に、何とか彼の一助にと上条の心は傷んだ。だが、憲兵の耳を気にしてか司祭の口は重く、会話は型通りの挨拶から一向に先へ進まない。

決まりきった挨拶《あいさつ》をいちいち日本語に訳す手間がもどかしく、早く問題の核心に迫らねばと焦燥《しょうそう》に駆られながらも、何の進展もないままに短い面会時間の終了が告げられた。スパイ容疑と聞いた誤解《ごかい》の原因を本人から聞き出せれば、憲兵の心証を良くすることが出来るかもしれないと秘かに期待していたが、到底《とうてい》及ばなかった。

椅子から乱暴に引き立てられ再び獄舎《ごくしゃ》へ向かう司祭の痩せた背中へ、上条はせめてもの想いを込めて神の許しと祝福の祈りを投げた。すると憲兵がぴたりと足を止め、「貴様、今何を言った」威圧的な怒声とともにこちらへ詰め寄ってきたのだ。スータンの胸元を鷲掴《わしづか》みにされ、痛く自尊心を傷付けられながら、

「この方に神の許しと祝福が与えられますように、と祈っただけです」

努めて穏やかに応ずると、憲兵は上条の顔を舐める如く憎々しげに睥睨《へいげい》し、「ふんっ、貴様もスパイ容疑でぶち込んでやろうか」横柄《おうへい》な捨て台詞とともに上条を突き飛ばした。

髪に白いものの混じる司祭は、還暦《かんれき》を過ぎた年齢だろうか。全身に滲んだ憔悴《しょうすい》はさすがに隠せないものの、瞳は静かに澄み渡り逆境に在ってなお表情は泰然《たいぜん》としていた。スパイなどとは無縁の人格者であることは一目瞭然《いちもくりょうぜん》で、けれど興亜院の後ろ盾《だて》のない一邦人《ほうじん》司祭の立場では、とても寛大な処置などと言い出せる雰囲気ではなかった。

己の無力をずしりと両肩に、激しい自責の念に駆られつつ上条は憲兵詰所を後にしてきたのだ。明朝のミサで信者らと顔を合わせたら、一体何と言えばいいのだろう。残念だが力になれなかったと正直に告げるしかないのだが、何とも気が重かった。

ところが、それから三日後の夕刻。

「たった今向こうから連絡があり、神父様となら面談しても良いとのことです」

こちらから伝《つて》を探った時には頑《かたく》なに接触を拒んでいた中国教会側が、日本企業の現地駐在員を通じて上条との面会を受け入れる旨伝えてきたのだ。何の役にも立てず終わった獄舎訪問だったが、中国側はそれを好意的に受け取ってくれたようだった。

この吉報に、上条は張り切って一流の中国料理店に席を設けた。

現地司教ら教会関係者と近しく会食することで、和《なご》やかな面談が出来ればと考えてのことだった。が、思惑とは程遠く、奮発《ふんぱつ》した豪華な料理を前に語られたのは日本軍の横暴《おうぼう》に対する非難ばかりだった。先日の憲兵の態度からある程度の予想はしていたが、修道院接収に際しての修道女への暴行など、耳を塞ぎたくなる内容も多々あった。

昭和十二年十二月、大虐殺《ぎやくさつ》とともに南京を陥落《かんらく》させた日本軍に対し、中国側は重慶《ジユウケイ》に遷都《せんと》して徹底抗戦を貫き、三年を経た今も頑強な抵抗を続けている。占領地に於ける民心掌握の必要に迫られた軍部は中国カトリック教会を利用しようと考えたが、占領下の中国に於いて残虐《ざんぎやく》と横暴の限りを尽くす日本軍との接触を、教会側は頑なに拒み続けていた。

上条が軍部から求められた役割は、日本カトリック教会の代表として彼等と接触し、中国教会側が進んで占領軍に協力するよう仕向けるという難しいものだった。けれど上条は公の立場を断固辞退《じたい》。一個人として教会側との接触を図り、まずは互いに面識を得てそれを今後の足掛かりとすることで、興亜院の了解を得ていた。

会食の席には不似合いな、聞くに堪えない日本軍の横暴に上条は返す言葉もなかったが、それでも宗教に関する事柄ではかなり腹を割った話が出来た。お陰で現地司教や中国人司祭らは、上条を信頼に足る人物と認めてくれたようだった。

別れ際の固い握手にそれを感じた上条は、日本軍や日本大使館の要人らを交えた会食の席を、さらに翌日もう一席設けることにした。しかし気張って用意した豪華な夕食は、またも手つかずのまま冷えていっただけだった。

建前《たてまえ》は個人の視察旅行だから、交通費やホテルの滞在費は元より、こうした中国料理店の支払いも全て上条の持ち出しである。だがもし公人の立場なら、中国教会側との会食などそもそも不可能だったろうと思われた。

北京から済南《チーナン》へ向かう列車の一等座席に腰を据え、上条は鉛でも飲んだかに重たい胃の辺りをそっと摩《さす》っている。今朝早くにホテルを発ったから朝食を採る暇もなかったが、そもそも食欲など全くない。

昨夜の会食で、まずは互いに面識を得ることで今後の理解に繋《つな》がればと上条は願ったが、いざテーブルを前に向き合うと日本側も中国側も己の主張を一歩も譲らず、会談は物別れに終わってしまった。二晩続けてこなしたこの気疲れのする会食が、胃の不快の原因のような気がする。そして、これから向かう済南や青島《チンタオ》でも、事情はさして違わないのだろう。

固く閉じられた教会側の門を叩き招じ入れてもらうには、現地に派遣されている日本企業駐在員の協力が欠かせない。亡き父が日本経済界の重鎮《じゅうちん》だった関係で、上条はその方面に人脈があり北京でも彼等には大いに助けられた。しかし逆にそれが可能な自分だからこそ、興亜院が白羽の矢を立てたのだろうと考えると胸中は複雑だ。

そこで嘆息を一つ吐き、上条は気疲れに凝り固まった肩をゆっくり回す。茫漠《ぼうばく》と流れ去る窓外の平原へ再び目をやれば、今度は留守にしてきた天生院へ想いが向いた。不在中の天生院を、上条は教え子に託してきたのだ。

山上達彦《やまがみたつひこ》は大東京神学校を卒業後、ローマに留学し日本に戻ったばかりだった。豪農の三男坊で社会福祉の志が高く、帰国後の挨拶では癩病院付きの神父として近々南米に渡る心づもりと聞いた。上条を慕《した》って度々天生院を訪れるうち、救癩事業に生涯を捧げる決意を固めたらしい。

そこで上条は南米へ渡る代わりに、天生院の院長を引き受ける気はないかと持ちかけてみたのだ。中国への旅を終えたら、自分は天生院から身を退こうと考えている。忙しく東京とを往き来する自分より、患者達の元に腰を落ち着け彼らの想いに寄り添える人物の方が院長には相応《ふさわ》しいに違いないと。

山上は驚きを隠さなかったが、取り敢えず院長代理ならと快く留守を預かってくれた。院長を退くとはいえ理事としては残り、上条は今後も病院運営や寄付金集めに奔走するつもりでいる。そしてそれなら当初の思惑《おもわく》通り、世俗を離れた彼の地で思う存分読書や執筆活動に打ち込めるはずなのだ。

ああ、やっと念願の田舎暮らしを満喫できる。好きなだけ賢哲《けんてつ》の書を紐解《ひもと》ける。書きかけの論文を仕上げて書物も出版出来る。何と喜ばしいことか。と繰り返し我が身に言い聞かせても、しかし沈んだ胸は一向に浮き立たない。

思えばこの十年、好きな読書も哲学への探求も棚上げの東奔西走《とうほんせいそう》の日々だった。それを神への奉献《ほうけん》と受け止めて、旺盛な知識欲を犠牲に上条は滅私多忙《めっしたぼう》な生活を自らに強いてきた。莫大な費用を要した病院改革に当たっては、思うように寄付が集まらない時もあり、それは自らが大口の篤志家《とくしか》になることで乗り切ってきたのだ。

その結果、今や天生院はどこへ出しても恥ずかしくない一流の病院になった。日本のどこを探しても天生院ほど恵まれた癩病院は他にないと自信を持って断言できる。その努力と多大な時間的精神的犠牲が患者達に通じなかった虚しさが、尖った石塊《せきかい》となって胸奥に蟠《わだかま》り、時折ふいに転がっては苛立たしく胸を刺す。

ふっと短い息を吐いて頭を振ると上条は、今度は凝った首筋を軽く回した。

北京から済南《チーナン》まではおよそ十二時間。到着後はまずホテルで旅の疲れ取りたいところだが、帰国を急ぐ関係でそうも言っていられない。直ちに現地日本企業駐在員らとの打ち合わせが待っており、少し眠っておいた方がいいだろうと背凭《せもた》れに身を預け目を閉じた。

気疲れから昨夜は殆ど眠れておらず、綿でも詰めたかに頭が重い。なのにいざ眠ろうと目を閉じると眠気はなかなか訪れない。そのまま苛立たしく瞑目《めいもく》を続け、やっとウトウトしかけた頃に、列車は目的地に到着した。


「神父様、やはり一度医者に診てもらった方が」

僅か一カ月の間にげっそりと面やつれした上条を心配そうに眺め、大連《ダイレン》まで送ってくれた北京の駐在員が眉を顰める。日本料理屋の小上がりに腰を据え、久しぶりの和食に頬を弛めつつ上条は黙って肩を竦《すく》めて見せた。

やっと日本に帰れるという安堵から珍しく食も進み、差程強くないアルコールも少量口にしている。その燗酒《かんざけ》のせいか熱っぽく頬が赤らみ、額は薄く汗ばんでいた。

「そうですよ。その喉では、息を吸うのさえお辛いのではありませんか」

日本への船便を手配してくれた大連駐在の若者も、日本人の良い医者を知っていると言葉を添えてくれるが、

「なに、青島《チンタオ》で曳《ひ》いた風邪が長引いているだけだ」

心配顔の二人に大丈夫と掠《かす》れ声を絞った途端、上条は激しく咳き込んだ。風邪と疲労が重なったのか、酷い声嗄《が》れに会話も辛い程で、僅かな酒にしては身体の芯が妙に熱い。咳と一緒に顔から吹き出る汗を訝《いぶか》りつつも上条は、

「でも、この酒で身体が温まったから。船でぐっすり眠れば良くなるだろう」

不穏な熱っぽさを酒のせいにして、真赤な顔で笑って見せた。

北京を皮切りに済南《チーナン》からその先の青島へ。北京への帰路の途中では天津《テンシン》にも足を延ばし、上条は過密なスケジュールで現地教会関係者との接触を試みた。教会側との面談に成功した後は北京同様、日本側の要人を交えて会食のテーブルを囲み双方の橋渡しにも努めたが、結果は同じく惨憺《さんたん》たるものだった。

一カ月という限られた時間の中では一カ所に充分時間も取れず、気詰まりな会食の後、慌て

て夜汽車に飛び乗っての移動が続いた。連夜に渡るこの神経を磨り減らす会食と無理な移動の疲れが、身体の奥には澱《おり》のように沈殿している。青島で曳いた風邪がなかなか抜けないのは、その疲れのせいかもしれない。

だが日本軍の輸送機に便乗すれば、北京から羽田までは僅か六時間半。日本に戻って少しのんびりすれば、風邪など直ちに回復すると上条は楽観していた。ところが北京飯店で帰りの荷物を纏《まと》めていた矢先、予定の飛行機が悪天候で飛ばなくなったと興亜院から連絡が入ったのだ。

帰国後には皇后陛下ご臨席の全国癩療養所所長会議が控えており、いつ飛ぶか分からない飛行機をのんびり待ってはいられない。仕方なく船便に切り換え大連へ急いだが、列車に揺られる自分の身体をいつになく重たく感じていた。

「ですが神父様。お顔も随分赤いようで、もしかしたら熱があるのかもしれません」

ひと月前の上条を知る北京の駐在員は、なお不安そうに首を傾げて見せたが、

「なに、脂っこい中国料理が続いて食が落ちたせいだ。今日は久しぶりに旨いものを食べたし、これで疲れも吹っ飛ぶだろう」

駐在員の親切に有り難く礼を述べ、上条は日本料理屋から腰を上げた。

夜の出航にはまだ間があるが、一等船室に落ち着くと早速火照った身体をベットに横たえる。すると忽ち眠気が差してきて、知らずふーっと長い吐息が洩れた。燗酒のお蔭で馴れぬ船旅でもぐっすりと眠れそうだ。ぼんやりとそんなことを思いつつ、上条は知らぬ間に心地良い眠りの淵へと落ちてゆく。

程なく誰かに、揺すり起こされて目覚めた。

慌てて顔を上げ船室を見回すが、誰も居ない。

耳元には船腹へ砕ける波が銅鑼《どら》の如き大音量で鳴り響いており、港を出た船が時化《しけ》で揺れ始めたのだとやっと気付いた。

ベットにしがみついて転げ落ちまいとするが、揺れは激しくなるばかりで一向に収まる気配がない。小山の如き波の頂点に持ち上げられては、真っ逆さまに谷底へ滑り落ちる高低差に、消化半《なか》ばの胃の内容物が喉元までせり上げられる。立つこともままならぬ一等船室を吐瀉《としゃ》専用器まで這いずって顔を突っ込み、喉元の不快をぶちまけた。

一度ならずこれを繰り返しても胃の不快は消えず、これでもかと黄色っぽい胃液が喉元へ押し上げられる。吐く物が何もなくなった身体を揺れるベットへ横たえても眠れるはずもなく、朝になっても起き上がる気力などどこにもない。朝食に現れない上条を案じて顔を覗かせた客室係が、慌てて船長を呼ぼうとしたが上条は強くこれを制した。

医者も居ない船内で出来ることは限られており、徒《いたずら》に周りを心配させるだけなのだ。ここで寝ていれば充分と断固たる上条の言葉に、少量の水を飲ませただけで客室係は心配そうに一等船室を後にした。激しい揺れは一向に治まらず、時化の海に翻弄《ほんろう》されながらどうにかそれを乗り切った船は、翌々日早朝に神戸港へ入港した。

ベットの中で着岸の知らせを聞きながら、上条は耐え難い悪寒《おかん》と闘っている。汗に濡れた衣服が背中や手足にまとわりつき、不快な寒気《さむけ》を伴って体温を奪っていく。なのに身体の中心は火がついたよう熱いのだ。嘔吐《おうと》が収まったと思ったら、今度は激しい下痢に襲われ、上条はこの二日間一睡もせず水以外何も口にしていなかった。

げっそりと面やつれして船室から現れた別人のような上条を見て、船長は直ぐに神戸の病院へ入院するよう勧《すす》めてくれた。が、東京には昵懇《じっこん》の高名な医者が居る。見知らぬ神戸の病院よりはと、高熱でふらつく身体を車掌に支えられながら、上条はどうにか東京行きの特急列車に乗り込んだ。

沼津駅のホームで待つ程もなく特急列車が到着し、一等車両から降りてくる人々の中にスミは上条の姿を探す。けれどどうしたことか、それらしき人物が見当たらない。小さく首を傾げてスミは、一等車両の降車口に再び目を向けた。そこにはホームへ片足を踏み出したままじっと動かぬ痩せた紳士の姿があった。

車掌に片腕を支えられた紳士が、よろけるようにもう一歩足を踏み出す。と、背けていた顔がこちらを向き、そこでスミはあっと声を上げそうになった。日頃の身だしなみからは想像もつかぬ髭ぼうぼうの痩せた紳士、それはあろうことか上条だった。頬肉がげっそり削げた顔は不自然に白く、立っているのさえ辛そうに額《ひたい》を歪めている。

慌てて降車口へ駆け寄り、迎えの運転手と手分けして肩を支えた。駅構内の僅かな距離を荒い呼吸に足を運んだ上条は、運転手がドアを開ける間ももどかしそうに車の後部座席へ崩れるように倒れ込んだ。

先刻、留守を預る山上神父より駅まで上条を迎えに行ってほしいと頼まれて、スミははたと首を傾げた。明日は皇居にて皇后陛下ご臨席の会議が開かれる。これに出席の後、上条は暫《しばら》く東京で身体を休めてからこちらに戻ると聞いたはずだった。

なのにこれから戻るとは一体どういうことなのか。だいいち迎えなら運転手一人で充分。どうして私がと訝《いぶか》りつつも、詳しいことは分からないと首を振る山上に急かされて、スミは慌てて病院の公用車に乗り込んだ。運転手の話では駅から電話が入り、東京行きの特急を沼津で降りるから迎えに来てほしいと、上条から言伝《ことづ》てられたとのことだった。

辛そうに車の後部座席に凭《もた》れた上条は震える手でコートの襟《えり》を合わせつつ、ここ数日の体調の変化を別人のような掠れ声でスミに告げる。横に並んで痩せた身体を肩で支えつつ、スミは小刻みに震えるその手にそっと触れてみた。直ぐに熱があると分かるほど手の甲は熱い。なのに上条の顔は、赤らむどころか紙のように白いのだ。

車が天生院に近付くと、聖《ひじり》橋の袂《たもと》にずらりと並んで日の丸の小旗を打ち振る患者達の姿が見えてきた。待ち侘びた院長の帰還に沸き返り、一刻も早くその姿を見ようと近付く車の窓を繁々と覗き込んでくる嬉しそうな顔、顔、顔。後部座席に凭れたまま力なく目を閉じて通り過ぎる上条に、喜びに輝いていたその顔が忽《たちま》ち驚きに曇っていく。

「下痢が続いているということは、食中毒かもしれませんな」

急を聞いて御殿場から駆け付けた沼田医師は、上条の話を聞くと風邪だけでなく乗船前に大連で食べた刺身に当たったとも考えられると首を傾げる。

「まずは体力の回復が一番ですぞ」

慣れた手つきで解熱剤の注射を打つと、栄養と休養に努めるよう注意して帰っていった。

二日間水しか口にしていないと聞いた上条の為に、スミは卵を落した五分粥《かゆ》を夕食に用意したが、僅か三口啜《すす》っただけで上条はもういいと匙《さじ》を置いてしまった。一晩ゆっくり眠れば食も戻るだろうと昨夜は無理に勧めなかったが、今朝もベッドサイドの粥は殆ど手付かずのままだった。

これでは体力が戻るどころか、益々病が勢いづいてしまう。

聖堂二階の自室でぐったり目を閉じた上条の枕元で、スミは先刻から思案に暮れている。食の進まぬ上条に、一体何を差し出せば喜んでもらえるのだろうかと。

かつてビクトル神父が病に臥《ふ》せた折り、スミは図書室からフランス料理の解説本を見つけ出し辞書と首っ引きでポタージュスープを手作りした。日本食に不満を洩らすことはなかったが、弱った時は祖国の味が恋しかろうと考えたのだ。神父はとても嬉しそうな顔で、温かいスープを残さず口にしてくれた。

長くヨーロッパに留学していた上条ももしかしたらと試しに差し出してみると、院内で採れた牛乳やバターをたっぷり使ったそれを上条は綺麗《きれい》に飲み干した。解熱剤が効いたのか悪寒《おかん》も止まり、漸《ようや》く顔に血の気の戻った上条にほっとして、再び湯気の立つスープを手に聖堂の二階を訪れた夕刻。スミは、そこで我が目を疑った。

青ざめた顔の上条が、痩せた手にペンを握り机に向かっていたからだ。

「まあ神父様、安静にするよう言われたはずですよ」

知らず尖った言葉にはっとして、スミが慌てて笑顔を向けると、

「おかげで熱も下がったようです。あとは体力の回復を待つしかないですが、生憎《あいにく》急いで片付けねばならない仕事があるのです」

髭ぼうぼうのやつれた顔に断固とした意志を漂わせ、上条は掠れ声を絞って見せる。辛そうに肩で息をつきながら、それでも書類にペンを走らせる痩せた背中へ、

「病は治りかけが一番大切なのですわ、神父様」

やんわりとスミが苦言《くげん》を呈《てい》すると、上条は力なく首を振り、

「中国カトリックに関わる聖職者や信者らは、私がこうしている間にも不当に虐《しいた》げられている。この報告書で軍部が態度を改めてくれるかは、疑問です。だが私に出来るのはこれしかないのです。或いはこれで、彼らを救えるかもしれない。だから命に代えてでも、私は報告を書き上げなくてはなりません」

小さく咳き込みつつも上条は、てこでも譲《ゆず》らぬ構えに声を震わせる。

熱が下がったとは言うがまだ平熱には程遠く、伸びた髭の張りついた頬には薄く汗が滲んでいる。火の付いたかの高熱が収まったのは解熱剤による一時的な小康に違いなかった。栄養と休養が必要なことは分かり過ぎるほど明確で、上条をベッドにでも縛《しば》りつけておきたい歯がゆい衝動を胸に、しかしスミは、

「そうですか。ではくれぐれも、ご無理をなさらないように」

ベット脇のテーブルにスープの盆を置き、後ろ髪引かれる思いで書斎を後にした。

げっそりやつれた幽鬼《ゆうき》のような姿で机に向かう上条に、重苦しい不安が胸に拡がっていく。あんな無茶をして取り返しの付かないことにならなければいいがと。だが本人が命に代えてもと言う以上、その手からペンをもぎ取るなど誰にも出来はしないのだ。あとはただ、無事の回復を天に祈るしかなかった。

それから三日間、上条は何かに憑《つ》かれたかに興亜院への報告書に没頭した。熱がぶり返したのだろう悪寒のせいでペンを持つ手が震えるが、それでも机の前を離れようとはしない。連綿と文字を綴《つづ》る窪んだ目元は熱っぽく潤《うる》み、汗の玉を浮かべた額は苦しげに歪み、髭に覆《おお》われた唇からは時折獣のような呻きが洩れた。

そうして体力と気力の限りを振り絞り遂に報告書を仕上げた四日目の夕刻、ようやく肩の荷が降りたかの穏やかな顔で上条はベットに倒れ込んだ。

するとその夜から、待っていたように病勢が猛威《もうい》を振るい始めたのだ。

解熱剤など用を成さず続く高熱に食の失せた上条の胸元には、枯れ枝のような肋骨がこれ見よがしに浮いている。時折小さな呻きを洩らす以外は呼んでも返事はなく、替えても替えても吹き出す汗で寝間着がびっしょりと濡れそぼつ。絞った手拭いで胸元の汗を拭きながら、そこだけ異様に膨れた腹部にスミはこっそりと眉を顰めた。

「やはり、チフスでしょうか」

スミの横から乾いた寝間着を着せ掛けながら、上条の妹が沈鬱《ちんうつ》な面持ちに呟いた。

容体急変の報せに東京から駆け付けた昵懇《じっこん》の帝大教授は、丁寧に上条の診察を終えた後、中国で腸チフスに感染したと思われると声を落とした。腹膜炎も併発しており容易ならぬ容体との診断に、上条の母と妹も急ぎ来院し交代で上条に付き添っている。病状は予断を許さずここ二三日が山との言葉に、スミと交代で寝ずの看護が続いていた。

「兄は中国で随分忙しく働いたと聞きましたので、神様が少し休みなさいと病気にしたのでしょうね」

枕元からそっと洩れてきた妹の、いかにも修道女らしい呟きにスミも黙って深く頷き返す。父亡き後、母親の違うこの妹を上条は快く面倒見てきたらしく、年の離れた妹が修道女を志したのも兄の影響とのことだった。

「実は私も、そう思っておりますの。だから神父様は必ずお元気になられますわ」

自身に言い聞かすかに強く応じて、スミは若き修道女の目元をじっと見つめる。妹は小さく頷き、貴女もあまりご無理をなさらないでねとスミに労《ねぎら》いを向けてから聖堂の二階を後にした。妹に替わってこれからスミが、明け方まで上条に付き添う手筈だ。

上条の苦しげな吐息が響く書斎兼寝室には、階下の聖堂から患者達の歌声がしめやかに洩れてくる。山上神父がミサで上条の重態を告げてから、こうして遅くまで祈りの歌が歌われるようになった。誰からともなく始まった哀切な祈りの響きには、上条に無茶な要求を突きつけたあの若者達の歌声も混じっている。

神父様、聞こえますか。患者さん達が祈ってくれていますよ。

上条の枕元の椅子に腰を据え、閉じられたままの窪んだ目元を熱く見つめつつ、スミは心の中で切々と上条に語りかける。

神父様が無茶をなさるから、こんなことになったのだと私は思います。だけど神父様の尊《とうと》い行いを、天は全て御存じです。一命を賭して報告を書き上げた神父様を、天が見捨てるはずはありません。だから絶対に良くなると、私は強く信じております。

東京から駆け付けた帝大教授は、泊まり込みで熱心に手を尽くしてくれている。現代の最高峰の医療を施され、しかしそれでも上条の容体は思わしくない。中国から戻って間もなく一カ月。為す術なく弱る命の灯《ともしび》を前に、医学は余りに無力だった。

ああ主よ、どうか神父様をお召しにならないでください。

どうぞ神父様の命をお救いください。

組み合わせた両手に深々と顎《あご》を埋め、スミは熱心に祈りを捧げる。現代医学が駄目ならば、あとは天に奇跡を祈るより他に手はないとスミには思われた。

神父様は、これからの日本になくてはならない大切な方です。そして当院の患者や私達にとっても、父親のような掛替《かけが》えのない存在です。だからどうか神父様をお救いください。

昨日と同じ熱心さで神に救済を懇願《こんがん》しつつ、そこでスミはふと不安に駆られた。閉じていた瞼を小さく開き、自分の胸にそっと問うてみる。

もしかして、これは罰《ばつ》だろうか。

慌てて再び目を瞑り、スミは胸の前に組んだ両手にぐいと力を入れる。

ああ主よ、私は間違っていました。愚かな私をどうぞお許しください。もう二度と、ここから逃げだそうなどとは考えません。神父様への報われぬ想いが辛いなどとは、感謝を忘れた思い上がりです。ここで神父様のお側に仕《つか》えさせていただけるだけで、充分に幸せだったのです。

聖職者に想いを寄せる罪深さから幾晩も眠れぬ夜を過ごし、それを周りに気取られぬよう神経を尖らせていたほんの少し前の自分が、今はとても遠い。上条が失われ掛けているこの恐ろしい事態を前に、そんな痛みは蚊に刺された程の些細《ささい》な疼《うず》きでしかなかったと初めて気付かされた。

ああ主よ、愚かな私を許してください。そしてどうか、罰は私にお与えください。神父様の替わりにこの私を、どうかお召しください。私は喜んでビクトル神父様や頼子さんの側に参ります。だからどうか、上条神父様をお救いください。

不規則に洩れくる浅い呼吸の傍《かたわ》らで長い祈りを捧げつつ、スミは心の底でこっそり思う。上条を喪《うしな》った悲しみに耐えて生きるくらいなら、替わりに死んだ方が余程ましだと。

スミの顔には大きな隈《くま》が張りついており、それを目にした上条の老いた母と妹は、夜はゆっくり休むよう気遣ってくれている。が、その親切に首を振り毎晩寝ずの看護を続けるのは、この自己犠牲が天に通ずればとの切なる願いからだった。

祈るだけではまだ足りない。何としても上条を救わんとする明確な意志を、形として天に示す必要がある。一月《ひとつき》に及ぶ不眠不休のこの犠牲的献身は、スミの想いの真剣さを神に証《あか》す格好の手段だった。自分はどうなっても構わないのだ。この切なる願いが天に届き上条が一命を取り留めてくれるならば。

ああ主よ、神父様の代わりにどうか私を。

愚かな私の願いを、どうぞお聞き届けください。

寝不足の疲れた身体を奮《ふる》い立たせ切々と祈りを捧げるスミの傍らで、うつらうつらと目を閉じていた上条がふいに小さな呻きを洩らした。額の氷嚢《ひょうのう》へ目をやるといつのまにすっかり氷が溶けている。薪ストーブの燃える室内から扉の外に走り出て、階段脇に置かれた木箱の氷塊《ひょうかい》を急いで砕き入れ、再び丁寧に額へ乗せた。

上条が意識不明の昏睡《こんすい》に陥《おちい》ってから三日。

勿論《もちろん》上条の快復をスミは強く願い信じている。が、一向に光の見えない病状に、ふと魔が差すよう心が弱気に傾く瞬間もある。そんな時は迷わず室外に走り出て、真夜中の礼拝堂の冷気に気を引き締め、短い祈りを捧げては再び上条の枕辺《まくらべ》に座るのだ。そして呪文《じゆもん》のようにこう繰り返す。

信じるのよ、強く強く神父様の快復を信じるの。だって僅かにも疑ったりしたら、神は願いをお聞き届けくださらない。だから必ずお元気になると信じるの。

ああ、主よ。どうか神父様の熱を下げてください。

どうか神父様をお救いください。

襲い来る睡魔《すいま》と闘いながら身を削る思いに祈りつつ、痩せ窪んだ上条の目元をスミは穴も空けよと見つめている。想いの丈を込めたこの視線の念力《ねんりき》が、上条を目覚めさせてくれはしまいかと。縋るはもう神仏による奇跡だけ。どうか目を覚ましてと必死に胸中で呼びかけながら、またも重苦しい夜が更けていく。そうしてどれほど時が経ったろう。

漆黒の窓がほんのり明るみ始めたと思えた頃、まるでその願いが通じたかに上条の瞼がふっと開いたのだ。

ああ、神よ。有り難うございます。

感謝とともにスミは素早く胸の前に十字を切った。

それから上条の枕辺に顔を寄せ、落ち窪んだ眼窩《がんか》の奥に柔らかな笑みを向ける。

「ご気分はいかがですか、神父様」

黙ってこちらを見上げる上条の目は静かに澄んでおり、熱による顔の赤みも退いている。意識が戻れば大丈夫との帝大教授の言葉を思い、潤み始めた目元をスミは慌てて拭う。

「今、先生をお呼びしてまいります」

急いで腰を上げようとするスミに、上条は弱々しく首を振り何か言いたそうに唇を動かして見せた。体力が落ちて上手く声が出ないのだろう。その髭だらけの口元に自分の頬を寄せ、途切れがちな囁《ささや》きに注意深く耳を傾ける。はっと息を呑んで、そのまま動かないスミに、上条の唇が再び大儀《たいぎ》そうに動き始める。

その唇を指先でそっと制し、スミは悲しく首を振った。痩せて尖ったその頬にそのまま自分の頬を寄せ、幾度も柔らかく頬擦《ほおず》りをする。それは愛情故《ゆえ》の自然な衝動であり、同時に受け入れ難い現実を拒否しようとする嫌々でもあった。溢れ出した涙の一滴がはからずも落下して上条の口端《こうたん》を濡らす。

震える指先でそれを拭うと、小さく頷いてスミは枕辺から腰を上げた。

「では……。神父様をお呼びしてまいります」

赤子のよう大声で泣きじゃくりたい衝動。塞いだ口元から溢れそうな嗚咽《おえつ》。それらを懸命に押し殺しても、堪えきれぬ涙がほろほろと頬を伝う。つい先刻のささやかな安堵が嘘のような、苦く辛い涙だった。


上条が眠っている。

漆黒の司祭服を纏《まと》い、伸び放題だった頬の髭はさっぱりと剃り上げられている。落ち窪んだ眼窩と痩せた頬ながら、その表情は柔らかくまどろんでいるかに穏やかだ。

長い昏睡から目覚めた上条は、帝大教授の施す医療でなく山上神父のミサを望んだ。終油《しゅうゆ》の秘蹟《ひせき》と呼ばれるそれは、安らかに神の国へ旅立つ為の生涯最後の儀式だ。

スミが丁寧に拭き清めた額と胸元に聖油が塗られ、母と妹が見守るなか、山上神父は上条の枕頭《ちんとう》で厳かにラテン語のミサ文を読み上げる。呼吸苦でまともに声も出せない上条は横になったまま唇だけでこれに合わせた。聖体拝領《はいりょう》はほんの一かけらのパンを水で流し込んだ。苦しげな呼吸ながらも上条の意識は終始鮮明だった。

儀式が終わると上条は、掠れた声で有り難うと山上神父に礼を述べた。そしてそれが最後の言葉となった。再び昏睡に陥った上条の枕辺で胸の心音を聞いていた帝大教授が、聴診器を外し臨終《りんじゅう》を告げたのが夕刻六時。階下の聖堂からは患者らの歌う聖歌の声が、しんみりと届いていた。

二度と目を開けない上条の髭《ひげ》をスミが丁寧に当り、老いた母親と妹がスータンに着替えさせた。一人きりの息子に先立たれた老母の落胆は傍目《はため》にも痛ましく、けれど毅然《きぜん》と悲しみに耐え人前に涙を見せない。その母を前に涙は禁物《きんもつ》と幾ら自分に言い聞かせても、堰《せき》が切れたかに目元から溢れる熱いものをスミはどうすることも出来ない。

聖堂に安置された柩《ひつぎ》の前に跪《ひざまず》き患者らと共に祈りの歌を捧げつつ、涙は止めどなく頬を伝い胸の前に組んだ両手を濡らしていく。激しく肩を震わせ人目も憚《はばか》らず泣き続けるスミに、職員や患者らの視線は同情的だった。幾晩も寝ずの看護に尽くしてきた婦長なればこそ、その無念と哀しみはいかばかりと。

だがしかし、スミの身体の底から涌き上がる尽きぬ涙の根源は、実はそれでなかった。懸命の看護と祈りが天に通じなかった虚しさに打ちのめされつつも、その原因を自身の行いに求め激しい罪の意識に戦《おのの》いていたのだ。

ああ、何ということ………。これはきっと天罰だわ。

聖職者である上条を、一人の男性として秘かに慕《した》い続けた罪。女の情念に流され、罪深き恋を自分に許した罪。そしてそんな自分を嫌悪《けんお》し、ここから逃げ出そうとした罪。この三つの大罪への罰として、天は神父様をお召しになったのだ。ああ私のせいで神父様は。それを今更どれほど悔いても、もう取り返しは付かない。

悔恨の刃《やいば》に身を切り刻まれ、誰にも明かせぬ罪の重圧に胸が潰れそうだった。巨大な岩の塊が胸元に居座っており、心臓が苦しくてまともに息も出来ない。目の前が真っ暗な闇に閉ざされ、体中の血が涙となって目から溢れ出してくる。泣いても泣いても血の涙は止まず、老婆の如く身体が急速に干からびてゆく。

周りにどう思われるかを気に病む余裕などどこにもなく、どんなふうに映ろうとスミにはもうどうでも良かった。上条が喪《うしな》われた瞬間に、何かが壊れる小さな音が自分の中で確かに聞こえた。ふっと意識が遠のき、急に胸元が冷たくなった。あの瞬間に、自分も半分死んだような気がする。

長い夜だった。

さめざめと血の涙にくれているうちに、知らぬ間に夜が明けていた。まるで体中の水分が目から失われたかに、どんなに自分を責め苛《さいな》んでももう一滴の涙も涌いては来ない。惜しんでも惜しんでも名残《なごり》は尽きず、安らかなその顔をスミはずっと眺めていたかった。なのに患者達との簡単な別れの儀式を済ませたら、上条は急ぎ東京へ向かうと聞かされた。

大司教が執《と》り行う盛大な葬儀が、東京で上条を待っているからだ。

柩を乗せた車がゆっくりと動き出し、小さく警笛《けいてき》を鳴らした。

聖橋《ひじり》の袂にずらりと立ち並び、ハンカチや着物の袖口で目元を押さえていた患者らが、そこで一斉に手を振る。辛うじてその末席に連なりながら、スミはただ呆然とそれを見送るばかり。身体には全く力が入らず、傍らの門柱に縋《すが》って立っているのがやっとだった。

「ほら見ろ、富士さんも神父様を見送ってくれてるぞ」

そこでふいに患者の一人が、悲しみに耐え兼ねたよう涙混じりの声を上げる。頬に涙を張り付けたまま、患者らが一斉にそちらを振り向いた。つられてスミも清々しく晴れた冬空に聳《そび》える富士をぼんやり仰《あお》ぎ、空っぽの胸にふと思う。

これこそが、神の与えた罰なのかもしれないと。

張り裂けそうに胸が辛くて、身体は半分死んだ脱け殻《がら》のようで。だけどそれが神の与えた罰ならば、私はこの身を抱えて生きるしかないのだわ。いっそこのまま涸れ乾いて朽ち果ててしまえれば、どんなに楽かと思うのに。

切ない吐息をふっと吐き、スミは再び地上に目を戻す。

まるで別れを惜しむかに上条を乗せた車はゆるゆると天生院から遠ざかり、やがて小さく見えなくなった。

四　闇《やみ》と光

日盛りの野球場で鍬《くわ》を振るう賢三の手には、びっしりと豆が並んでいる。

長引く戦争で食料が不足し、上条の死後草茫々《くさぼうぼう》になっていた野球場を耕し甘藷《かんしょ》を植えた。だが不慣れな病弱者ばかりでは、苦労の割に収穫はお粗末《そまつ》。重労働の畑仕事を一手に引き受けていた農業部の若者らは、こぞって国立療養所へ転院していった。

「先代の院長様が亡くなったのは、あいつらのせいだ」

「そうだ。あの無茶な要求が、神の怒りに触れたんだ」

後任である山上院長の元、日々悪化する食料事情を前に院内にはこんな言葉が公然と囁《ささや》かれるようになり、その反目に追われるよう八名の若者が天生院を去った。けれど元気な働き手を欠いたことにより、食料事情は更に悪化したのだ。

上条亡き後、財界人の間には遺志を継いで天生院を支えようとする動きもあった。しかし膠着《こうちゃく》状態の対中戦に加え英米との戦争まで始まると、財界人もそれどころでなくなった。頼りとしていた欧米からの寄付も真珠湾《しんじゅわん》攻撃と同時に途絶え、財政難の病院からは初めに医師が去り看護婦も次々と抜け、薬剤師も消えた。

今や天生院の職員は、若き山上神父と年老いた幹事夫妻に、ベテラン看護婦長の四人きり。患者達の食料は当てにならない配給米と、近所の農家から物々交換で分けてもらう供出漏《きょうしゅつも》れの屑芋《くずいも》ばかりだ。貧弱な食事への不満から家畜用の飼料を盗み食いする者が続出し、痩《や》せ細った牛や豚は病気になり次々と死んでいった。

家畜の次は人間で、空腹にふらつく身体を引きずって畑に出ていた病人が、気が付けば呆気なく冷たくなっている。賢三と同室の盲目患者加藤老人も、日に一度きりの芋粥《いもがゆ》に痩せ細り作業中に倒れたきりだった。葬式続きで木が足りず部屋の壁を剥がして柩とする為に、賢三は一昨日、荷物を纏《まと》めて別の部屋へ移った。

都市部には空襲《くうしゅう》が相次いで先日も沼津が焼けたが、この辺鄙《へんぴ》な地まで爆撃機《ばくげきき》は飛んでこなかった。けれど食料不足は深刻で、患者達は食うため生きるために畑で鍬を握り、栄養失調と過労で次々と死んでいく。上条の元で百二十名を数えた入院患者は、この夏、八十三名にまで減っていた。

ふうっ、腹減ったぁ。

鍬を振るう手を休め、痩せた首に掛けた手拭いで賢三は額の汗を拭う。肩で大きく息を吐き、もう一頑張りと再び鍬を振り上げた拍子、目の奥に小さな違和を感じた。空腹の身に立ち眩みなどしょっちゅうだからそのまま作業を続けたが、翌朝目を覚ました途端、目に焼け火箸《ひばし》を突っ込まれたかの鋭い痛みに襲《おそ》われた。

うわーーぁ。痛てええーーっ。

耐え難い痛みに目を押さえて畳の上を転げ回る賢三を、同室者が押さえつけ、目に光が入らぬよう婦長が包帯を幾重にも巻いてくれた。過労に因る急性虹彩炎《こうさいえん》でしょうと痛み止めを渡されたが、それを呑んで布団にうずくまっていても痛みは酷《ひど》くなるばかり。

俺はこのまま、盲人になってしまうのか。

長靴を舐《な》めるようになったら終わりだと、草津の盲人の言葉が耳元へ蘇《よみがえ》り賢三はぞっとした。突然何者かに背中を押され、果てない闇へ突き落とされたようだった。この先一生、俺はこの真っ暗闇《くらやみ》の穴蔵で生きるのか。嫌だ、助けてくれ。激しい拒絶と混乱と絶望。そして耐え難い痛みに、賢三は獣《けだもの》のような叫びを上げて布団の上をのたうち回る。

同室の加藤老人の世話をやきながら、何時《いつ》かは俺もと賢三はぼんやり考えたことがある。この病は目をやられる者が多く、しかしそれは自分が老いてからのずっと先の心配事だった。まさかこの歳で、こんなに急にその日が訪れるとは思いもしなかった。

陽に映える富士の神々しい雄姿や、風に揺れる金色の麦穂。畦《あぜ》に咲く真赤な彼岸花や、雪を被った礼拝堂の白い十字架。ハエを追い払う農耕馬の揺れる尻尾や、親切な婦長の暖かい眼差し。忘れもしない母の顔や、もちろんミチ子のあの笑顔も、視力を失えばもう二度と見ることは叶《かな》わないのだ。

それから三日間。

獣のような唸りを発して賢三は布団の上を転げ回った。じっとしていては痛みに耐え難く、けれど七転八倒《しちてんばっとう》して振り払おうとしても痛みと絶望と激しい孤独の地獄はどこへも行かない。その賢三を見兼ね、婦長が溜息混じりに注射を一本打ってくれた。消炎剤もこれが最後だから効くといいのですけど、と小さく呟きながら。

特攻《とっこう》で、同年代の若者が御国の為に大勢死んでいる。なのに俺は人の手を煩《わずら》わす厄介者《やっかいもの》になるのか。人のお荷物の穀潰《ごくつぶ》しに。くそっ、くそっ、くそっ。焼けつくような目の奥の痛みに歯を食いしばり、煎餅《せんべい》布団に丸まって呻き続ける賢三の部屋の前の廊下に、やがて床を踏む大勢の足音が近付いてきた。

「そいじゃ、戦争が終わったのか」

重苦しい誰かの問い掛けが、答える者のないままに消えていった。

今日は天皇陛下から国民に大事なお話があるとのことで、全員娯楽室《ごらく》のラジオの前に集まるよう言われていたのをぼんやりと思い出した。だが賢三は今それどころでなく、戦争が終わったと知るのはそれから暫《しばら》く経ってからのことだった。


「大変だあ。アオが何処にもいねえ」

終戦からひと月後、患者達の頼もしい助っ人が馬小屋から忽然と姿を消した。軍馬として招集された二頭は遂に戻らず、たった一頭残された貴重な農耕馬だった。物不足と食料不足による治安の悪化は目に余り、警察に届けたところでアオが戻るはずもない。僅かな配給米も戦後は途絶え、食事は芋やカボチャの浮いたすいとんを日に一回啜《すす》るのみ。

消炎剤のお蔭で辛くも失明を逃れた賢三だが、食う為にはおちおち寝てもいられない。刃の欠けた鍬を振るって必死に畑を耕し、その疲労と栄養不足から熱瘤《ねつこぶ》で寝込むことを繰り返すうち、やがて全身が隙間なく包帯に覆われた。結節に狭められた喉にはすいとんさえ通らなくなり、身体が急速に衰弱《すいじゃく》していくのが自分でもはっきり分かる。

俺も、いよいよか。

迫り来る死を目前に、賢三はもうじたばたしても仕方がないと覚悟を決めた。目の痛みと失明の恐怖に七転八倒した日が嘘《うそ》のよう、不思議と心は静かだった。身体が激しく衰弱すると人は痛みや恐怖を感じなくなり、早く楽になりたいと死を願うようになるのだろうか。弱った身体に最後の力を振り絞り、賢三は母に手紙を書いた。

ここへ来た別れ際《ぎわ》に、けして便りはするなと母に言われた。世間を憚《はばか》る病故《ゆえ》、家族の為に堪《こら》えてくれと。その理屈は賢三とて分からぬでもない。が、では自分はあの家の何なのだろう。出来の悪い三男でも、俺だってれっきとした家族じゃないか。俺にだけ我慢《がまん》を強いて他の者は知らん顔なんて、それが家族とは笑わせる。

こんな食料難の時代でも、米農家なら腹一杯米の飯を食っているだろう兄達が恨めしく、厭《いや》味《み》の一つも言ってやりたかったがそんな力はもう残っておらず、賢三は母にだけ簡単な手紙を書いた。父にも兄にも未練はないが、せめて母親にだけはサヨナラを言っておきたかった。震える腕に筆を執り、短い手紙を綴《つづ》り終えると気分がすっとした。

これでもう、思い残すことはねえ。

同室者が農作業に出ていった後の自室で、身動きさえ億劫《おっくう》な賢三は煎餅蒲団の上でうつらうつらしている。食べられなくなったらもう長くないのは自分でも分かっており、このまま眠るように死んでいければとぼんやり思う。

「賢三さん……、賢三さん……」

誰かに名を呼ばれた。優しい女性の声だ。ここは天国だろうか。薄目を開けると目の前に婦長の顔があった。ああ、婦長さんが、……看取ってくれるのか。

「具合はどう。起きられそうかしら」

もう、そんな力はないと賢三は黙って首を振る。しかし次の言葉を聞いた瞬間《しゅんかん》、骨と皮に痩せた身体の奥で消え掛けていた命の炎が、再び息を吹き返したのだ。体力と気力の限りを振り絞り、賢三はのろのろと布団から身を起こす。婦長に肩を支えられ、ふらつく身体を引きずるように司祭館へ。

　高床式の西洋建築である司祭館の僅か数段の階段が、目の眩《くら》む高さに思われ息も絶え絶えに登った。やっとの思いに玄関に辿り着き、肩で荒い息をつきながら応接室のドアを開ける。目の前の古びたソファーに、夢ならぬ懐かしい姿が在った。会いたいとは書いたが、まさか本当に会えるとは思ってもいなかったのに。

「……母……さん。………来て……くれたの」

　感極《かんきわ》まった掠《かす》れ声はしかし言葉にならず、結節に狭められた喉から洩れたのは意味不明の吐息だけ。突然現れた包帯だらけの男を、母は怪訝《けげん》そうに見上げている。婦長の手を借りて賢三はそろそろと向かいの椅子に腰を下ろし、

「……母……さん、……俺……だよ」

　もう一度、精一杯の掠れ声を絞る。

「おめ、……賢三か」

　顔も手足も包帯で覆《おお》われた痩せた男の正体に、母親はやっと気付いたようだった。

　十五の歳に別れて十年。知らぬ間に背丈も伸びて大人の男に成長した息子の、けれど余りに痛ましい包帯姿に母親は辛そうに顔を歪め、喉の奥で悲鳴のような呻きを発した。そうして暫《しばら》くは言葉もなく泣き崩れていたが、やがて気を取り直したよう涙を拭うと、

「おら今日は、ここへ泊めてもらうすけの」

決然と言い放って立ち上がり、するすると着物の帯を解き始めたのだ。一体何をするのかと驚いて見守る賢三の前に、やがて帯の下から細長い布袋が現れた。胴体に巻きついたそれを大切そうに外した母親がそっと袋の口を拡げて見せる。中には久しく拝んだことのない米粒がたんまりと入っていた。

「女だから裸にされることはなかろうと、ここへ隠しておいたんだ」

食管法《しょっかんほう》により米の持ち出しは厳しく制限されており、列車へ乗り込んできた官憲に見つかればその場で没収されてしまうのだ。

「おらの食い扶持《ぶち》だと言えば、病院も大目に見てくれるろう」

せめて最期はこの手でとの母の願いは聞き届けられ、賢三は母親と来客用の宿泊棟で寝起きすることが許された。

ふかふかの客用布団へ賢三を寝かせると、母親は早速借りてきた七輪《しちりん》で持参の米を粥《かゆ》に炊き始める。続いて魚の干物も炙《あぶ》りだし、結節に塞がれ掛けた賢三の鼻の穴にも、縁側から立ち上る美味そうな匂いは刺激的に流れ込んでくる。

やがて差し出された米だけの粥を、震える匙《さじ》で掬《すく》い一口含む。すると子供の頃そのままのあの甘味が、上質な米だけが持つあの幸福感が、忽《たちま》ち口一杯に拡がり有り難さに涙が滲《にじ》んだ。潤《うる》む目元を瞬きながらゆっくりゆっくり呑み込めば、豊富な栄養が胃の腑から全身へ染み渡り、枯れ木の如く痩せた手足にも力が蘇《よみがえ》る気がした。

続いて魚の干物も夢中に平らげふと布団の横へ目を遣ると、母親は満足そうな顔で賢三を眺めつつ、持参の煎餅を白湯《さゆ》に浸して少しずつしゃぶっていた。

……ああ、これで……本当に思い残すことは何もねえ。

その母の顔を瞼に刻んで賢三は、満ち足りた気分で目を閉じる。そして直ぐに漆黒《しっこく》の闇へ引きずり込まれた。常にうつらうつらと浅い眠りを彷徨《さまよ》うばかりだったここ数カ月が嘘のような、一点の隙もない黒一色の眠りだった。闇へ落ちるその刹那《せつな》、薄れる意識の底で賢三は言葉にならない感謝を胸に呟く。

……母さん、……ありがとな。……ありがとうなあ。


「いい、お母様ですねえ」

まだふらつく身体を聖橋《ひじり》手前の門柱に支え、バス停へ向かう母を見送る賢三の傍らでミチ子が小さく呟いた。

「私の母も優しい人でしたけど、苦労しっぱなしで死んでしまって」

小さな息をふっと洩らして賢三を振り向くと、

「それじゃ、ゆっくり行きましょうか」

背の高い賢三の痩せた脇腹へ、ミチ子はそっと身を寄せる。差し出された肩に縋《すが》りそろそろと病舎へ歩き始めれば、ミチ子の身体の温もりが鮮明に脇腹に伝わってきた。今日は婦長が忙しくて良かったと、賢三は心の隅でこっそり思う。

急な来客で、婦長は宿泊棟に顔を出せないとのことだった。代わりにミチ子が来てくれて母と一緒に二人分の布団を日に干した。それからバス停まで送りに向かう賢三に付き添って、ここまで足を運んでくれたのだ。

死を覚悟し、母の看護に身を委ねて十日。母の差し出す米や魚の栄養が、死の淵《ふち》から賢三を掬《すく》い上げたようだった。血流不足で死人のように冷たかった手足の先に、少しずつ温度感が蘇《よみがえ》る感覚を賢三は信じ難い思いで意識した。やがて喉の結節が退くと嘘のよう呼吸が楽になり、一匙ずつ飲み込んでいた粥があっと言う間に腹へ収まるようになっていた。

しかし、回復したとはいえ痩せ細った足元はまだ覚束《おぼつか》ない。それを気遣い黙って肩を貸してくれるミチ子の優しさに甘えつつ、賢三はこの幸運をこっそりと天に感謝する。職員の手不足からミチ子は近頃看護婦長の助手のようなことをしているが、こんなふうに男性患者の世話をすることは滅多にないのだ。

ああ、このままずっと離れたくねえ。

ぴたりと密着した脇腹から、ミチ子の暖かな温もりがひたひたと沁《し》みてくる。何故だかふわりといい匂いもして、思いがけぬ幸福に賢三は夢見心地だ。ああ、だけんど。こんな有り難い偶然《ぐうぜん》はこの先一生巡《めぐ》ってこねんだろうな。心の奥でそっと呟くと、ふいに落ち着かない気分になった。

もしかすっと、これは天の計《はか》らいでなかろうか。

いや、きっとそうだ。そうに違いねえ。だったら今こそ、あれを言わねば。このまま死んだら、あの世へ行っても俺は絶対に後悔する。叶わぬ夢と蓋《ふた》をして胸の奥底へ沈めた熱い想い。それがふいに押さえ難く膨らみ、頭の隅の理性や慎《つつし》みを呑み込んでいく。

返事云々《うんぬん》は、またの話だ。言うだけなら別にどうってことねえ。今を逃せば二度とこんな場面は巡ってこねえんだぞっ。病み上がりの脆弱《ぜいじやく》な我が身を懸命に奮《ふる》い立たせ、賢三は崖から飛び下りる思いに言葉を口にした。が、緊張でカラカラに喉が渇き、まともに声が出てこない。乾いた口に空唾《からつば》を飲み込めば、ひくひくと喉が震えた。

「あのぅ……。実は…………お願いがあるんだけんど」

もう一度、頼りない掠れ声を絞って賢三はその場に足を止める。ミチ子も怪訝《けげん》そうに足を止め、問いたげな眼差しを向けてくる。その視線の圧力に心臓が大きく跳《は》ね上がり、頭にかっと血が昇る。ここまで来たら後へは退けず、賢三はままよとそれを口にした。

「もしも生きてここを出られたら、俺と結婚してくれんかの」

驚いたように小さく息を呑んだミチ子の顔に、明らかな困惑が拡がっていく。

こちらを見上げていた視線がすとんと足元に落ち、そのまま気詰まりな沈黙が流れる。

そうだよな。癩病で死にかけてる男となんか、誰が結婚したがるもんか。母の栄養で持ち直しはしたが、それは一時的な回復に過ぎないのだ。病院の貧弱な食事ではすぐにまた痩せ細り、弱れば勢いを増す結節に喉を塞がれるだけ。ここを出るのは死んだ時で、実家が骨を取りに来なければ隣の共同墓地に病友と共に眠る運命だ。

ああ、言わんばいかった。

自分の軽率《けいそつ》を深く悔《く》やみながらも、けれどどこか吹っ切れた気もした。これで本当に、思い残すことなく死ねると。

「いや、何でもねえ」

気詰まりな沈黙の長さに堪え兼ねて、今のは冗談だと賢三が言おうとしたまさにその時。

「はい」

俯《うつむ》いたままのミチ子が、こくりと小さく頷いたのだ。

たった一度だけ。実に控え目な仕種ではあるが、賢三にはそれで充分だった。

やったあー。

天にも昇る心地に病舎まで戻り付き、自室の冷たい煎餅蒲団に弾む胸を横たえた。脇腹に残されたミチ子の温もりを布団の上でもう一度抱きしめれば、だらしなく頬が緩む。そうして独りにたにたと天井を眺めているうちに、しかし賢三ははたとそこに思い至ったのだ。どうせ助からない男への、あれは心にもない慰《なぐさ》めに違いないと。

男として伴侶を幸せにする何も持たない点は、自分が一番良く知っている。いかに同病であれ軽症患者のミチ子が、金も力もない死にかけの癩患者の求婚を承諾などする訳がないのだ。俺をがっかりさせまいと、彼女は心ならず頷いてくれただけなんだ。一転激しい落胆に苛《さいな》まれながら、それでもミチ子の小さな頷きは賢三の生きる希望となった。

くそっ、死ぬもんか。死んでたまるかっ。

三度の食事も滞《とどこお》る食料難の天生院で、再び結節の膿に全身を覆われながら、癩なんか糞くらえだ。おら絶対に生きてここを出てやるんだ。賢三は今にも塞がりそうな喉にぜえぜえと荒い呼吸を繰り返しつつ、命への執念《しゅうねん》を懸命に燃やし続ける。

資金不足による経営難から、戦時中には熊本や目黒など歴史ある私立癩病院が次々と閉鎖のやむなきに至った。そこであぶれた患者達はただでさえ定員オーバーの国立療養所へ収容されることになり、辛うじて戦争中の困難に耐え抜いた天生院も、戦後の混乱の前に経営は風前《ふうぜん》の灯火《ともしび》だった。

「ここだって、いつ閉鎖さいてもおかしくねえべよ」

「ああ、そうなったら俺達は駿河《するが》んでも行くんだべなあ」

熱瘤で包帯だらけの身体の頭越しに、ひそひそ囁かれる暗い噂《うわさ》を賢三は胸の塞がる思いで聞いた。駿河とは天生院の目と鼻の先に建設された新しい国立癩療養所のことだ。

思い出すだけでもおぞましい草津の記憶。こんな身体で再びあんな環境へ放り込まれたら、とても生き抜ける自信はない。子供の頃刻まれた恐怖の記憶は今なお鮮明で、解剖《かいぼう》で頭を叩き割られるくらいなら、今ここで死んだ方が余程幸せだとさえ思う。

ミチ子がくれた小さな希望の灯が、そうしてふっと揺らぎ掛けたある日。死にかけの賢三の耳に、しかし信じられない噂が届いたのだ。奇特《きとく》なカナダ人が、この病院の経営を引き継ぐことになったようだと。

賢三がバス停まで母を送りに出たあの日、婦長は急な来客の対応に追われているとミチ子に聞いた。その時の客であるカナダ人の偉いシスターが、この病院を大層気に入り経営を引き継ぐ決心をしたらしい。真偽《しんぎ》不明のまま噂は風のように院内を駆けめぐり、すると間もなく本当にカナダからシスター達が大勢やって来たのだ。

カナダ修道女会の総長スージー女史は戦前にもここを訪れたことがあり、その際の好印象が経営決断の決め手と聞いた。外国人の強みから新院長は早速駐留《ちゅうりゅう》米軍に支援を働きかけ、すると御殿場の米軍キャンプからトラック一杯の小麦やトウモロコシが運ばれてきたのだ。兵士達の手で整然と倉庫に積み上げられる食料を前に、患者らはただ拳を握り締めている。

そうして患者達が一息ついた年の瀬、爽《さわ》やかな笑顔で患者達の和室の畳を剥《は》がしたシスター達は、手にしたモップと洗剤で床は勿論、壁や天井までを忙しく磨き始めた。敷きっぱなしの布団を陽に晒し、敷布《シーツ》や寝間着や窓辺のカーテンまでも次々と最新の洗濯機へ放り込む。すると悩まされ続けた蚤《のみ》や虱《しらみ》が一斉に姿を消し院内が見違えるよう清潔になった。

カナダを始め外国人篤志家の寄付を募る一方で、国からの補助金も受けられるようになり、天生院の経営は息を吹き返した。けれどそれにもまして患者達を喜ばせたのは、念願の治癩《ちらい》薬の登場だった。

プロミンは当初結核の治療を目的として開発された薬だが、アメリカのカービル国立療養所でこれを癩患者に試したところ驚くべき有効性を示す事実が報告された。一九四三年（昭和十八年）には初めての軽快退所者をだし、治癩薬として既にアメリカでは実用化されていた。しかしこの情報が、戦争中の日本には入ってこなかった。

だが日本でも独自に研究開発は進められており、昭和二十年、遂に国産プロミンの合成に成功。多摩の国立療養所で試験的に使用を開始したところ、著《いちじる》しい効果が認められ、患者達は新薬プロミンに大きな期待を寄せた。

とはいえ一本六十円もする五ccのアンプルを一日二回、数カ月間継続投与する必要があるのだ。生活保護法による当時の患者慰安金は月一人百五十円。一般患者にはとても手の出ない代物《しろもの》で、おまけに生産量もごく僅かなので一部の患者にしか使えない。

千二百人の患者が犇《ひし》めく多摩の療養所で、金銭に余裕のある僅か百名の患者だけが、顔面の浮腫《ふしゅ》が退き全身の潰瘍《かいよう》が癒え、失われそうな視力が戻り、塞がり掛けた喉の呼吸が楽になっていくのだ。間近にそれを眺める他の患者の心中は当然穏《おだ》やかでない。

一刻も早い全患者へのプロミン治療を要求して多摩の患者らは委員会組織を結成。全国の癩療養所にも団結を呼びかけ、厚生、大蔵、両大臣や衆参両院に嘆願書《たんがん》を提出した。ＧＨＱマッカーサー司令部へも嘆願書を送り、これを受けて厚生省の要求した六千万円の予算を、しかし大蔵省は財政難を理由に一千万円に減額。

大蔵省に抗議して断食を決行する患者が全国の療養所に相次ぎ、これを新聞各社が写真付きで報道した。ＧＨＱ公衆衛生福祉部ジョンソン大佐と患者委員会代表者との面会が実現し、代表者が時の蔵相池田勇人《いけだはやと》に直接陳情した結果、プロミン予算は五千万円に復活した。直ぐに全員とはいかないものの、こうして全国の癩療養所にてプロミン治療が実施されることとなったのだ。

天生院でも駿河療養所から癩専門医の出張診察を仰ぎ、急を要する患者から順に治癩薬プロミンの投与が開始された。昭和二十四年のことだ。

医師の手でゆっくりと体内へ注入される五ccの薬液。

黙ってそれを見つめる賢三の胸には、万感の思いが溢《あふ》れている。

病を恨み天を恨み、家族を憎み運命を呪い、罪人の如く隔離されたまま結婚も出来ず死んでいくなら何の為に生きるのかと悩み続けた十五年間。一瞬に凝縮《ぎょうしゅく》されて浮かぶ辛《つら》い場面が、ふいに母親の笑顔に変わり、別れ際の寂しげな背中に取って代わった。母の愛を信じたことで漸《ようや》くここで生涯を終える覚悟を固めた矢先の、しかし思い掛けぬ喜ばしい展開。

その絶大な効果を、新聞は「菌陰性者続出」の大見出しで連日報じており、不治《ふち》と恐れられた病との決別はもう目の前だった。体重から導き出された十ccの薬液を、賢三は午前と午後の二回に分けて身体へ入れる。注射を終えた直後には軽い吐き気を覚えるが、それは薬が癩菌を攻撃している証拠にも思われて何とも頼もしい。

ああ、こんな日が来るとは思いもしねかった。

これでやっと、ここから出られるんだな。

癩者というレッテルの元に閉ざされていた可能性の扉が突然大きく開け放たれ、これまで目を逸らしてきた十年後、二十年後の自分を賢三は喜ばしく思い描く。癩が治れば普通の男として、就職や結婚も夢ではないのだ。期待に沸き立つ胸の奥で、あの日のミチ子との約束が日に日に膨れ上がり、一日二回の注射が待ち遠しくてならない。

ところがそうして一週間が過ぎた頃、賢三は突然激しい悪寒に襲われた。

顔が紫に腫れ上がり、額には子鬼の角のような熱瘤がにょきにょき現れた。やがて熱瘤は全身へ拡がりそれが破れて体中が膿《うみ》だらけになってしまった。栄養の改善により生えてきた髪も再び斑状《まだらじょう》に抜け始め、四十度の高熱に一日中がたがたと歯の根が鳴り続ける。食べ物など喉を通らず、それでも賢三は高熱にふらつく身体を引きずるように治療室へ。

目と口を残して全身を包帯と絆創膏《ばんそうこう》に覆われ、肩で荒い息を吐きながら注射に現れた賢三を見て、医師はうーんと眉根を寄せた。

「これは薬の副作用かもしれない。君は暫く注射を休んだ方がいいな」

鷹揚《おうよう》に首を傾げ、手にした注射器を置いてしまった。

他の患者はどんどん病状が軽快し、見る見る元気になっている。なのにどうして俺にだけプロミンが効かないんだ。やっぱり俺はここで死んでいく運命なのか。無慈悲《むじひ》な医師の言葉に目の前を真っ暗にしながらも賢三は、

「いや、………注射を……続けさせてください」

絶望の奈落《ならく》の淵に指一本でぶら下がり、懸命に掠れ声を振り絞る。

「どうせ死ぬなら、……最後まで治療を……どうか、先生……お願いします」

涙ながらに懇願《こんがん》を続ける賢三を渋い顔で眺めていた後で、医師は腕組みを解き再び注射器に手を伸ばす。

ここで注射を止めれば、回復への望みも消えてしまう。

待ち侘《わ》びた治癩薬を前に注射を諦めるなどは論外で、プロミン治療の継続は絶望の奈落に垂らされたまさに一筋の蜘蛛《くも》の糸。絶対に離すものかと全力で縋《すが》り付き、どうにか望みを繋《つな》いで自室へ戻ったが、午後の注射へ向かう体力はもう残っていなかった。

次の日も、その次の日も。何とか午前の注射には出向くことが出来た。が、どんなに自分を叱咤激励《しったげきれい》しても、午後はもう起き上がる力が湧いてこない。午後の注射に向かう病友達の足音を廊下に自室の天上を睨《にら》んでいると、薬量が半減した失望感から治療効果への期待が薄れ、期待が萎《しぼ》めば気力も萎《な》える。

あとは、死ぬだけか。

高熱に震える身体を布団から引き剥がすさえが辛く、曲がりくねった廊下の先の治療室が賢三には絶望的に遠い。ああ、くそっ。やっとこれで治ると思ったのに。だけど何でだ。何で俺だけが。迫り来る死の足音を間近に、自分にだけ無効なプロミンへの憤懣《ふんまん》を大声に胸の中へ喚《わめ》いていると、草津での炭背負い《すみしょい》がふいに脳裏へ浮いた。

あの時も布団から起き上がるのが骨だった。和也が死んでからは寒さを凌《しの》ぐ冬用の衣服の支給を受ける為に負けまいと這うように炭を運んだ。肋膜炎《ろくまく》の熱と痛みに呻きつつ、それでも和也に負けまいと這うように炭を運んだ。あれに比べれば今は恵まれてる。治療室に行きさえすれば、命が助かる注射を打ってもらえるんだ。ちっとばか廊下が長いぐれえが何だ。

駄目だ、諦《あきら》めるな。こんなとこで寝てたら本当に死んじまうぞ。胸に檄《げき》を飛ばし、賢三は翌朝も歯を食いしばって布団から身を起こした。包帯だらけの身体を廊下の壁で支え、這うようにのろのろと、それでもどうにか治療室へ。そうして息も絶え絶えに午前だけの注射を続けること二週間。

すると、賢三の身体に奇跡が起きたのだ。

全身に吹き出ていた熱瘤が、見る見る癒《い》え膿が退いていく。熱も下がり悪寒も治まり、抜け落ちた髪や眉毛も再び生えてくるではないか。一カ月もすると熱瘤の破れた傷は全て塞がり、包帯と絆創膏の化け物ではなくなった。食欲の回復と共に体力も戻り、賢三は見違えるよう元気になっていた。

新薬プロミンの効果は個々の体質に大きく左右されることが後に分かってきたが、当時は治療が始まったばかりで専門医も手探りの状態にあった。プロミンが効かないと見えた病状の変化は、体重から単純に割り出された一日十ccの薬量が、賢三には多すぎた結果だったらしい。

全国で本格的なプロミン治療が実施され、菌陰性となった癩療養所内の元患者らは一日も早い社会復帰を熱望するようになった。けれど「らい予防法」がその実現を阻《はば》んでいる。不治を前提とした「らい予防法」には退所基準がなかったからだ。

社会復帰を目指して団結した元患者らは、強制収容の廃止や外出制限の緩和《かんわ》、退所の是認《ぜにん》や懲戒検束《ちょうかいけんそく》の禁止などを、国会議員や厚生省役人に要請し、同時にマスコミへの啓蒙《けいもう》活動も開始した。これを受けて昭和二十八年、政府は国会に改正予防法案を提出するが、その内容は元患者らの期待を大きく裏切るものだった。

患者の福祉や差別の禁止などを文言として唱《とな》えてはいるが、所長の懲戒権はそのままで退所どころか外出制限も緩和されていない。おまけにプロミン治療を癩療養所内に限定したことで、在宅の軽症患者も強制健診により次々と収容される事態となった。療養所は既にどこも定員を超えており、手不足で重症患者の看護も満足に行えないのにだ。

強制健診、強制収容、懲戒検束など旧予防法と変わらぬ改正内容に強く抗議して、元患者らは法案の衆議院通過を阻止すべく国会周辺への座り込みを決行。国会通用門前のコンクリートに筵《むしろ》を敷いて座り込む元患者らの傘も持たぬ全身を、梅雨明け間近の空から注ぐこぬか雨がしっとりと濡《ぬ》らしていく。

雨に濡れ抗議に座り込む丸腰の元患者らは、その数僅か五十名。これを取り囲む百余名の武装警官は鉄兜《かぶと》に防護服とゴム手袋、顔にはガスマスクのものものしさ。通行中の野次馬がこれを幾重に取り囲み、新聞各社の記者やカメラマンが固唾《かたず》をのんで見守る中、赤子の手を捻る如き強制排除が行われようとしていたまさにその時。

この人垣が突然、外側から破られた。元患者側代表の座り込みに加勢しようと多摩から駆けつけた百五十名の元軽症者達だった。思わぬ応援部隊の到着に、官憲は止むなく強制排除を断念。が、法案は賛成者の起立のみで審議もなく衆議院を通過。これに憤慨《ふんがい》して座り込みを続ける元患者らに厚生省の役人は参議院議員との話し合いを斡旋《あっせん》した。

参院厚生委員会は元患者代表らに慎重《しんちょう》審議を確約し、座り込みから八日後、彼らは国会前から療養所へと引き上げた。この間、療養所では元軽症患者らが患者作業を断固拒否。作業賃収入を放棄《ほうき》することで痛みの伴う抗議を続けた。過重労働や低賃金への不満が根強い癩療養所の職員達も、元患者らの療養所改革の戦いを全面的に支持した。

慎重審議を約束した参院厚生委員会へ、元患者側は強制収容や懲戒検束の廃止と、療養所職員の増員、患者作業賃の増額などを要望。が、約束を違《たが》えて「らい小委員会」は突然非公開となり、審議経過の問い合わせにも応じない。またも元患者らの要望を無視した法案が参議院を通過予定の七月末日、元患者らは再び三百五十人の大編成で国会へ向かった。

しかし抗議の行進を続ける元患者らを、田無《たなし》で待ち構えていた警官隊が阻止。元患者側の自制で衝突こそ回避されたが、真夏の炎天下で睨み合いが続き熱暑に倒れる者が続出、亡くなる元患者まで出た。国会では他法案の審議が長引き問題の法案通過は翌八月にずれ込んだが、元患者側の要望が反映されぬまま、改正予防法は成立した。

新憲法の保障する基本的人権を求めて立ち上がった元患者達が得たものは、法文に付け加えられた「この法律は近く改正する」という不確かな一項だけだった。


窓を開けると富士が見えた。

密集した家々の屋根越しに小さく頭を覗かせるそれは、青く連なる山の向こうから包み込むようにこちらを見下ろしていた雄大な姿とは程遠い。がそれでも、天生院で見慣れたその気高い山容を目にすると不思議と気分が落ち着いた。開け放した窓辺から背後の室内へ再び眼をやって、賢三はふっと肩の力を抜く。

六畳の和室に板の間の台所、二軒続きの長屋作りで風呂はなく便所は共同。開け閉めに力の要る古い窓は建て付けが悪く、冬場には冷たい隙間《すきま》風に悩まされそうだ。風呂がないのも残念だが家賃との兼ね合いで贅沢《ぜいたく》は言えない。案内してもらった中では一番に日当りが良く、僅かだが富士山が見えるところも気に入った。

「ここがいいと思います」

小声に告げて男へ頷くと、案内の男も満足げに頷き返して見せた。

患者達の抗議を無視する形で改正「らい予防法」が成立した三年後、ハンセン病者の救済および社会復帰を支援する為の国際会議がローマで開かれ、日本からも癩療養所の所長らが出席した。そしてその席で、強制隔離と所長による懲戒検束を認めるこの法律が、人権無視の悪法と激しい非難を浴びたのだ。

世界五十一カ国の医師や学者らから、時代遅れの隔離の誤りを強く糾弾《きゅうだん》されたことは、人権回復の望みを果たせなかった失意の元患者らの思わぬ福音《ふくいん》となった。それから二年後の昭和三十三年、腰の重かった厚生省が菌陰性者の軽快退所基準を示し、漸《ようや》く待ち望んだ社会復帰への扉が元患者達に開かれたのだ。

退所希望者には支度《したく》金と技能取得金が支給されることになり、用意されたプログラムから賢三は簿記《ぼき》を受講した。幸い両手の指は五本とも無事だったから算盤《そろばん》を弾《はじ》くのに不自由はない。だが草津に放り込まれて以来勉強どころでなかったから、帳簿《ちょうぼ》の仕組みや算盤の前にまずは漢字の読み書きから始めねばならない。

寝る間も惜しんで夜遅くまで机に齧《かじ》り付いていると、酷使した目がぼうっと霞《かす》み始め不安に駆られた。ここで病が再発しては退所どころでなくなってしまう。かといって試験に合格しなければ社会復帰の望みは夢と消える。疲れた目元を毎晩揉《も》んだり摩《さす》ったりしながら試験当日を迎え、その後すぐに検査を受けたが幸いにも再発には至らなかった。

こうして資格は手にしたが、社会復帰への道程《みちのり》はまだ遠い。世間には悪意と偏見《へんけん》が満ち満ちており、癩が遺伝病であるという誤った認識も放置されたまま、治る病気になったことさえ知らない者が殆どなのだ。元癩患者を受け入れてくれる企業を見つけるのは容易でなく、立ち塞がる就職への壁に肩を落としていた賢三の元へ、しかし朗報が届いた。

亡き上条神父の信者だった篤志家が病院側の働きかけに応じ、賢三を雇ってくれることになったのだ。社長が保証人になることで、部屋も借りられそうだ。念願の社会復帰はもう目の前で、賢三の胸は溢れる期待と喜びに大きく膨らんでいる。

働いて生計を立てるのは一人前の男としての第一歩。やっとそれが叶うと思えば勿論喜ばしい。だが、身体への過大な負担は再発の危険と隣り合わせだ。偏見が蔓延《はびこ》る世間で穏便に暮らしていけるかどうかも怪しく、社会復帰には様々な困難を覚悟しなければならない。が、それでも賢三には自立を急ぎたい理由があった。

「賢三、………電話だてや」

天生院に戻って自室の文机に向かっていた賢三は、同室者の声に筆を持つ手を止めた。礼を言って立ち上がり、男性病舎入り口に設置された黒い電話器の前に立つ。先刻見てきた部屋のことで、不動産屋から何か言ってきたのだろうか。そんなことを考えながら受話器を耳へ当て暫《しばら》く待っていると、ぷつんと小さな音がして電話が繋がった。

「もしもし。賢三か、具合はどうらね」

思いがけぬその声に、賢三は咄嗟《とっさ》に言葉が出ない。

まるですぐそこに居るかの鮮明さで鼓膜《こまく》に伝わる母の声。体に米を巻いて現れた時の得意気な顔が瞼へ蘇り、ふいに懐《なつ》かしさが溢れた。そういえば、あの時のお礼もまだ言葉にしていなかった。

「ああ、もうすっかりいいんだよ」

そんな想いに胸を締めつけられながら、震え声に短く応ずると、

「そうか、いかったなあ」

喜びを噛みしめるよう、電話の向こうに暫《しば》しの沈黙が流れる。それから小さく鼻水を啜《すす》る気配が伝わってきた。お前も随分と苦労したものなあ。しみじみ呟いて、母はふっと短い息を一つ吐く。同じ喜びを噛み締めながら、賢三も黙って次の言葉を待つ。

するとやがて電話の向こうの母が、何か言いたそうに大きく息を吸い込んだ。けれど困ったようにふーっとそれを吐き出す。何かを言いだしかけ、けれど言葉を探しあぐねているような。先刻とは別物の気詰まりな沈黙が流れる。重い吐息をもう一つ吐いてから、母は独り言のように家族の近況を長々と話し始めた。

老いた父親の腰の具合、長男一家の息子の成長ぶり、賢三とは縁の薄い年の離れた妹の縁談など、どうでもいい話を上の空に聞き流し賢三は辛抱強く次の言葉を待つ。この電話の用件に、そこでおよその察しがついた。が、あの優しい母がまさかとの思いに賢三の胸は息苦しく波立っている。

やがて話すことが尽きたかに短く言葉を切った後、母は案《あん》の定《じょう》言い難《にく》そうに、先日出した手紙の内容を口にした。

「あれに退所するてあったろも。すまんが、思い止まってもらえんろうかねえ。お前がそこに居たことが………もうここに住めんように……兄ちゃん達も…………せっかくの縁談も……」

苦労して自動車の運転免許を取得しながら、家族の反対に遭《あ》って退所を断念した者が職業訓練プログラムの仲間にいた。だから全く予期せぬことではなかった。がしかし、実際に母の口からそれを聞いた途端、棍棒《こんぼう》でガツンと頭を殴《なぐ》られたかの衝撃を賢三は確かに感じた。思考がそこで停止し、じーんと耳の奥が痺《しび》れ始める。

俺は二十年も療養所で辛抱してきたんだぞ。名前を変え別人のふりをして、家族の為にたった独りで飢えや寒さに耐え忍んできたんだぞ。やっと菌陰性になって、この拘禁《こうきん》生活から開放されるのに。やっと人並みの暮らしが出来るのに。俺だって、好きでこんな病になったわけじゃねえんだっ。

申し訳なさそうに続く母の言葉をぼんやり聞き流し、賢三は家族への憤懣《ふんまん》を言葉にならぬ大声で胸に叫んだ。どこまでも身勝手なその言い種《ぐさ》に、積年の怒りが沸騰《ふっとう》し頭がクラクラした。滾《たぎ》り立つ理不尽に息苦しさを覚えつつ、それでも努めて穏やかな声音を絞る。

「大丈夫だよ、母さん。心配しんでも、家に戻るつもりはねえから」

ここで電話に噛み付いても、何も変わらねえ。こんなことを言わされる母ちゃんだって、きっと辛いに違いねえんだ。あの日の感謝を思い起こし、我が身に辛抱を言い聞かせる。

「だけど、ここを出ることはもう決めたんだ。職業訓練を受けて資格も取ったし、勤め先ももう決まってる。だから止めても無駄だ」

自分では穏やかに話したつもりだが、やはり気が立っていたのだろう。断固たる調子に語尾を結ぶと、電話の向こうの母親が小さく息を呑む気配が伝わってきた。気詰まりな沈黙に、困った顔が目に浮かぶ。けれど賢三は構わず続ける。

「ただささ、ここを出るに当たって本来の高田姓に戻りたいんだ。それで知らせた。だって悪いことをした訳でもねえのに、母さんの実家の松本を名乗るなんて変だろ」

そこで言葉を切り、聞こえよがしの溜息を一つ。本当は外出許可を取って何処かで会い、直接話したかったのだ。老いた母の喜ぶ顔を、この目で見たかった。その外出日の都合を問う手紙を、今まさに書きかけていたところだったというのに。

「実は俺、一緒んなる人が居るんだ」

「…………」

「ここの患者さんで気立てのいい、優しい人だよ」

仕方なく電話口で結婚の報告をすると、

先刻の蟠《わだかま》りが嘘のように、母の声が喜ばしく弾んでいく。

「あの時、お前に肩を貸してくれたひとかい」

「ああ、良く覚えてるね。そうだよ、あの時の彼女だよ」

「こんな人が、お前の嫁になってくれたらと思ったからさ。そうか、いかったなあ」

「あんな化け物みてえなお前のとこに、嫁が来てくれるなんてなあ」

溜め息混じりの呟きに、賢三は小さく苦笑い。俺はもう包帯だらけの化け物じゃねえんだよと言いたかったが、電話では信じるまいと言わないでおく。

全身に吹き出した熱瘤の結節は、幸い醜《みにく》い傷として残らなかった。崩れて欠けた鼻梁《びりよう》も整形手術で再生され、二目《ふため》と見られぬ顔でもなくなった。病の後遺症を残したままでは社会復帰もままならず、人権回復の観点からも手術が必要と判断された結果だった。だからこそ直接顔を合わせて話をしたかったのに。

「彼女の名前は、中村ミチ子さんていうんだ。俺には勿体《もつたい》ねえ、いい人だよ」

無事、簿記試験の合格証を手にした日、賢三は喜び勇んで麦畑の隅の作業小屋にミチ子を呼び出した。正雄《まさお》との因縁《いんねん》も深い麦畑は、戦後の農地解放を免《まぬか》れ今も天生院に残されていた。簿記資格を取れば自活の途も開けるはずで、もしも生きてここを出られたら、とのあの約束が賢三の胸を大きく膨らませていた。

「本当にここを出られる日が来るなんて夢みてえだけど。このあと就職が決まったら、俺の嫁んなってくれんかの」

喜び勇んで想いを告げた賢三を、ミチ子はただポカンと見上げていた。

何だ、やっぱりか。あの時の約束は、俺を励ます為の優しい嘘でしかなかったんだ。

頭上で巨大な吊り鐘がゴオゥンと鳴ったかに、落胆でじーんと頭が痺《しび》れた。男としての自尊心をかなぐり捨て、日照りに萎《しお》れた草のよう賢三はヘナヘナと腰を落とし両膝を折っていた。そうして悲鳴のような嘆息を洩らした賢三を、驚いた顔で眺めていたあとで、ミチ子は笑いながら「はい」と頷いてくれたのだ。

少年の頃のあの日と同じ、月の青い夜だった。

五　自立

いつものように一時間ばかりの残業を終えた賢三は、事務所の戸締りを念入りに確かめて工場正門前のバス停へ向かう。茶畑の拡がる町外れの工場から、自宅近くのバス停までは二十分少々。次が最終バスだから、仕事をしながらも気が気でなかった。

最寄りのバス亭から新居までは、歩いて十五分。二軒長屋の建て付けの悪い玄関を慎重に開くと、目の前にミチ子の姿があった。狭い台所に漂う味噌《みそ》汁の香に一日の疲れが吹き飛んでいく。いや、こちらを向いてお帰りと笑ったミチ子の笑顔のせいだろうか。

すっかり目立つようになった妻の腹部を念入りに眺めると、胸一杯に幸福が拡がった。自立の夢が叶ったおかげでミチ子という伴侶を得、今また新たな家族を授かろうとしている。長く憧れた普通の男としての平凡な幸せを噛み締めつつ靴を脱ぎ掛けた賢三は、その場ではたと眉を顰《しか》めた。

そう言えば、今日はやけに帳簿《ちょうぼ》の数字が見えにくかった気がする。このところ残業続きで疲れているせいと気に止めずにいたが、我が家の台所の裸電球がやけに眩しく感じられ、賢三は慌てて目を擦《こす》る。

賢三の勤め先は、静岡の老舗《しにせ》製茶工場の一郭にある狭い事務所だ。茶畑を背負った工場の隅に切られた事務所には、経理主任の年寄りと二人の女性事務員がいた。社長は朝顔を見せた後すぐに工場へ行ってしまうので専用の机は殆ど空だ。会社勤めが初めての賢三には覚えることが山程あり、慣れない仕事に追われる八時間は病み上がりの体に堪《こた》えた。

だが徐々に仕事のこつを覚え、やっと体も楽になってきた。これなら続けられそうだと秘かに安堵していた矢先、若い方の女性事務員が寿退職《ことぶきたいしょく》。すると彼女の受け持ちが賢三に回ってきたのだ。一人前に仕事を任されるのは喜ばしいことではある。が、馴れぬ仕事を時間内には処理できず、定刻後の残業が日課になってしまっていた。

「賢三さん、どうかした」

寝間着に着替え六畳間に座ると、卓袱台《ちゃぶだい》の向こうの妻が怪訝そうに箸を止めた。

「ああ。いや、何でもねえ」

電灯の光が眩しくて知らず顔を背けていたらしい。眩しさだけでなく、目の奥がチクチクと痛む気もするが、それは言わずに賢三は片手で眉間《みけん》を揉む仕草をして見せる。

「まいんち数字と睨《にら》めっこだけ、ちっと疲れたんだろう」

何でもないふりに軽く瞬きを繰り返し、再び箸を動かし始めたが、

「それは、見てもらわんと」

ミチ子は心配そうに眉を顰《しか》め、直ぐに医師の診察を受けるよう言い張って譲《ゆず》らない。普段は賢三のすることに反対などしたことのない妻が、こればかりは頑として主張を翻《ひるがえ》さない。

「じゃあ、今度の土曜にでも半休を貰うさ」

休めば仕事が溜まっていくだけと腹の中で嘆息しながらも、賢三は渋々検査を約束した。

「一カ月……ですか」

結果を告げる医師の言葉に、賢三は小さく頭を抱える。

目の奥の痛みは再発による虹彩炎《こうさい》で、一カ月の安静が必要とのことだった。

いま賢三が居るのは天生院の目と鼻の先の国立駿河《するが》療養所だ。静岡市内にも設備の整った大きな病院はある。が、それを横目に電車とバスを乗り継いでここまで来たのは、元癩《らい》患者の診療が一般病院では認められていないからだ。風邪を曳いただけでも専門病院に行く必要があり、社会復帰者の大きな負担となっていた。

医師は一カ月の安静療養を勧めてくれたが、勤めてまだ半年しか経たない身では長期休暇は言い出し辛い。突然のことで会社の迷惑にもなるだろう。一体どうすればいいのかと頭を抱えつつ、賢三はふらふらと駿河療養所を出た。そのまま帰る気になれず足は自然と古巣へ向かう。

意気消沈のまま、ぼんやりと天国橋の袂《たもと》に佇んでいると、ふいに後ろから名を呼ばれた。

「まあ、賢三さん」

道端の草取りでもしていたのか、泥だらけの鎌を携えた婦長の姿がそこにあった。こっそり眺めるだけのつもりでいたが、きまり悪く帽子を取って頭を下げると、どこの紳士かと見違えたわと婦長は嬉しそうに目を細める。

「丁度良かった、そろそろお昼にしようと思ってたとこよ」

言われて初めて賢三は、自分が腹ぺこなのに気が付いた。

昼過ぎのがらんとした職員食堂で、西洋風のランチを口に運びつつ賢三は問われるままに近況を告げる。やっと職場にも慣れ一人前に仕事をこなせるようになったこと。妻のミチ子が懐妊《かいにん》中で、間もなく新たな家族が増えること。順調な賢三の暮らしぶりへにこやかに耳を傾けていた後で、婦長はパンを千切る手を止め小さく眉根を寄せた。

「ところで賢三さん、あなたその目」

ベテランの看護婦長が再発の兆候を見逃すはずもなく、賢三が正直に虹彩炎を告げると、

「それは、お気の毒ね。でも、そういうことなら暫《しばら》くここに泊まってはどうかしら。副作用の心配もあるし、のんびり身体を休めるのがこの病気には何よりよ」

年齢相応に肉の付いた頬を柔らかく撓《たわ》め、早速院長に話してみると向かいの椅子から腰を浮かせ掛ける。その婦長を慌てて制して賢三は、

「だろも、急に休めば会社の迷惑だし。薬を飲んで黙って仕事を続けられねえもんかと」

ここへ来る途中に考えた苦肉の方策を口にした。治癩薬は近年飲み薬が開発され、必ずしも注射に通う必要はなくなっている。再発が知れれば会社を頸《くび》になるかもしれず、今後のことを考えればそれが一番いいように思われた。賢三の意を酌《く》むように小さく頷いてから、しかし婦長は唇をきゅっと引き締める。

「でも、病気のことは社長さん一人の胸の内よ。きちんと報告した方が社長さんも安心なんじゃないかしら。周りの人との兼《か》ね合いも、いろいろあるでしょうから……」

そこで途切れた言葉の先を推し量り、賢三ははっとした。黙って仕事を続けて万一再発が知れてしまったら、自分だけでなく社長もきっと困ったことになるのだろう。元患者と承知で雇ってくれた篤志家の社長に、迷惑を掛ける訳にはいかないのだと。

「そうですか。それじゃ仰る通りに」

観念した賢三が電話で申し訳なく休暇を請《こ》うと、婦長の口添えもあってか社長は二つ返事で

理解を示してくれた。ミチ子は再発の報せに電話の向こうで小さく息を呑み、慌てて着替えや身の回り品を届けに来たが、賢三の元気そうな顔に安心して静岡へ帰っていった。

宿泊棟の布団の上から朝陽に輝く富士を眺め、賢三はほうーと感嘆の吐息を一つ。

からりと雨戸を開け放ち日の光を身に浴びても、もう眩しさを感じない。目の奥の違和感はきれいに治《おさ》まり、高く澄んだ秋空に気分が解放されていく。古巣での心地好い目覚めに小さく伸びをして、しかし賢三はそっと気重な嘆息《たんそく》をもう一つ。

婦長の勧《すす》めに頷いて、古巣へ舞い戻って二週間。当初は仕残した仕事が気に懸《か》かり、早く静岡に戻りたいとそればかりを考えていた。ところが徐々に体調が回復し、あとは検査で陰性が証明されれば職場復帰できるまでとなったのに、それが思ったほど嬉しくない。いや、正直に言えば少なからず億劫《おっくう》でさえある。これは一体どうしたことだろうか。

祈りと感謝と労働による天生院での日々は、平穏な安らぎに満ちていた。長い付き合いの看護婦長や青い目のシスター達は皆親切で、かつて枕を並べた病友らは出戻りの賢三にも変わらず気安く接してくれる。朝の祈りや食事時には病友達との会話も弾み、常に強張っていた肩から首の周りが近頃は不思議と軽い。

かつてあんなにも窮屈《きゅうくつ》だった療養所が、こんなにも快適とは驚《おどろ》きだが、これが里心というものだろうか。社会復帰たった半年で、もう里心なんて情けねえ。それより、早くミチ子に元気な顔を見せてやらねば。胸の底の不可解な気重さを振り払い、敷《し》いていた布団を畳みにかかる。

あっ、そうか。そういうことなんだ。

そこで賢三は、自分の気重さの正体に、ふいに合点がいって小さく頷いた。

狭い事務所で弁当を使う昼時、先輩風を吹かせる中年女性事務員から飛んでくる遠慮のない詮索《せんさく》が賢三は苦手だった。出身地を問われ正直に新潟と答えたが、父親は赤子の頃に死んだことにした。積年の父への恨みが言わせた言葉だったが、すると母親が再婚し他家へ稼《か》したことになってしまった。この嘘《うそ》を繕《つくろ》う為に、またも詰まらない嘘を重ねる羽目になる。

ミチ子の懐妊が嬉しくてついそれを口にした時は、妻の実家まで詮索され自分の口の軽さを即座に呪った。やがて賢三は昼が来ると大急ぎに弁当を使い、茶も呑まずに直ぐ仕事の続きを始めるようになった。事務員が一人辞めて仕事が増えたのは、丁度良い逃げ道でもあった。常に忙しくさえしていれば、余計な話をせずに済むからだ。

元患者らの強い要望により社会復帰を認めたものの、政府はこの病への正しい啓蒙《けいもう》活動に消極的だった。癩の感染力は結核よりずっと弱く、今や治る病になっている。にも拘《かかわ》らず強力な伝染病として忌み嫌う風潮は世間に根強く、元癩患者と知られれば即身の破滅《はめつ》が待っている。こうした残酷な現実は賢三が子供の頃と少しも変わっていなかった。

天生院を出ると決めた時、賢三もある程度の覚悟はしていた。けれどその無理解と強烈な嫌《けん》悪《お》感は、賢三の想像を遥かに超えていた。重たい秘密を胸に過ごす毎日の緊張《きんちょう》と閉塞《へいそく》感に賢三は身も心も疲れ切っていた。念願の社会復帰で手にした日常は、賢三が望んだ平凡な日本人の暮らしではなかったのだ。

「田舎に帰っても仕方ねえし、俺はここで牛の世話でもしてぼちぼち暮らすわ」

社会復帰を決めた賢三に、病友の一人が寂しそうに洩らした言葉だ。

帰郷も社会復帰も望まずに療養所に留まる途を選んだ病友達は、養鶏、養豚、牛の放牧などを副収入としながら、国の補助金を受けて昔ながらの共同生活を営《いとな》んでいる。世間の風の冷たさに怯《おび》える賢三の目には、彼等の方が余程のんびりと幸せそうだった。

あーあ、社会復帰なんてしんばいかった。

小さく独りごちて、直ぐに賢三は慌てて強くかぶりを振る。ここに居ればミチ子を娶《めと》る夢も叶わず、新たな命を授かる幸せもなかったのだ。俺が今こうしている間にも、ミチ子の腹はどんどん大きくなっている。今更後戻りなんて出来っこねえし、男として家族を守る責任が俺にはあるんだ。ほら、しっかりしろ賢三。

守るべき新たな命の存在が、そこで賢三に再び勇気を奮《ふる》い起こさせた。

検査で菌陰性が確認されると、賢三は直ぐに静岡へ戻り職場に復帰した。医師の勧《すす》めに従ってもう暫く身体を休めてはと婦長は言ったが、休めばその分、家計が逼迫《ひっぱく》するだけなのだ。これから加わる新たな家族を前に、大黒柱の責任はずしりと重かった。

やがてミチ子が産気づき、賢三は慌てて産婆《さんば》を呼びに走る。三十七歳という年齢から難産が予想されたが、幸い大きな問題もなくミチ子は元気な女児を出産した。妻に似て目元の涼やかなこの赤ん坊を、賢三は翼《つばさ》と名付けた。親の自分達を大きく飛び越えて、無限の可能性に羽ばたいて欲しいとの秘かな願いを込めて。

「翼ちゃん。……いい名前ね」

初産《ういざん》という大仕事を終えて半ば放心状態のミチ子は、産湯《うぶゆ》を終えたばかりの赤子を賢三が枕元に抱いていくと、嬉しそうに頷いて涙ぐんだ。

「どうしたの、遅かったね」

怪訝《けげん》そうな妻の言葉を黙って聞き流し、賢三はすっかり冷めた晩飯に向かう。溜まった仕事を片づけようと夢中で残業しているうちに、うっかり最終バスを逃してしまったのだ。仕方なく真っ暗な夜道を歩いて戻ったので、随分と帰りが遅くなった。

空っぽの腹へ冷たい晩飯を掻《か》き込み、ふうっと一息。翼、お風呂だよ。卓袱台《ちゃぶだい》を片づけ始めた妻が、そこで部屋の隅の小さな布団に声を掛ける。どうやら、帰りを待ちきれず寝てしまったらしい。娘はこの春から近所のお寺の保育園に通っている。なかなか活発な子で、送り迎えの際には母親を置いて走り出すこともあると言う。

「いや。今日はやめとく」

娘を起こそうとした妻を賢三が制すると、ミチ子は驚いた顔をした。

「翼と風呂が俺の薬だ」というのが賢三の口癖で、一日の終わりに娘と浸かる風呂を何より楽しみにしている。その心地好い温みもさることながら、娘の愛くるしい笑顔の前には仕事の疲れも職場の憂《う》さもたちどころに霧散《むさん》してしまう。そして、この小さな命を何としても守らねばと、どこからか新たなエネルギーが涌いてくるのだ。

しかし今日ばかりは、そのあどけない寝顔を眺めていても、背中に張りついた重たい疲れが消えていかない。町外れの小高い丘の中腹に建つ製茶工場から、つづら折りの坂道をとぼとぼ歩き下ること一時間。冬が舞い戻ったかの三月の夜風に薄いコートが肌寒く、鼻水を啜《すす》りつつ真っ暗な夜道を急いだせいで、足腰が重たく冷え強張《こわば》っていた。

「まあ、ゆっくり寝るのも薬ってことだ」

心配顔の妻へ言い訳のように呟くと、賢三は部屋の隅に早々と自分の布団を敷いた。こんな日にこそぬくぬくと湯船に浸かりたかったが、もう銭湯へ出掛けることさえが億劫だった。冷えた身体を猫のように丸めて頭から布団を被り、賢三はやがて浅い眠りに就いた。

翌朝は熱があるのか体がだるく、布団から身を起こすのが骨だった。

それでも仕事に行かねばと気力を奮《ふる》い「えいやっ」と寝床から背中を引き剥《は》がす。

そこで、賢三はポカンと口を開いたままその場へ固まった。

目の前にぼうっと薄い幕のようなものが降りていて、狭い部屋の黄ばんだ障子も襖《ふすま》もよく見えない。慌てて雨戸を細めに開けると突き刺すような痛みが目の奥に生じ、うっと瞼を抑えた。そのまま布団の上で呻いていると、事態を察したらしい妻が目に包帯を巻いてくれた。大家の電話で会社へ連絡を入れ、妻に手を引かれて賢三は再び駿河療養所へ。

長々と診察の順番を待つ間も、しかし賢三の頭は仕事のことで一杯だった。

経理主任の老人は近頃めっきり体が弱り、賢三の仕事が増えていた。定時後の残業だけでは追いつかず、休日に黙って出勤する日も度々あった。但し身体のことも考えて、休日出勤の翌週は平日の残業を減らすよう心掛けていた。ところがここ二カ月ばかりは慣れぬ税務関係の書類に追われ、止むを得ず平日も残業続きだったのだ。

せっかく一人前に仕事が出来るようになったのに、それが認められて給料も上げてもらったばかりなのに。ここでまた、突然の長期休暇は痛い。理解ある社長の信頼を裏切りたくはなく、何とか仕事を休まずに済む方法はないものかと賢三は思案を巡《めぐ》らせる。

前回は一カ月の安静を言われたが、服薬と二週間の休養で症状は改善した。薬は年々改良されていると聞くし、今回は薬を飲みながら仕事を続けられないだろうか。再発を隠して会社へ行く迷惑は重々承知だが、周りに知れなければ別にどうということもない。これまで以上に気を引き締め慎重に行動すれば、何事もなく乗り切れるのではなかろうか。

やっと順番が来て医師の前に座ると、賢三は早速それを口にした。薬も良くなっていると聞くから、今回は薬を飲みながら仕事を続けることは出来ないものだろうかと。しかし丁寧《ていねい》に診察を終えた眼科医は、急性虹彩《こうさい》炎で手術が必要だと難しい顔をする。

「出来る限りのことはしてみますが、視力が元に戻る可能性は低いと思ってください」

えっ、……まさかそんな。

そのまま入院し医師は最善を尽くしてくれたが、術後の経過は思わしくなかった。

それでも日が経てば見えるようになるのではと、賢三は淡い期待を抱いて静岡に戻った。けれど一カ月が過ぎ二カ月が経とうとしても、世界は依然《いぜん》ぼやけたままなのだ。目に映る全ての物があやふやに不鮮明で、可愛い盛りの娘の顔さえはっきりと見ることができない。光の加減やその日の体調によっても違うが、虫眼鏡《むしめがね》を使えばどうにか新聞の字が読める程度の視力では簿記《ぼき》の仕事を続けることは不可能だった。

こんな目でこれからどうやって生きていこう。

突然の暗転に呆然自失《ぼうぜんじしつ》のまま、賢三は無念の辞表を社長宛に書き送った。

くそっ。人を馬鹿にしやがって。

自宅の六畳間につくねんと座り込んだ賢三の手には、クシャクシャに捩《よじ》れた紙片が握られている。読み返しても書かれた文字が変わるわけではない。しかしどうしても納得がいかず、丸めて棄てたそれを再び拾い上げ、虫眼鏡で読み返さずにいられない。それは賢三が入学願書を提出した東京の鍼灸《しんきゅう》専門学校からの返信だった。

職業安定所の親切な職員から、賢三はこの学校を紹介された。視力障害者は鍼灸師の資格を取るのが収入の早道という訳だ。東京まで通うのは難しいが寮も併設されており、半年後に資格を手にすれば働いて家族を養える。その間の生活費は失業保険と僅かな貯金で賄《まかな》うことにして、賢三は九月からのコースに早速願書を送った。

ところが、待てど暮らせど音沙汰《さた》がない。

一体どうなっているのかと電話で問い合わせたところ、ぎりぎりの八月末に漸《ようや》く返事が届き入学は許可できないとの内容だった。驚いて再度電話をすると事務長と名乗る人物が出て、理由は申し上げられないが悪しからずご了解願いたいと切られてしまった。取りつく島もない一方的な言い方だった。

藁《わら》にも縋《すが》る思いで再度職安の職員から問い合わせてもらったが、学校側の返答は変わらなかった。理由を明かさないのは菌陰性者への差別が不当と承知しているからだろう。入学願書の視力障害を負った理由に、賢三は正直に病名を書いた。病を隠していたことが後で知れれば厄介な事態も考えられるため、学校には予《あらかじ》め了解を得るのが賢明と考えたのだ。それで断られたに違いない。畜生、人を馬鹿にしやがって。しかし、では嘘《うそ》を書けば良かったのだろうか。いや、途中で病が知れればどうせ退学になるから同じことだ。呆然と肩を落とす賢三に職安の職員は気の毒そうな顔で生活保護の申請を勧めてくれた。だがまず実家に連絡が行くと聞き、諦めざるを得なかった。

何があっても迷惑は掛けないと啖呵《たんか》を切った手前、実家には意地でも頼れない。が、オリンピックが来月と迫った経済成長著《いちじる》しい日本で、物価上昇から置いてきぼりの僅かな障害福祉年金だけではとても家族を養えない。娘の為にこつこつ続けた貯金に手を着け、やがてそれが底を突いたら、あとは一家で路頭に迷うしかないのだ。

俺とミチ子だけなら天生院へ戻る手もある。しかし、翼はどうなる。天生院へ連れていくなど不可能だし、もし可能だったとしても元癩患者の子供という烙印《らくいん》を一生負わせることになる。それよりは誰か親切な人の養子にでもする方が幸せだろうか。

娘にはごく普通の子供として、元気に育ってほしいと願ってきた。大人になっても両親の病のことは話さないつもりでいる。知らない方が幸せなことも世の中には沢山あると賢三は考えている。けれど翼はもう物心付かぬ赤ん坊ではないのだ。突然家族がばらばらになれば、心に深い傷を負うだろう。そして必ず、その理由を知りたがるはずだ。

世間が忌《い》み嫌《きら》う元癩患者の娘と知れば、どれほどの衝撃《しょうげき》を受けるだろう。

こんな俺達が子供を望んだこと自体、間違いだったのだろうか。

悶々《もんもん》と思い悩んでいた賢三は、そこでふと肌寒さを覚えた。

西の窓から射し込んでいた秋の陽がいつの間に影をひそめ、部屋の空気が冷えてきている。何故いつまでも雨戸を締めないのかと文句を言い掛けて、やっと妻の不在に気付いた。今日はどこかへ出かけると聞いたはずだが、いくら考えてもどこだったか思い出せない。

妻の手を借りなければ共同便所にさえ一人で行けない状態は、見えにくさに慣れるに従い改善された。今では家の中だけなら誰の手も借りず動き回ることが出来る。けれど飯を食い糞《くそ》をする他に賢三にはすることが何もなく、またしようという気もてんで湧かない。

億劫《おっくう》に立ち上がり箪笥《たんす》の上のラジオを点けるとニュースが流れだし、七時頃と見当がついた。日本中が浮かれているオリンピックの話など聞く気もせず、直ぐにスイッチを切る。そして元居た場所に再び同じ姿勢で座り込んだ後は、もう何もすることがない。そんなふうにして、今日もまた、無為な一日が暮れようとしている。

それから間もなく戻った妻は、遅くなりましたとも言わず黙って飯の支度を始めた。味噌汁と漬け物だけの質素な晩飯を掻き込む間も全く口を利かない。目を悪くしてからは、賢三自身意図的に妻との会話を避《さ》けており、それでも幼い娘の無邪気さに救われていた。ところが今日はその娘も疲れたように黙り込んでいて、早々と冷やかな晩飯が終わった。

眠たげな娘を風呂に誘うと愚図《ぐず》りだし、仕方なく布団を敷いて寝かせた。はて、どうするかな。毎晩の風呂も贅沢《ぜいたく》になり、近頃は間をあけている。風呂を我慢《がまん》するのは何でもないが、今日はこのまま家に居たくなかった。通い慣れた道はすっかり頭に入っており、白杖《はくじょう》一本でも自動車に轢《ひ》かれる心配はないだろう。

一人で行くと決め、もそもそ出かける支度をしていると、台所で洗い物をしていた妻によび止められたが。

「私も行くさけ、ちっと待ってて」

そらきた。

こっそりと重い息を吐き、賢三は小さく身構える。

黙りこくって終わった晩飯の間中、妻の態度に不自然な硬さを感じていた。何か俺に言いたいことがあるに違いねえ。気詰まりな沈黙は言葉以上に雄弁で、何を言い出されるかにもおよそ見当がついている。しかし、今は聞きたくなかった。

「あのさ、これからのことを私も色々考えたんだけど……」

賢三と並んで歩きだすと、ミチ子は早速思い詰めた調子にこう切り出した。

「ああ、分かってる。俺はどうせ駄目な亭主だ」

「誰もそんなこと、言ってねえらに」

「ふん、そのぐらい言わんでも分かる。いいさ、俺のことはもう構わんでくれ」

視力の回復を諦めた後も、賢三は何とか前向きになろうと努力してきたのだ。自棄《やけ》を起こしてる場合ではねえ、俺には養わねばならん家族がいるんだ。大丈夫、まだ道はある。鍼灸《しんきゅう》師の資格を取ればきっと何とかなると。しかしそのたった一つの望みが打ち砕かれた今、賢三の前には絶望しかなかった。

こうなったのは俺のせいでねえ。俺はただ、人並みの暮らしを娘にさせたくて。それで少しばかり無理をして。悪いのは身体の中で暴れる癩菌の奴なんだ。畜生、一体いつまで俺に祟《たた》れば気が済むんだ。と、どれほど癲菌を罵倒《ばとう》しても、一家を養えなくなった自分への情けなさは重たく蟠《わだかま》り何処へも行かない。

希望のない明日を恨み、役立たずの己を責め、ただ悶々と日を過ごしたが、こんな亭主を妻は一体どう思っているのだろう。遅い妻の帰りを待つ間、賢三は冷静にそれを考えてみたのだ。するとと簡単な答えがあることに、やっと気付いた。いや本当はわざと気付かぬ振りをしていただけかもしれない。

「お前達がいないでも、俺は生きていかれる。お前は翼を連れてどこへでも行け。こんな役立たずの厄介者は、尻尾を巻いて逃げ帰ればいいんだからなっ」

妻の言葉を先回りして、賢三は辺《あた》り憚《はばか》らぬ大声をあげた。

亭主が言うのも何だが、四十の坂を越えてもミチ子はなお色白で、男心をそそる凛《りん》とした容《よう》貌《ぼう》も昔のまま。金を持った年寄りの妾《めかけ》の口くらいなら何とかなりそうで、翼ともども引き受けてもらえればそれが一番に違いなかった。

「ちっと。人が見るから、こっちへ」

賢三の大声が人目に立つのを気にして、ミチ子は電柱《でんちゆう》の明かりの届かぬ暗がりへと賢三を引っ張る。が、その手を邪険《じやけん》に振りほどき、賢三は豪然《ごうぜん》とミチ子に背を向けた。銭湯《せんとう》へ行く気などとうに失せ、もう帰って寝てしまうつもりでいた。

俺さえ居なければミチ子も翼も幸せになれる。ぐずぐずすれば辛くなるだけ。心配しんでも俺は喜んで別れてやるさ。胸糞《むなくそ》悪く呟きながら精一杯の強がりで反らした背中を、後ろから追ってきた妻にどやしつけられた。ミチ子の押し殺した声が耳元に響く。が、言葉が全く聞き取れない。堪《こら》えに堪《こら》えていた怒りが、そこで賢三の全身に爆発したからだ。

「畜生、ふざけるなっ」

やっと人並みの生活を取り戻して。願ってもなく可愛い娘も授かって。さあこれからという時に、何で俺ばっかりこんな目に遭《あ》わなきゃなんねんだ。運命の過酷《かこく》への憤《いきどお》りがふつふつと腹の中で沸騰《ふっとう》し、賢三は振り向きざまにミチ子へ白杖を振り上げていた。

悪いのは妻ではない。勿論それは良く分かっている。が、どこまでも理不尽な運命への憤激《ふんげき》を何かで発散しなければ、もうどうにも収まらない気分だった。

「くそっ、くそっ、くそっ」

鼻息荒く奇声を発しつつ、妻目掛けて幾度も白杖を降り降ろす。けれどただささえ不鮮明な視界が、夜の暗がりに増長され妻の姿を捉えきれない。それでも闇雲《やみくも》に杖を振り回していると、後ろから強い力で腕を押さえつけられた。振りほどこうと暴《あば》れると強烈な衝撃が顎《あご》に来て、賢三はうつ伏せに地べたへ羽交《はが》い締めにされていた。

拳骨《げんこつ》の雨が後頭部に降ってきて、石ころだらけの道へぐいぐい顔を圧し付けられる。切れた唇の端から砂利の苦さが口の中へ侵入した。力では敵わないと直ぐに観念したが、抵抗を諦めた賢三の腕を、巨漢に違いないその男は容赦なく後ろ手に締め上げてくるのだ。肘関節が悲鳴を上げ、僅かに身動きしただけで折れてしまいそうだった。

「すみません、私が悪いんです」

慌ててミチ子が男へ詫《わ》びると。

「なんだ、夫婦もんか。こいつを、交番に突き出さんでいいのかっ」

白けた舌打ちとともに背中の圧力がすっと消えた。戒《いまし》められていた腕が開放され、小馬鹿にしたような侮蔑《ぶべつ》の言葉を残し、巨漢の足音が遠ざかる。

口の中の血と泥をぺっと吐き捨て、ずきずき痛む後頭部を摩《さす》っていると、妻の手が伸びてきてそっと顔の泥を払ってくれた。邪険《じやけん》に身を退いた賢三の手に、ミチ子は落ちていた白丈を握らせ、ふーっと長い溜め息。

「まったく、………人の話を聞きもしねえで」

「いいさ、同情は要らねえ」

「いっつもそう。独りよがりで無鉄砲なんだから」

文句を言いながらもミチ子はくすりと笑って賢三を引き起し、股引《ももひき》きと綿入れ半纏《ばんてん》の汚れを叩く。それからゆっくり向きを変えさせ、再び風呂屋へと手を引いて歩きだした。

「あのさ、私、働きに出たいと思うの」

「………」

「こんな手でも、簡単な仕事なら出来るんでないかと思ってね」

ミチ子は病の後遺症《こういしよう》で、右手の小指と、左の薬指、小指が捻《ね》じれている。

「お前なら、そんなことしんでも………」

妾という言葉を賢三が言い淀《よど》んだ隙に、ミチ子はここぞと声を強める。

「せっかく病気が治ったんだものさ、私だって社会復帰してみたいよ」

「ばかっ。働くってのは大変なんだっ。周りの目があるから、物凄《ものすご》く気も遣《つか》うし」

「けど、それが一番いい方法だもの。翼を片親になんて出来ないもの。あんた、私と別れて天生院に戻るつもりでしょ」

「…………」

「翼のために、私にも出来ることがあるって思うと張り合いになる。あんたはまず体をしっかり養生《ようじょう》して、その後でどうするか考えたって遅くないさね」

妻の働きで食うなどは男の沽券に関わる事態だし、妻には何の資格もないのだ。

「世の中は、そんなに甘くねえんだぞ。お前を雇《やと》ってくれるとこなんて、おいそれと見つかるもんでねえ。悪いことは言わねえから妾にでもなれ」

すっかり腹が決まった賢三が、噛んで含めるよう続けると、

「実はもう社長さんに了解を貰ったの。あんたの会社の工場で、作業員として使ってもらえることんなったから」

黙ってて悪かったけどと声を落とした妻に、賢三の胸にはまたもや怒りが沸騰《ふっとう》した。良くしてくれた社長には少なからぬ負い目を抱いている。病故《やまいゆえ》のやむを得ない事態ではあるが、突然の入院と退職で会社には多大な迷惑を掛けた。それを考えると社長に合わす顔がなく、賢三は退院後の挨拶《あいさつ》にも訪れていない。それなのにその自分の頭越しに、妻が勝手に厚かましい頼みごとをするなんて。

「違うのよっ」

賢三の顔に再び憤《いきどお》りを見取ったよう、妻が慌てて続ける。

「私はご迷惑を掛けたお詫びに、挨拶に行っただけなの」

菓子折りを携《たずさ》えて事務所を訪れると、丁度社長が出先から戻ったところだった。お詫びを述

べて直ぐに帰るつもりが、事務所の隅で茶を振る舞われ、お子さんも小さいのに大変ですなと心配顔をされた。

「その時に、困ったことがあれば遠慮《えんりよ》なく相談しなさいと親切に言われてさ」

勿論《もちろん》その時は単なる慰《なぐさ》め程度に受け取っていたが、ここへ来て急にその言葉が強く胸に浮かび上がってきたのだ。鍼灸師への途《みち》が絶たれた今、障害福祉年金だけでは一家が暮らせないのは見えており、きれいごとを言っている場合ではなかった。

翼の将来の為に、縋《すが》れるものにはなりふり構わず縋り付こう。考え抜いた末に心を決め、姉とも慕う看護婦長に相談を入れた。夫の代わりに働く決意がミチ子に固いことを確認すると、婦長は早速会社に連絡を入れ、篤志家の社長は二つ返事で頷いてくれたという訳だ。

「ただいまあー」

建て付けの悪い玄関引き戸を賢三が開けると、翼は繋《つな》いだ手を離し大急ぎに靴を脱ぎ散らす。板の間の台所から隣《となり》の六畳間を覗き込み、そこで小さな溜め息。いつもならそこで繕《つくろ》い物をしている母の姿が、今日も見えないからだ。

宣言通りミチ子は、賢三が勤めていた製茶工場で働き始めた。

朝八時から夕方五時までの肉体労働は過酷《かこく》に違いなく、帰ると黙って飯の支度を終え風呂にも行かずに寝てしまう。朝は早くから起き出して家族の食事と自分の弁当を整え、足どり重く出掛けるが疲れたとは絶対に言わない。弱音を吐けば賢三に離婚《りこん》話を蒸し返されると分かっているからだろう。

しかしそんなふうに無理を続ければ、今度はミチ子の病が再発してしまう。黙って見ている訳にもいかず、賢三は仕方なし朝晩の飯の支度を引き受けることにした。お寺に翼を迎えに行ったついでに買い物をして、今戻ったところだ。今日の晩飯は豆腐の味噌汁と油揚《あぶらげ》の網焼き。たまに秋刀魚《さんま》を焼ければいい方で、あとは漬け物だけの日も多い。

ついに飯炊き男に身を落としたか。

洗った米を笊《ざる》に上げながら、賢三はこっそりと自嘲《じちょう》する。天生院でも縫《ぬ》い物と炊事洗濯《すいじせんたく》は女の仕事で、賢三は飯など炊《た》いたこともない。水の張り方からガスの火加減まで失敗だらけの毎日だったが、近頃どうにかまともな飯を炊けるようになった。

けど、このままでは終わらんさ。

妻の働きでどうにか食べている今の生活が、賢三には腹立たしくてならない。居心地悪くて堪《たま》らない。そして心苦しくて仕方ないのだ。いくら目が悪くなったからと、このまま髪結いの亭主ではいたくない。こんな俺にも出来ることが何かあるはずだ。妻も娘もいない一人きりの部屋で賢三は毎日それを考える。しかし。

土方《どかた》仕事なんて体が続くとは思えねえ。この目じゃ読み書きもまともに出来ねえし、手先を使う仕事は無理だ。一体どうやって飯《めし》の種《たね》を稼げばいいんだやら。いくら頭を捻ってもこれという仕事が浮かばず、出てくるのは溜め息ばかり。

「おみじゅが、あったかいのかな」

沢庵《たくあん》にする大根を縁側《えんがわ》の軒先で洗っていると、そこで娘の小さな呟きが耳に届いた。縁側の端の小さな金魚鉢を翼はしきりと覗き込んでいる。西日を受けた金魚達が、水面であっぷあっぷしているのだろうと察した賢三は、軒先から手を伸ばし指先を水に浸けた。

「ああ、温たかいな」

「うん、かえてあげるね」

嬉しそうに小さな両手で金魚鉢を持ち上げた娘を慌てて制し、賢三は草履《ぞうり》を脱いで縁側へ上がる。幼い娘の抱えた金魚鉢へ手を添えて、一緒に台所まで運んだ。

「流れないように、見張ってるんだぞ」

みかん箱の上に乗って腕を伸ばした娘の小さな掌《てのひら》目掛け、ゆっくりと金魚鉢を傾けてやる。すると生温い水がくすぐったいのか、翼はきゃっきゃとはしゃぐ。

「金魚さん、出てきてないか」

「うん、でてないよ」

半分ほど水を捨てて新しい水を足してやり、真上から顔を寄せて金魚鉢を覗き込む。三匹の金魚が気持ち良さそうに水中を泳ぎ回る様子がぼんやりと認識《にんしき》された。

「きんぎょさん、はやくおっきくなってね」

横から娘の無邪気な呟きが耳元に漏れてくる。しかし、そもそも秋祭りの縁日で掬った二束三文の金魚なのだ。直ぐに死んでしまい、悲しい思いをするだろう。

上部が花びら状に開いた華やかな硝子《がらす》鉢は、その祭りで一緒に買ったものだ。どうせ直ぐ要らなくなるのにと思ったが、じき娘の誕生日だからと妻に言われれば強く反対もできなかった。てめえの女房に言いたいことも言えんようじゃ、亭主も形無しだべな。水を張った金魚鉢を再び縁側へ戻しながら賢三は、こっそりと胸の奥で嘆息する。

くさくさした思いに縁側の軒先へしゃがみ込み、束子《たわし》を手にもう一度大根の泥を落とし始めた。そうしながら、何とか亭主の沽券《こけん》を取り戻す旨い手はないかと思いを巡らせる。すると、あの夜妻が口にした言い訳めいた一言がふと脳裏に蘇《よみがえ》った。……たかが金魚って言うけどさ、今流行りの出目金《でめきん》てのは、えって驚くような値がするっていうよ。

確かにかつて会社への行き帰り、バスの窓から賢三は蝶《ちょう》の羽根のように長い尾鰭《おひれ》を揺らす洋《よう》金《きん》の巨大な絵看板を目にしていた。動物商の看板《かんばん》には他に文鳥やインコなどの挿絵も添えられており、こんな物が商売になるのかと首を傾げたものだった。値段など気にしたことはないが、洋金は値が張るという噂《うわさ》は耳にした記憶がある。

大根を洗う手を止めて、賢三は縁側の金魚鉢をはたと振り返る。当然ぼんやりとしか見えないが、あれを死なせずに大きくすることが出来れば金になるかもしれないとふと思った。三匹中の二匹はありふれた和金だが、尾鰭のふわりとした洋金が何故か一匹だけ混ざっている。出目金でなくとも、洋金ならそこそこ価値があるのではあるまいか。

何のあてもないその場の思いつきで、賢三は金魚の飼育を真剣に考え始めた。母の実家の村には錦鯉《にしきごい》の養殖を手がける男がいて、伯父とこんな話をしていたのを思い出す。これはと思うのを三十ばか選んで軒下の温かい生簀《いけす》へ移してよ、冬の間に特別な餌をたっぷり食わせんだ。そいで一つでも高値が付けばいいほうだ。

特別な餌とは何かの昆虫の蛹《さなぎ》を乾燥させたものだったと記憶しているが、正確には思い出せない。だが栄養を付けさせる必要があるのだろうとは分かる気がする。

そこで賢三は、金魚にミミズを与えてはどうかと考えた。鮒《ふな》釣りの餌はミミズだし、栄養も豊富そうだ。早速軒下の石を剥《は》がして丸々太ったミミズを捕まえ、口の小さな金魚の為に包丁で刻んで金魚鉢に入れてみた。すると底に沈んだこの餌を、和金は突つくが洋金は見向きもしない。おまけに残った餌が水を腐らせ、三匹は直ぐに死んでしまった。

「どうだ、いたか」

「うん、いるよ。でも……」

倒木の端を賢三がそっと持ち上げると、その下へ娘が小さな手で虫取り網を差し入れる。しかしすばしこい相手は直ぐに飛び跳ね逃げてしまう。けれど寒さのせいか動きは緩慢《かんまん》で、中にはまんまと網の中に収まるやつもいた。草の中に埋もれ腐り掛けたていた倒木から手を離し、賢三は安堵の胸を撫で下ろす。

枯れた空き地の草原を長々と探したがカマキリもバッタも見つからず、諦め掛けていた矢先の幸運だった。朝晩の冷え込みが厳しくなり、夏の間あれ程賑やかだった虫の音もぴたりと止んでいる。この時期に虫取りなどと妻は訝《いぶか》しげだったが、賢三には考えがあった。動きが鈍くなる今だからこそ、幼い娘にも捕まえられるに違いないと。

三匹の金魚が腹を見せて浮いていた朝、賢三は娘に大泣きをされた。よしよし代わりを買ってやると約束した手前、別の金魚を探す羽目になったが動物商で売られている高価な金魚など勿論《もちろん》買えない。思案した末に隣町の大きな祭りに出掛け、金魚掬いで余った金魚一盥《たらい》をテキ屋の兄さんから安く譲り受けることに成功したのだ。

どうせ半分は死んじまうし、持ち帰る手間が省けたと兄さんからも喜ばれた。その時に、浮いた餌しか食べない金魚がいることを教わった。ミミズは沈むから駄目だと納得し、するとやはり昆虫の蛹《さなぎ》が良いように思われた。蛹を手に入れるには成虫を捕まえて卵を産ませれば良い。秋は産卵期だし寒さで動きも鈍るから、採集には丁度良いと考えたのだ。

虫網を確かめると中にはコオロギが五匹いた。それを大切に持ち帰り、底に土を敷いた梅干し瓶《かめ》の中に入れた。餌として野菜屑を与えたが、寒さなのか寿命なのかコオロギは間もなく死んでしまった。その死骸《しがい》を日に干してバラバラにし、すり鉢で潰して金魚を入れた金盥に入れてみると面白いように食いついた。

分けてもらった一盥の金魚は殆どが和金だが、尾鰭の割れた洋金も幾匹か混ざっている。見るからに貧弱なその幼い固体を、死なせずに越冬させるにはどうすれば良いのか。冬の大敵の寒さを凌ぐ工夫として賢三は、縁の下の土に金盥を埋めて穴の上部を筵《むしろ》で覆った。

冬は水が腐りにくいので水替えも殆ど要らず、浮き餌だけなら食べ残しを簡単に網で掬える。細かく砕いた車麸《くるまぶ》の他に少しずつ日に干したコオロギの粉末を与えると、日を追う毎に貧弱な固体がふくよかな丸みを帯びていく。これなら上手くいきそうだと安堵しかけた矢先、金魚達がいつの間に数を減らしていることに気付いた。

死ねば腹を見せて浮いているはずがどこにもそれが見当たらない。猫か鼠としか考えられず、自分の迂闊《うかつ》さに臍《ほぞ》をかみながら賢三は盥の上部に丈夫な金網の蓋《ふた》を取り付けた。更に穴の上にも金網の板を渡し盗人が近付けないようにした。それが効を奏してか、その後は数を減らさずに済んだ。

そうして初夏を迎え、去年の秋コオロギを入れた梅干し瓶の蓋を賢三は待ち兼ねた思いに開ける。無事に卵が産みつけられていれば、毛虫のような幼虫が沢山出てきているはずだ。それがやがて蛹になったら乾燥させて金魚の餌にしようと。ところが、

「うーん。ありさんは、いっぱいいるけど……」

一緒に梅干し瓶を覗き込んでいる娘の声に、どれどれと賢三も虫眼鏡を持ち出した。丁寧に瓶の底を眺め渡してみるが、かしましく蠢《うごめ》いているのは真黒な蟻《あり》ばかりで毛虫らしき姿は一匹も見当たらない。

「蟻が、卵を食ってしまったんだかな」

落胆の嘆息を絞り、大きく肩を落とした。糞っ、こいつめがっ。盗み食いの犯人の一匹に賢三は腹立たしさを込めて今一度虫眼鏡の照準を合わせる。

「おい、翼。こいつは蟻じゃねえぞ」

喜ばしく叫んで、娘にも虫眼鏡が見えるよう身体をずらしてやった。

小さな顔を近付けて賢三の手元を覗き込んでいてから。なあに、これ。不思議そうにこちらを振り仰いだその頭を、賢三は大きな手でよしよしと幾度も撫でてやる。大きさも色もそっくりだが、身体の何倍も飛び跳ねることの出来る特徴的な後ろ足が、はっきり蟻とは違っていた。

「こいつらはきっとコオロギだ。卵から毛虫が出てくるとばっか思ったが、違うみてえだな。まあいいさ。これが大きくなれば、金魚達の餌がたっぷり取れるぞ」

初夏から夏に掛けて、幼いコオロギは脱皮を繰り返しながら順調に大きくなった。次々と卵

から孵《かえ》った固体で梅干し瓶の中が真黒になり、別の入れ物を用意しなくてはと考えていた矢先、今度は徐々に数が減り始めた。そんな馬鹿なと見えにくい目を擦り首を捻っているうちに、あれよと半分近くに減ってしまった。

もう少し大きくしてから餌にしたかったが、むざむざ数を減らすくらいならと賢三は成虫の半分程の大きさのコオロギを梅干し瓶ごと火に掛けた。来年の産卵用の数匹だけ残して、蒸し焼きになったコオロギを筵に並べて天日に干し、すり潰して毎日金魚に与えた。

夏は水が腐りやすく食べ残しには気を遣う。汚れは丁寧に掬い、水替えをまめに行い、大きくなった金魚達が密になり過ぎぬよう金盥も増やした。そうして秋を迎え、見栄え良く成長した洋金を賢三は動物商に持ち込んでみることにした。

「ごめんください」

白丈《はくじょう》を持った手で正面の重たい扉を押し開き、恐る恐る中に声を掛けるが店には人の気配がない。入口付近に重ねられた鳥籠《かご》から強烈な糞臭《ふんしゅう》がむっと匂い、賢三は思わず鼻を抑えた。足早にそこを通り過ぎ、奥に並べられた水槽を手持ち無沙汰に覗き込んでいると、

「おい、そこで何してるっ」

突然、後ろからだみ声が飛んできた。

遅い昼でも食っていたのか、喉に物が詰まったような口ぶりだった。驚いた賢三が返答に窮《きゅう》していると、サンダルを突っかけた足音がせかせかと近づき、白丈を持った腕を邪険《じゃけん》に掴まれた。賢三が客でないのはお見通しのようで、さっさと出ていけと言わんばかりの剣幕《けんまく》だった。

「すいません。おらが育てた金魚を、ちっとばか見てもらえんろうかと思いましての」

慌ててぺこりと頭を下げ、特別な餌を与えた金魚だからと丁寧にもう一度頭を下げる。手にした風呂敷を広げて見せると、胡散《うさん》臭そうに幾らで売りたいのかと聞かれた。店に並んだ水槽を見ておよその売値は頭に入れておいたから、同じ程の大きさの洋金の半分の金額を口にする。

「それじゃうちの儲《もう》けがねえから、引き取れねえな」

親父は小馬鹿にしたよう鼻で笑い、その半額を口にした。せめてもう少しと言いたかったが売れないよりはましと賢三は黙って頭を下げた。すると途端に上機嫌《きげん》になった親父は、こいつぁなかなかいい色だと小声に呟く。

「特別な餌って、あんた何をやってんだね」

目の近くで受け取った金を嘗《な》めるよう確かめていた賢三は、慌てて背後を振り向く。

「虫を捕まえてやってるんです。大きくなったら、また持ってきますで」

腰を曲げたまま、もう一つ頭を下げた。

「ほう、まだ沢山いるんか」

持参した四匹を手早く水槽へ移すと、親父は何事か思案するように真っ白い頭を撫でながら暫《しば》し水槽へ眺め入っていた。やがて一転砕けた口調で、大きくしたら値も上がるから何時でも持ってきなさいと、賢三を戸口まで送り出してくれたのだ。

「きんぎょさん、およめにいったの」

「ああ、立派な水槽で嬉しそうに泳いでる」

表で待たせていた娘を連れてバス停前の駄菓子《だがし》屋へ入ると、少しばかり菓子を買ってやった。僅《わず》かな額ではあるが、自分で稼いだ金で娘を喜ばせてやれるのが賢三は嬉しかった。娘の手前、金魚は売ると言わずお嫁にやると言葉を誤魔化《ごまか》しておいたのだ。

大きさが倍になると値段は三倍以上に跳ね上がることを、賢三は抜かりなく確かめてきており、これはいい小遣《こづか》い稼ぎになりそうだった。


「ほう……」

その半年後。更に大きく育った洋金を賢三が持ち込むと、白髪の店主は小さく唸《うな》りそのまま黙り込んだ。大きさに自信はあったが色の出方がよく見えない賢三は、その親父の様子から色の良さを確信した。

「餌を沢山くれると大きく育つだが、色艶《つや》がなくなるのが問題だ。でも、これは大きいのに鮮《あざ》やかで艶がある」

やがて独りごとのように呟くと、親父は不思議そうに賢三へ向き直る。

「あんた、虫をくれてるといったね。そのままやるのか」

「いやいや、それじゃ大きくて口に入らねえだ」

興味深げに問われるまま賢三は、捕まえた虫を育てるところから始めて乾燥し磨り潰して餌にするまでを簡単に説明した。すると親父は白髪頭を忙《せわ》しなく幾度も撫で上げながら、何かを考え込んでいるようすだったが。

「なら、あんた。うちにその餌を持ってきてみないかね。こいつを買う客に一緒に勧めれば売れるはずさ。この色艶を落さないためにって、俺が売り込んでやるよ」

自信たっぷりに請け合ってみせる。

前回持ち込んだ四匹の水槽は空になっており、買った客が普通の餌だけを与えていれば、色落ちはあるかもしれないと思えた。

「はい。そしたら今度、一緒に持ってきますで」

受け取った金を確かめながら賢三は小さく頭を下げる。

「いや、なるべく早い方がいいな。乾燥した分はまだあるんだろう」

ところが親父は、ぞんざいに命令的な口調で畳《たた》みかけてくるのだ。今ある乾燥コオロギは去年の作り置きで、この春産まれた蟻のような幼虫をこれから大きくしなければならない。それが育つ前に手元のコオロギを渡してしまえば、賢三自身が金魚を育てられなくなってしまう。

「はい。じゃ、なるべく早くに」

だがそこで賢三は、曖昧《あいまい》に笑って軽く頭を下げた。

今回の三匹は、思った通り前回の倍以上の値で売れた。賢三には金魚の他に現金収入の途がなく、気難しそうな親父との取引はまだ始まったばかり。いま親父の機嫌を損ねるのは得策《とくさく》でないとする気持ちが無意識に働いた。今後のことを考えると、多少の無理は致し方あるまいというのが正直なところだった。

かといってコオロギは僅《わず》かしか手元にない。思案の末に賢三は、磨り潰したコオロギを小麦粉で嵩《かさ》ましする手を思いついた。浮かせる為に膨らし粉も加え水と共に練り上げた生地を、金太郎飴程の太さに細長く延ばして釜で蒸し上げる。それを包丁で小口切りにして天日に干すと、かちかちの乾燥餌が出来た。

この試作品を早速水に浮かべると、水に接した下側から柔らかくなるので金魚達の食いつきもいい。食べ残しは簡単に網で掬えるから水も汚れにくく、何より日持ちがする。こいつは上出来だ。喜んで翌月動物商へ持参すると、親父は待ち兼ねた様子で乾燥餌を受け取り、しかしこれじゃ少ないと文句を言う。

「だろもうちの金魚の分なら、このくらいもあれば……」

先月届けた三匹の水槽がまたもや空になっているのに驚きながら、賢三は語尾を濁《にご》す。

「いやいや、あんたの金魚だけでなく他の客にも勧めたいのさ。この餌をやれば色が良くなるって。金魚だの熱帯魚だのに金を使うような連中は喜んで飛びつくはずさ。ただ、あんまり高くても売れねえから」

強引な口調でそこまで言うと、親父は机の引き出しからぶ厚い伝票の束を取り出した。ぶつぶつ口の中で呟きながらそれを捲《めく》り始める。指を舐め舐め伝票を繰っては片手で算盤《そろばん》を弾き、やがて小さく頷くと机の前の賢三に顔を上げる。

「この金額で引き取ってやるよ。金魚を育てるのは時間が掛かるし、水腐りや病気で死なせることもある。だが餌ならそんな心配はねえ。いい商売だと思うがな」

餌が商売になるとは考えもしなかった賢三は、驚きにぽかんと口を開けた。

「あの、……この金額て言われても、おらには良く見えねえんですが」

申し訳なく頭を下げると、親父は面倒《めんどう》臭そうな溜息と共に金額を口にする。けれど十キロで幾らと言われても、単位が大きすぎて賢三にはピンと来ない。悪い話ではなさそうだが、どうしたものかと返答に迷う。そのまま黙っていると、

「まあ、悪いようにはしねえから。大船に乗ったつもりで俺に任しておけ」

上機嫌に笑って立ち上がった親父に背中を押され、戸口へ送り出されてしまった。

帰りのバスに揺られながら賢三は、親父の一方的な口ぶりに訝《いぶか》しく首を傾げている。持参した金魚が直ぐに売れたところを見ると、熱帯魚や金魚に金を使う奇特な連中が世の中にいることは間違いなさそうだ。しかしそれはごく一部の変わり者だけに決まっている。金魚の餌なんてもんが、簡単に商売になる程世の中は甘くないだろう。

だけど待てよ。餌というのは金魚が生きている限り必要なんだ。高い金魚なら簡単には死なせられねえから病気や水腐りには気を付けるはずで、餌は売れるかもしんねえ。細く長くなら可能性はありそうだぞ。とするとあとは採算《さいさん》の問題か。

コオロギに与える餌は食事で余った野菜屑だから金は掛からない。とすると乾燥餌の材料費は小麦粉とふくらし粉だけだ。いやいや、蒸し釜を炊くガス代も考えるべきだな。とりあえず、原価ってやつを計算してみるとしようか。

磨り潰したコオロギに加える小麦粉を、賢三は椀《わん》で掬って適当に混ぜていた。が、それでは原価が計算出来ない。そこでまず目方《めかた》を正確に計る為の量《はか》りを買うことにした。次の金魚の稚魚を買う金がそれで消えてしまったが、親父の言う通り不確実で暇《ひま》の掛かる金魚の飼育より、毎月の現金収入の方が魅力《みりよく》的に思われたのだ。

重さを計って計算した結果、親父の示した金額は小麦粉の値段に毛が生えた程度でしかないことが分かった。蒸し窯を炊くガス代を引くと儲けなど殆どない。しかし全体の目方に対するコオロギの分量を増やせれば、コオロギは只だから利益は上がる。

ならばと今度は、コオロギの幼虫の飼育方法を真剣に考え始めた。

卵から孵《かえ》った蟻のような幼虫が途中から数を減らすのは何故だろう。最初は蓋の隙間から逃げたと思ったが、良く考えるとどうも違う。数が減り始めたことに気付いてからは、蓋にしている網の隙間を念入りに塞いだがやはり減っていったのだ。梅干瓶《かめ》が密閉されていたとすると、原因は過密しか考えられない。

狭い瓶の中で密集した結果、コオロギ同士に餌を巡る争いが起きたのだろう。飼育用の瓶をもっと増やす必要がありそうだが、梅干瓶だって只じゃない。そこで頭を抱えた賢三は、丁度良い物が我が家に沢山あることに気が付いた。金魚を育てている幾つもの金盥《かなだらい》をコオロギの飼育用に回せば、新たに金を掛けずに済むのだ。

「ほうら。広い所で泳げて金魚さんも喜んでるぞ」

真鯉《まごい》ばかりの殺風景な池に、真っ赤な和金が華やかに散っていく。その背中に小さく手を振って、幼い娘も嬉しそうに笑う。翼の通う保育園の寺の本堂には大きな池があり、金盥で育ててきた金魚達を賢三はこの池に放させてもらうことにした。ここなら娘と一緒に時々見に来られるし、池が賑やかになったと和尚《おしよう》からも喜ばれた。

そうして空になった幾つもの金盥に、今度は蟻の倍程に生育したコオロギの幼虫を小分けにして入れた。餌の争奪《そうだつ》戦を防ぐ為、野菜の残り屑もたっぷり入れて様子を見るが、不思議なことに日が経つとやはり徐々に数が減っていく。どうしてなのかと首を捻っていた賢三は、ある日はたとそれに気付いた。

金盥の底を虫眼鏡でじっくり観察しても、コオロギの死骸が見当たらないのだ。死骸どころか脱皮した皮もきれいになくなっており、コオロギがそれを食うとしか考えられない。弱って死んだコオロギを食うのか、コオロギ同士で殺し合いをするのかは定かでないが、どうやら奴らは共食いをするらしい。

虫は草を食うものと勝手に思い込んでいたが、コオロギは貪欲《どんよく》に何でも食う生き物ではあるまいか。いや待てよ、そういや蟻だって虫の死骸に喜んで群がってるぞ。野菜だけでは栄養が足りないのかもしれないと賢三は、道端で拾った蝉の脱け殻を試しに金盥に放り込んでみた。するときれいにこれがなくなり、ぴたりと共食いは止んだ。

上野駅にほど近いデパートの最上階で、賢三は昼時の混み合った食堂の片隅にちんまりと腰を下ろしている。食堂の窓からは隣接《りんせつ》する上野公園が一望できるらしく、桜が咲いたら見事だろうと溜息混じりの妻の声が耳元を過ぎる。だが春とは名ばかりの二月では、桜はまだ蕾《つぼみ》もない頃だろう。

初めて入るデパートの食堂で賢三はカレーライス、母親と妻は定食を注文し、娘にはお子さまランチを頼んだ。賢三は勤め人だった頃の着古した背広、妻も手持ちの一番痛みの少ないセーターとズボンだが、娘にはワンピースを新調した。四月から小学生となる娘に母親から贈《おく》られた革のランドセルが、娘の隣の椅子で得意気に鎮座《ちんざ》している。

「父ちゃんも、一度お前に会いたがってたけんどなあ」

料理を待つ間に実家の様子を尋《たず》ねた賢三へ、母親は言い難《にく》そうに声を落とす。

「兄ちゃんが報《しら》せてくれるなと言うもんで。……黙ってて悪かったの」

賢三の横で小さく身を捻ると、深々と一つ頭を下げた。

長患《わずら》いの父が亡くなったのは昨年秋で、しかし賢三に報せが届いたのは四十九日もとうに過ぎた年明けだった。近所の手前、墓参りも遠慮してほしいと母からの手紙にあった。

「母さんが謝ることじゃねえさ。親父の死に目に会わんでも、俺はどうってことねえし」

家柄が第一のあの父親が、いくら今際《いまわ》の際《きわ》にとて棄《す》てた息子に会いたがるはずがない。会いたがっていたとは母親の優しい嘘だと賢三は思ったが、それは言わないでおいた。

「父ちゃんが卒中で倒れてからは、ずっと離れで付きっ切りだったけんど。看病の手が空《あ》いたもんで、こうしてお前達にも会いに来られるようんなった」

今日は埼玉に嫁した妹の所へ泊まれると嬉しそうな母に頷き返しつつ、母さんも苦労するなと賢三は思う。家も土地も全て長兄が継いだから母が自由になる金は殆どなく、その僅かなへそくりの中から孫のランドセルを買ってくれた親心には感謝しかない。

賢三が目を悪くしたことも知らなかった母親に、社会復帰後の暮らしぶりなどを話しているうちに注文の品が運ばれてきた。

「ほう、世の中には変わった人がおるもんじゃのう。そんなんが商売んなるがか」

勤め人を諦《あきら》めて今は金魚の餌で食っていると笑った賢三に、母は驚いた声を上げる。

「ああ。俺の餌は評判がいいから、作れば全部引き取ってもらえる。二人で毎日せっせと作れば、まあ何とかやっていかれるんだ」

製茶工場に勤めていた妻も過労による病の再発でやがて仕事を続けられなくなり、一時一家の収入は激減した。が、その分時間にも身体にも余裕が生じ、ミチ子は賢三を手伝って餌作りに精を出すようになった。目のいいミチ子と作業を分担することで出来高は一気に増え、それで何とかやっていかれるようになったのだ。

「ねえ、あっち行ってもいい」

積もる話に箸《はし》の進まぬ大人達に退屈したよう、自分の皿を空にした娘が甘えた声を上げる。デパート最上階にはペット売り場があり、その先の屋根のないスペースには子供用の遊具も並んでいるらしい。春めいた陽差しに上着が要らない程の日で、喜んで走り去る娘を見送った後、大人達も遅ればせにペット売り場へと足を向けた。

照明付きの豪華な水槽がずらりと並ぶそこは熱帯魚のコーナーらしく、賢三も妻の案内で一つ一つ丁寧に見て回る。色の鮮やかさこそ分からないが、珍しい熱帯魚の形や模様など妻の言葉を頼りに水槽に顔を近付けゆっくりと堪能《たんのう》する。と、とある水槽の前で妻が「えっ」と呟き、急に黙り込んだのだ。

「ねえねえ、あっちに金魚さんもいるよ」

遊具の並んだ屋根のないスペースには生け簀《い　す》もあるらしく、息を切らせて走ってきた娘に手を引かれ、賢三はそのまま熱帯魚コーナーを後にした。

もっと遊ぶと愚図《ぐず》る娘に手を焼きながらデパートの屋上を離れ、埼玉に向かう母親をホームまで見送って東海道線で帰路に付いた。

混んだ車内に運よく空いた座席を見つけ、二人並んで尻を落ち着ける。と、馴れぬ遠出の疲れから賢三は眠気に襲《おそ》われた。電車の揺れに心地好く身を委《ゆだ》ねウトウトしている耳元へ、娘を膝《ひざ》に抱えた妻がしきりに何か話し掛けてくる。辺りを憚《はばか》る殺した声の長々しい話を、眠たい頭でぼんやり聞き流し、

「そら、お前の見間違いだろう」

賢三は眠たい頭で上の空に応じた。

「だけんど、大きさも形もそっくりだったよ。そんな馬鹿なと私も思ったけどさ。で試しにそこに居た店員さんに、すいませんけどって聞いてみたの。そしたらやっぱり静岡の方から仕入れてるんだって」

「………」

「そいで値段を聞いてびっくりして。だって、お父さんが聞いてる三倍もするんだよ」

先刻見た熱帯魚の水槽に、自分達の作った餌が浮かんでいたと妻は言う。そんな馬鹿なと取り合わない賢三に、妻は辺りを憚りつつも押し殺した小声をさらに強める。

「毎日この手で袋詰めしてるんだもの見れば分かるよ、絶対に見間違いでなんかねえ。おらちの餌が、あんな高値で売れるもんとは知らんだったけど。そんなら、もう少し買値を上げてもらってもいいんでないかねえ、お父さん」

その無分別《ふんべつ》な言い種に涌いた胸の不快を、賢三は辛うじて溜息にして呑み込んだ。

普通の身体でない俺達が、こうして何とか普通に暮らせてるのは一体誰のおかげだと思ってるんだ。金魚の餌を商売にしてみろと、あの親父に勧めてもらわなければ今の俺達はない。契約書など交わしていないが月々の支払いはきちんとしており、妻が勤めを辞めたから納品を増

やしたいと相談した時も、白髪親父は二つ返事で引き受けてくれたのだ。

気難しく不愛想な人物ではあるが、賢三は少なからぬ恩義を親父に感じている。その恩人が、餌の売値を誤魔化《ごまか》しているとは何事か。恩には忠《ちゅう》で報いるのが人の道なのだ。世の中は広いから他にも似たような餌があるかもしれず、確たる証拠もなしにそれを自分達の餌と決めつける妻に賢三は激しい苛立ちを覚えた。

「おらちは貧乏だったけさ、子供の頃は下駄がちびても新しいのは買ってもらえんだったの。でも、この子にだけはそんな思いをさせたくないのよ。贅沢とは言わないけど、せめて人並みのことをこの子にはしてやりたいの」

「……………」

「これから色々と金も掛かるのに、今のままじゃ食べていくのがやっとだもの。あんな値で売れるんなら買値をもう少し上げてもらえるよう頼んでも罰《ばち》は当たらないんでないかねえ、お父さん。すいませんがって、向こうさんに話してみちゃどうだろう」

ふんっ、糞《くそ》っ垂《た》れが。と賢三は腹の中で毒づく。

うっかり値上げなんて言い出してみろ、じゃあ持ってこなくていいと断られるのがおちだ。取引が始まって間もない頃、餌を小分けにして箱に入れるよう親父から頭ごなしに言われた時のことが、そこで苦々しく頭に浮いた。

「思った通り、あんたの餌は評判がいい。これなら充分商品として通用する。だが、商品は見た目も大事だからな。俺の知り合いに頼んで箱を作ってもらった」

一人コツコツ作り溜めた一月《ひとつき》分の餌を持って動物商を訪れた賢三に、親父はキャラメル箱大の青い小箱と小さなビニール袋を押して寄越《よこ》した。箱には赤い金魚の絵が印刷されているようだ。頭を下げてそれを受け取り、渡された代金を嘗《な》めるよう確かめていると、

「箱と小袋の分は引かせてもらったよ」

当然の口ぶりでこう言われた。しかしそれではせっかくコオロギの大量飼育によって確保した利益が飛んでしまう。ひと月に作れる餌は高が知れており、僅かな儲《もう》けを削られては骨折り損でしかない。

「ええと。じゃもういっぺん良く考えて……お返事してえんですが」

困惑を胸に情けない顔で頭を下げると、不機嫌な声で何を考えるんだと聞き返された。家へ帰って重さを測り原価を計算してみたいと言うと、親父は苛立たしげにふんと笑った。

「分かった。じゃあ、こうしよう」

袋と箱に詰める手間を考慮して箱代を只《ただ》にしてくれたのだ。小袋の代金だけは引かれるが、それならコオロギの増量で何とか取り戻せる。賢三が黙って頷くと、親父は小馬鹿にしたような皮肉な口調で、原価とはな、と呟いた。

まったく、何も分かっちゃいねえ癖《くせ》に。あの親父との付き合いに俺がどれだけ気を遣《つか》ってると思ってるんだ。女の癖に、男のすることに一々嘴《くちばし》を挟むんじゃねえ。

しつこく値上げ交渉を口にする妻を胸内で大声に罵倒《ばとう》しながら、しかしここで親父との取引の難しさをいちいち説明するのも億劫だった。賢三とて娘の将来の為に、いつまでもこのままでいいとは思っていない。だが今は親父への恩返しが先で、いずれ頃合いを見て、こちらの取り分をもう少し増やしてもらえないか頼んでみるつもりでいたのだ。

いいから黙っていろと妻を怒鳴《どな》りつけたいのは山々で、けれど混んだ車内で大声を出すのも憚《はばか》られる。仕方なく賢三は妻の口を塞ぐためだけに、心にもない適当な返事を口にした。本心とは程遠い、その場限りの誤魔化しを。

「ああそうだな。こんどそういうふうに言ってみるか」

「……ミチ子っ」

怒声と共に二軒長屋の玄関扉を開ける。目の前に妻の姿があった。

外出用のゴム長靴を脱ぐ間ももどかしく土足で床に上がり、驚いたよう振り向いた妻を殴り付けた。小柄な妻は壁まで吹っ飛び、コオロギの飼育棚をひっくり返して床に倒れた。派手な音に転がる幾つもの金盥《かなだらい》を蹴り飛ばし、床に倒れた妻を賢三はさらに足蹴《あしげ》にする。

先刻、いつものように品物を収めに行った動物商で賢三はいきなり怒声を浴びたのだ。

「おいっ、あんたとこは一体、幾ら出せば気が済むってんだ」

意味が分からずぽかんとしていると、親父は苛立たしげに一通の封筒を押して寄越す。

「娘も学校でこれから金が要るって、取引に不満があるならあんたが直接俺に言うのが筋だろうが。女房にこんな手紙を書かせやがって」

そこでやっと状況を理解し、賢三はかあっと顔が熱くなった。

東京から戻ってはや半年。妻から幾度も値上げ交渉を促《うなが》されたが、そのうちなと賢三は答えを濁《にご》しておいた。そのうちとは賢三の胸では数年後のことだが、妻はそう思っていないようだった。しかしそれを訂正するのも億劫《おっくう》で、常にそのうちと答えをはぐらかしてきたが、まさか妻が親父に手紙を書くとは。

親父から手紙をひったくり、挨拶《あいさつ》もそこそこに動物商を出た。その差し出がましさと、男の面子《めんつ》を丸潰れにされた怒りで全身の血が逆流した。

俺に黙って、勝手な真似を……。

畜生っ、亭主を何だと思ってやがる。

かつて製茶工場に勤める時も、妻は自分に何の相談もなく社長に話を通した。そして今度は黙って親父に手紙だ。亭主の威厳《いげん》を土足で踏みにじられた怒りに賢三はバスの中で手紙を持つ手が震えた。ミチ子にすれば目の悪い夫の一助にとの切実な思いからしたことだったが、視力障害者である前に賢三は男の沽券《こけん》に拘《こだわ》る一人の頑固者だったのだ。

なぜ夫に殴られたのか、最初ミチ子は訳が分からなかった。

男の腕力に壁まで吹っ飛び、倒れた身体へ容赦なく飛んでくる長靴の衝撃から身を捩《よじ》って床を逃げ回る。けれど直ぐに角へ追い詰められ、驚きと恐怖に身を縮めて悪鬼《あっき》の形相に迫り来る夫を見上げた。と、見覚えのある封筒がちらりと見えた。そしてそこで、やっと事の次第を理解したのだ。

ああ、夫の怒りの原因があの手紙なら観念するしかない、と。

あの日デパートで見たのは間違いなく自分達の餌だとミチ子は自信を持って断言できる。しかし目の悪い夫にそれを理解させるのは容易でないのだ。幾ら待っても夫の返答は煮え切らず、遂に痺《しび》れを切らし自ら筆を取ることにした。

先様に失礼のないよう言葉を選びつつ一家の窮状《きゆうじよう》を訴え、もう少し仕入れ値を上げてもらえれば嬉しいと低姿勢に懇願《こんがん》した。東京で見た餌のことは憚《はばか》られるので触れずにおいたが、一般的な餌の値段として書き添えた。そして最後に、この手紙は夫に内緒にしてほしいと頼んでおいたが、そういう訳には行かなかったようだ。

身を縮めて夫の足蹴に耐えていると蹴るだけでは足らないのか、やがて長靴の踵《かかと》が力任せに降ってきた。顔や細い首筋や乳房をこれでもかと踏んづけられ、息が止まりそうだった。大声《おおげ》に叫べば誰か気付いて駆け付けてくれるかもしれない。一瞬そう思ったが、それでは事が大袈裟《さ》になる。第一こんなみっともないところを、近所の人に見られたくなかった。

自分が我慢すればいいことだ。洩れそうな悲鳴を押し殺し、容赦ない長靴の攻撃にミチ子は黙って耐え続ける。激しい痛みが幾度も胸元を貫き、腹を刺し、首筋にも顔にも襲《おそ》いかかる。何を言っても無駄と観念し、奥歯を噛んで嵐の過ぎるを待つが、興奮しきっている夫は何時まで経っても凶暴《きようぼう》な足蹴を止めようとしない。

逃れようのない暴力が永遠に続く気がした。いっそこのまま死んでしまったほうが楽かもしれない。防ぎようもなく荒れ狂う足蹴の地獄の中で、ミチ子はふとそう思った。すると次の瞬間、身体のどこかで小さく嫌な音がした。全身から急に力が抜け、頭がぼんやりして、もうどこを蹴られても少しも痛みを感じない。

(俺だって、ずっとこのままでいいとは思っちゃいねんだ)

怒りに任せて賢三は飽かず繰り返し、長靴を踏みしだき踏み降ろす。

(翼に辛い思いだけは、させたくねえとも思ってる。けど、右から左へ簡単にいかねえことも世の中には沢山あるんだ。いま少し、あの親父と付き合ってからでも遅くはねえだのに。そんなに俺のすることが信用できねえんだか、お前はっ）

蹴《け》り降ろす足元はぼんやりとしか見えないが、こんな大きな的を外しようもないのだ。以前風呂屋に行こうとして癇癪《かんしやく》を起こしたときは通行人に取り押さえられた。が、今は止める者が誰もなく、やがて足元のそれがぐったりと動かなくなってから漸《ようや》く我に返った。

声もなく床に転がっている妻に気付き、沸騰《ふっとう》していた頭から一気に血が退いていく。殺してしまっただろうか。ぞっとして背筋が凍り、気を鎮めようと水道の蛇口を捻った。水を一口含むとカラカラに喉が渇いていて、貪るように両手で飲んだ。さて、どうしたものか。茫然自失《ぼうぜんじしつ》していたところへ、表から聞き慣れた鈴の音がチリチリと近付いてきたのだ。

「お母さんっ。どうしたの」

台所の隅に倒れている母を見て、翼が不安そうな声を上げる。急いで側に駆け寄る娘の背中で、ランドセルのお護りの鈴が再び揺れた。戸口に背を向けて水を飲んでいた賢三は、今やっと気付いた振りに慌てて後ろを振り返る。

「おい、ミチ子。どうした、大丈夫か」

名を呼びながら大きく身体を揺すると、小さな呻きが聞こえた。ああ、良かった。生きてたか。ほっとして急いで助け起こそうとする賢三の手を、しかしミチ子は邪険《じやけん》に振り払った。息を吸うのも辛そうに胸元を抑えたまま、か細い声で天生院に連絡してほしいと訴える。

言われた通り電話を入れると、シスターと婦長が車で駆け付け、ミチ子はそのまま入院することになった。

十一月にしては暖かな陽射しがデパートの屋上に満ちている。日曜のデパートは買い物客でごった返しており、遊具を備えた屋上広場のあちこちから子供の派手な歓声《かんせい》が聞こえる。翼が迷子にならないか賢三は気が気でなかったが、活発な娘は賢三の言葉が終わらないうちに、もうお目当ての遊具へと掛けだしている。

「三十分経ったら、ここに戻ってくるんだぞ」

壁の時計の下でもう一度念を押してから、賢三は白杖《はくじよう》を頼りに再び屋根の下のペット売り場へ足を向けた。ふた月悩んだ末に賢三は、この春訪《おとず》れたデパートをもう一度訪《たず》ねてみることにしたのだ。妻の見た物が、本当に自分達の餌かどうかを確かめる為だ。

「おら、金魚の飼育をしてるだが。ここにいい餌があると聞いたもんで」

あの日、妻が立ち止まった水槽の前で、中の浮き餌を見せてもらえないかと賢三は係員に頼む。すると熱帯魚コーナーの係員は不思議そうに声を低めた。

「いや、この水槽には何も入っていませんが」

「ああ、おら目が悪いもんで。はて、春先には確かに浮き餌があったはずらろも」

そこで困り顔に大きく首を傾げて見せると、年若い係員は売り場の責任者を呼んできてくれた。年配の責任者は賢三の話を聞くと、その餌は先月から急に入らなくなったと申し訳なさそうに語尾を濁《にご》す。ふーーっ。やはりそうかと胸に重い吐息を洩らしつつ、賢三は手にした袋の中から意を決してそれを取り出した。

「実は、俺も金魚の餌をこさえてるんだろも、色が良くなると評判でのう。そしたら、試しにこれを使ってみちゃもらえんろうか」

妻を殴った際に台所の隅の飼育棚がひっくり返り、金盥の中のコオロギの殆どに逃げられてしまった。動物商の親父には文句を言われたが、暫《しばら》くは餌の出荷を見合わせるしかなく、床に直置きして無事だった一盥《たらい》のコオロギだけでは今後の出荷量も知れている。収入が滞《とどこお》れば忽ち生活は逼迫《ひっぱく》し、このままでは年を越せるかどうかも怪しい。僅かなコオロギから作れる限られた量の餌を、出来るだけ高く売る必要に迫られた賢三は、思案の末に再びデパートへ足を運ぶ決心をしたのだ。

小分け用のビニール袋に入れた賢三の浮き餌を掌に取り出し、矯《た》めつ眇《すが》めつしていてから、責任者はうーんと一つ唸った。そのまま暫く黙って何かを考え込んでいた後で、あんたはこれを幾らで売りたいのかと尋《たず》ねてきた。値切られるのを承知でひとまず親父の引取価格の倍を口にする。と、責任者は驚いたように小さく息を呑みまたも小さく唸《うな》る。

しまった、吹っ掛けすぎたか。ここで断られては元も子もない。慌てた賢三が、だろも勉強しときますと急いで付け加えようとした刹那、

「では、考えてみましょう」

年配の責任者は、持参した三袋をすんなり受け取ってくれたのだ。

オリンピックが終わっても日本経済の好調は続いており、生活に余裕の生じたサラリーマン家庭ではペットを飼うのが流行りだった。手狭な団地でも飼える小鳥や魚は特に人気が高く、中でも熱帯魚を飼うような金に余裕のある人種は質の良い餌を求める傾向が強いことを、賢三

は責任者の口ぶりから察することが出来た。

「そいじゃ、宜しくお願げえします」

幾度も深々と頭を下げて、賢三はペット売り場を後にした。翼に手を引かれ東海道線の座席に尻を落ち着けてからも、しかし胸中は複雑だった。

思わぬ高値でデパートとの取引が成立しそうな展開は素直に喜ばしい。けれど嘆《なげ》かわしいのは、あの日妻が見たのはやはり賢三の餌に間違いなさそうな点だった。急に品物が入らなくなったのは賢三が出荷を見合わせたからに違いなく、売値に関して親父は自分に嘘《うそ》をついていたことになる。

恩人と思い決めた相手に騙《だま》されていた惨《みじ》めさと、それを正そうとした妻を半殺しの目に遭《あ》わせた愚《おろ》かしさ。いまだ入院中の妻には弁解の仕様もなく、重たい自己嫌悪に出てくるのは溜息ばかり。だが、結果的に取引価格は今までの倍になりそうで、人生塞翁《さいおう》が馬とはこのことと賢三は苦い溜息をもう一つ。

それから間もなくペット売り場の責任者から連絡があり、正式な取引が始まった。世話になった動物商へは丁寧にこれまでの礼を延べた上で、今後の出荷は見合わせたいと断りを入れた。親父からはしつこく理由を問われたが、賢三は曖昧に言葉を濁しておいた。

恩を仇で返す誹《そし》りは免《まぬが》れないとして、親父もこの二年でそこそこ儲《もう》けたはずなのだ。デパートでの売値を理由に値上げを言い出せば角が立つ。それよりは黙って背を向ける方が波風が少なかろうというのが思案の末の結論だった。契約書を交わしていなかったのは、こうなると却って好都合にも思われた。

年の瀬を目前に家計は持ち直したが、半月毎に決まった数を収めることも求められ賢三は忙しくなった。その多忙を言い訳に賢三は妻の見舞いを怠っており、天生院に入院中の妻からも手紙の一通届かない。

ミチ子はもう、俺に愛想を尽かしたんだな。まあ、それも仕方ねえや。だろも、翼だけは俺がこの手で立派に育て上げて見せる。片親でも誰にも後ろ指なんか指させねえ。妻との生活を諦《あきら》め、賢三は娘と二人で生きていく覚悟を決めた。激情《げきじょう》に身を委ねミチ子を足蹴にしたことを強く後悔していたが、今更謝って済むことではなかった。

ところがそうして年の瀬が目前に迫ったある日、妻がひょっこりと戻ってきたのだ。

「長らく……、留守をしました」

玄関先で軽く一度だけ頭を下げると、風呂敷《ふろしき》の小さな荷物を手にミチ子は狭い長屋へ上がった。四カ月ぶりの再会というのに言葉はそれだけで、あの日のことは勿論《もちろん》、入院中のことや現在の体調などにも一切触れない。別人のよう痩せて窶《やつ》れた母の姿を最初は遠巻きにしていた娘も直ぐに慣れ、まるで何事もなかったかにそれまで通りの暮らしが始まった。

やがて体調のいい日には、ミチ子は賢三の餌作りを手伝うようになったが、立って作業を続けていると直ぐに息切れがしてしゃがみ込んでしまう。狭い台所の隅に膝《ひざ》を折り、肩で息付く妻の傍《かたわ》らで、賢三は黙々と小麦粉を練っては蒸して餌作りに精を出す。

そうして暮らしに余裕が出来ると、風呂付きの戸建てに越して家に電話を引いた。

古びた農家には小さな納屋《なや》が付いており、賢三は大家の許可を得てここを作業場に改造し思い切ってガスオーブンを入れた。軽く一度生地を焼いて切り分け再度焼き上げることで、天日干しの手間を省くことが出来る。長時間オーブンを使う作業場は冬も温かく、作業場の隅に設置した飼育棚ではコオロギの卵が勝手に孵化《ふか》を始めた。

この思わぬ冬場の繁殖により出荷量が増え、売り上げは更に伸びた。けれど順調な商売とは裏腹に、ミチコの健康は損なわれたままだった。

朝起きるとミチ子は、台所の卓袱台《ちゃぶだい》で賢三の用意した飯を汗を掻き掻き食べる。午前中は居間の座卓に向かって伝票の整理や帳簿《ちょうぼ》付けなどをこなすが、昼飯の頃には全身が熱で汗ばんできて午後は自室で臥《ふ》せってしまう。学校帰りの娘にお帰りと声を掛けることも叶わず、賢三が枕元に運ぶ晩飯の粥《かゆ》も半分は残すのが常だった。

病の再発は否定されており、けれど原因不明の体調不良は何時まで経っても改善されない。そんな妻を気遣って、賢三はミチ子の臥せる和室に高価なフランスベットを奮発《ふんぱつ》した。精が付くと聞いた鰻《うなぎ》を買って食べさせ、良く効くと評判の湯治《とうじ》場へ長逗留《とうりゅう》にも行かせた。それでも妻はけして笑わず、やがて朝も起きてこない日が多くなった。

軌道に乗り始めた商売には手が抜けず、幼い娘と妻を抱えて家事に追われる賢三も、既に四十の半ば過ぎ。一人ではとても手が回らないと思い決め、賢三は作業場の手伝いとして近所の主婦を雇うことにした。

やがて迎えた翼の卒業式。この日の為に誂《あつら》えた綸子《りんず》の訪問着に袖を通し、見る影もなく痩《や》せ細った身体の汗を拭き拭き、ミチ子は翼の小学校まで出向いた。続く中学の入学式にも珍しく笑顔で参列したが、その年の秋、とうとう力尽きたよう亡くなった。

享年四十九歳だった。

ミチ子の亡骸《なきがら》を清め手ずから死に装束《しょうぞく》を着せながら、賢三はぼろぼろと大粒の涙をこぼしていた。南無阿弥陀仏を小声に唱えつつ、声を立てない男の泣き方だった。天生院から婦長が駆け付け、あとは作業場の雇われ主婦だけの寂しい葬儀に、読経の僧侶が三人もいた。

そうして賢三は近所の寺に、ミチ子の為の立派な墓を建てた。

終章

「まあ、懐《なつ》かしい」

昔のままに復元された司祭館の書斎で、スミは小さく感嘆《かんたん》の声を上げる。いや、戦後の人権回復運動を機に本名を名乗ることにしたから、今の名前は井口奈津《いぐちなつ》だ。

「その大きな薪ストーブの上の薬罐《やかん》で、ビクトル神父様はいつもたっぷりのお湯を沸かしていらしたわ。それで私に紅茶をご馳走してくださったり、フランスから届いたばかりのワインを、ちょっぴりお相伴《しょうばん》させていただいたり」

七十年の時を一気に遡《さかのぼ》り娘時代へ戻ったかの華やいだ興奮が、奈津の胸の鼓動を騒がせている。齢《よわい》九十を過ぎて足腰の弱った体を車椅子に預けたまま、ゆっくりと深い呼吸を繰り返し、慌ただしい胸をどうにか鎮《しず》めた。

「神父様がそっと手をお入れになると、ワインの木箱の中から首飾りや指輪が魔法みたいに出てくるの。神父様はフランス貴族のご出身でね、ご自分が相続された宝石類を姪御《めいご》さんに頼んでこっそり送ってもらっては、お金に代えてこの病院を支えてくださったのよ」

今年は天生院が百周年の節目にあたり、明日はその式典が盛大に行われる。その記念事業として、かつて上条神父がサロン風に改装した旧司祭館が建築当時の姿に修理復元された。その工事が終わったばかりで、まだ理事長や院長も足を踏み入れていないこの真新しい書斎に、奈津は今日特別に立ち入りを許されている。

「あの頃はとても貧乏で、包帯どころか患者さんの傷口に貼る絆創膏《ばんそうこう》さえなかったわ。松脂《まつやに》と和紙で私はせっせと絆創膏を手作りしたものよ。神父様はその大きなデスクで毎日のように日本の篤志家《とくしか》さんに寄付をお願いする手紙を書いていらした」

次々と思い出が蘇《よみがえ》り、奈津の口からはひとりでに言葉が溢れ出す。

黙って聞いていた翼が、すると背中で小さく呟いた。

「そうですか。婦長さんも、ご苦労なさったんですね」

とうに現役を退き、今は職員宿舎の一室で年金暮らしをするただの年寄りだが、奈津は今でも周りから親しみを込めて婦長さんと呼ばれている。ミチ子の七回忌で声を掛けてから、翼は足繁《あししげ》くここを訪れるようになり、今日も式典の準備作業に来てくれていた。

「いいえ、全ては神の御心《みこころ》です。ここで生きさせていただいたことを私は感謝しているわ」

紅女学院で英語を学んだ自分が、まさか癩病院の看護婦になるとは夢にも思わなかったが、ビクトル神父の生き方に感銘を受けこの道を選んだことに悔いはない。でも、それにしても。上条を喪《うしな》った哀しみの只中で迎えた戦中戦後の狂気の時代を振り返り、奈津は胸の奥で溜息を一つ。私は何と多くの困難に独りで耐える羽目になったことかしら。

「有り難う。もういいわ」

暫し無言で懐かしさを噛み締めていた後で、奈津は小さく翼を振り仰いだ。

司祭館は一階が貯蔵庫《ちょぞう》で、玄関前には五段程の階段がある。その短い階段とは別に長いスロープが新設されており、奈津は車椅子のまま後ろ向きにゆるゆるとその坂を下る。下に着いて翼が椅子を回そうとした拍子、遊歩道の縁石にでも車輪が当たったのか車椅子が大きく揺れた。

うっ、と短く叫んで奈津は、胸を押さえる。

「あっ、御免なさい。婦長さん大丈夫ですか」

「ちょっと驚いただけ。何でもありませんよ」

暫《しば》し息苦しく胸を押さえていた後で、ふうーと安堵の息を吐き奈津はそっと笑う。

半月ほど前のある朝、奈津は食堂で突然強い胸の痛みに襲《おそ》われた。内科医でもある新院長のシスターが飛んできて、直ぐ診察室へ運ばれた。老いた身体を丁寧に診たあとで、院長は大学病院での精密検査を勧めてくれたが、奈津は丁寧にそれを断った。精密検査などすればせっかくの式典に参列できないと思ったからだ。

今回の式典では居残り組や退所者だけでなく、転院者にも特別に案内状を送ることになっている。転院者とて天生院の一員に変わりなく、奈津は彼等との再会を楽しみにしていた。だが車椅子になってから急に体重が増えており、検査で悪い所が見つかれば当分は帰ってこられないだろう。

「もう、大丈夫よ。それより翼ちゃん、あなたもお年頃でしょう。せっかくのお休みに、デートとかしなくていいの」

心配そうな翼に大きく笑い返し、奈津はさらりと話題を変える。

短大生の頃の翼は学校が長期休暇になるとここに来て、清掃や草取りなど泊まり込みのボランティア活動に汗を流していた。夜は奈津の部屋へ顔を出し学校や友達のことを屈託《くったく》なく語る。奈津も問われるままに病院の成り立ちや背景などを詳しく聞かせ、賢三やミチ子の患者時代の様子も知っていることは全て話した。

休暇が終わると翼はそのまま学校に戻り、実家には足を向けていないようだった。東京に就職してからも休みには足繁く天生院を訪れ、奈津の様子を気遣《きづか》ったりボランティア活動に精を出している。反面、父親への拒絶感は深刻で、母の菩提寺《ぼだいじ》へ線香を手向けに行っても、目鼻の先の実家には顔を出さずに戻ると聞けば奈津の心中は複雑だった。

母の死に纏《まつ》わる秘話を翼に明かしたのは間違いだったのだろうか。だが自分が死ねばミチ子の想いは地に埋もれ、当の翼からも忘れられてしまう。それが不憫《ふびん》で、黙ってはいられなかったのだ。

あの日、何があったかをミチ子はなかなか言おうとしなかった。だがやがて大怪我の原因が賢三の暴力と知った後、このまま天生院に留まるよう奈津は強くミチ子に勧《すす》めた。翼ちゃんだって大きくなれば母親が娘を置いて家を出た事情を必ず理解してくれるわと。けれどミチ子は静かに首を振り、家に戻りたいと言ったのだ。

「目の悪いあの人だけでは翼が心配だもの。側で私が見ていてやらないと。翼の為にはそれが一番いいはずだから」

自分を足蹴にした相手と角突き合わす毎日の精神的な負担を、奈津は口を酸《す》っぱくして説いた。更には今後同じ目に遭《あ》わない保証もないと。それでもミチ子は賢三の元で娘と一緒に暮らす途を選んだ。

案の定、夫の暴力への潜在的な恐怖からぐっすり眠れぬ夜が続き、ミチ子は自律神経の不調を抱えるようになった。そんな妻を湯治に行かせ、賢三は近所では女房孝行で通っていたようだ。が、ミチ子はやがて心を病み、周りには湯治と称して天生院への入退院を繰り返すようになった。そして翼が中学一年の秋、力尽きたよう亡くなった。

あの時、賢三の元に戻らずここで暮らしていれば、ミチ子は今も元気でいたのではあるまいか。そうすれば成長した翼とこんなふうに親密に語り合うことが出来たかもしれない。そう考えると奈津は残念でならないが、それはミチ子が自分で選んだことだった。

「こうして来てもらえるのは、とても嬉しいのよ。でも、そろそろ結婚のこともねえ」

適齢期《てきれい》をとうに過ぎ三十路《みそじ》が目の前の翼に、奈津がそれとなく水を向けると。

「婦長さんのお言葉ですけど、私、結婚ってあんまりいいものじゃないって気がしてるの。両親のこと知ってるから、夢が持てないって言うか。一生独身でも別に構わないって思ってるんですけどね」

「うーん。そういう考え方も、あるかもしれないわね」

ミチ子に似て目元の涼しい翼なら、交際相手に不自由はないだろう。けれど本人にその気がないとなると、結婚は難《むずか》しい。生涯独身を通した自分では説得力がないから黙っているが、翼には是非幸せな結婚をしてほしいと奈津は願っている。ミチ子の不幸は賢三のせいばかりでなく、病による不運も影響していると思うからだ。

「あっ、ほら婦長さん。明日はいいお天気になりそうですよ」

箱根から続く尾根筋の上に厚く蟠《わだかま》っていた雲がふいに途切れ、山の向こうに突然富士が姿を現した。翼はそこで車椅子を止め、曇り空の一画の絵のような雄姿に暫し二人で見入る。何度見ても飽きない富士にそこで惚れ惚れ眺め入っていると、芝生に覆われた広い敷地の向こうから年配のシスターが足早に近付いてくるのが見えた。

「ああ、良かった婦長さん。お部屋に行ったら姿が見えないので」

「あらまあ、私ったら」

世話係のシスターに外出を告げるのを忘れていたのを思い出し、奈津は申し訳なく肩を窄《すぼ》める。翼の顔を見て丁度良かったと司祭館への介添《かいぞ》えを頼んだが、そういえば今日は午後から入浴介助を受ける日だった。

後からもう一度来てもらえるようシスターにお願いし部屋へ戻ると、待っていたよう電話が鳴りだした。ベットサイドの小さなテーブルへ、奈津は急いで車椅子を向ける。と、横から翼が素早く受話器を取り、「はい、どうぞ」と渡してくれた。電話は中央棟の事務員からで、外線電話が入ったとのことだった。

「もしもし、井口ですが」

外線ボタンを押して、通話口に言葉を向ける。

「婦長さん、ご無沙汰しております。お変わりありませんでしょうか」

張りのある太い声が響き、直ぐに誰か分かった。

「あらまあ、本当にお久し振り。私より貴方はお変わりないのですか」

九十を過ぎた自分の方が普通なら体調を気遣われる立場である。が、相手のことがまず気になるのは看護婦だった頃の癖《くせ》が抜けないせいだろう。おかげさまで息災にしていると応じた後で賢三は、

「先日は有り難うございました。送っていただいた手紙を、やっと読み終えました」

「そうですか。賢三さんもこちらへ来られるといいのですが」

電話の相手が父親らしいと察した翼が、そこで小さく手を振りながら部屋の扉へ後ずさりを始めた。帰るつもりだろうと、目顔で翼に頷き返し、奈津は電話の向こうへ小さく溜めを息付いて見せる。

「真雄さんが、会いたがっていましたよ」

目の悪い賢三が電車とバスを乗り継いでここまで来るには、エスコートしてくれる介助者が要る。だが賢三はこの施設との関わりを周りの誰にも知られたくないのだ。娘にさえかつての病を秘密にしている事情から、翼がエスコートするのも難しい。尤《もつと》も翼自身、母親のことで蟠《わだかま》りのある父親と顔を合わせるのには、まだまだ抵抗があるらしかった。

という訳で、賢三は早々と式典への欠席を決めていた。

「真雄からの手紙は十二枚もありましてね。虫眼鏡で読むのに骨が折れました」

「そうですか。貴方には言いたいことが沢山あったのでしょうね」

式典の案内状が届いたと真雄から電話があったのは二カ月程前。妻と二人で出席しますと嬉しそうに告げた後、賢三との再会が楽しみだと続けた。そこで奈津が、賢三は社会復帰してお り目を悪くした事情から式典には参加しないと言うと真雄はとても残念がり、何とかして連絡を取れないものかと聞いてきたのだ。

賢三の住所や電話番号を教えることはプライバシー保護の観点から望ましくない。暫《しば》し思案の末に奈津は、賢三に手紙を書いて天生院に送ってもらえば、それを転送することなら出来ると真雄に伝えた。

「やはり戦時中は国立も酷い状態だったようですな。でも今は女房と平穏に暮らしているとのことで一安心ですわ」

　上条亡きあと逃げるように天生院を去った真雄は、瀬戸内海の小島にある国立療養所に転院していた。海に囲まれた小島ながら目鼻の先に本州を臨《のぞ》み、対岸の地元漁民への配慮《はいりよ》から釣りや貝取りは禁止されていた。

　だが戦時中の食料不足で飢餓状態に陥《おちい》った患者らは、地元漁民の目を盗んで真っ暗な浜辺に貝を漁り、月明かりの海に手製の竿を向け、その僅かな糧《かて》で命を繋いでいたという。

　その時に感覚のない片足に傷を作り、知らぬ間にそれが化膿《かのう》して切断に至ったこと。更には手も右の親指人指し指を残して全て失い、軽症患者だった妻も栄養不足から病を悪化させ失明した等々、何処《いずこ》も同じ戦時下の悲惨な日常が真雄の手紙には赤裸々に綴《つづ》られていた。

　戦後には待ち望んだ治癩薬プロミンが登場したが、夫婦ともに重度の障害者となり社会復帰の望めない真雄は、療養所の改革運動に加わり、終《つい》の住処《すみか》である療養所が少しでも居心地良くなるよう地道な活動を続けてきたようだ。

「夫婦者には相部屋じゃなく一部屋を割り当ててもらえるよう運動して、実現させたそうだ。今度は独身者にも一人部屋を貰える運動をしてるとあった。ほんにあいつらしいよ」

　長い手紙の内容を賢三がかい摘《つま》んで話すと、奈津は感慨深い嘆息を洩らし。

「そうですか。真雄さんは、明日の式典に奥様を同伴されるとのことでしたけど。どんな方かしらねえ。今からお会いするのが楽しみだわ」

「あいつのことだから、きっときれいな人ですよ。会えないのは残念だろも。まあ、宜《よろ》しく言っておいてください」

「ええ、でも貴方のことを話したら、真雄さんは羨《うらや》ましがるんじゃないかしら」

「それは、……女房のことですか」

気まずそうに問い返した賢三に、奈津は穏やかに首を振る。

「いいえ、翼ちゃんのことですよ。あんな子が自分達夫婦にいても、おかしくなかったんだろうなってね」

「ああ」

婦長の言わんとすることを察して、賢三は暫《しば》し黙り込む。療養所内の結婚の条件として断種手術を受け入れた真雄夫婦には、子供を授かる喜びが許されなかったのだ。

菌陰性となり社会復帰を果たした後も、制度上や健康面など賢三の前には常に多くの壁が立ちはだかった。一向に改められない差別と偏見《へんけん》に歯を食いしばり、吹けば飛ぶような作業場で、それでも翼の為にと懸命に商売を続けた。

そうして人並みに娘を大学まで上げて一人立ちさせた今、賢三はふいに現実離れした不思議な感覚にとらわれることがある。俺は長い長い夢を見ているのではあるまいかと。草津に居た頃は、こんな日が訪れるとは想像すら出来なかったのに。

「あら、御免《ごめん》なさい。そろそろ入浴の時間だわ。どうぞお元気でね」

賢三からの長い電話を切って奈津はふうと一つ大きく息を吐いた。

車椅子の背に身を凭《もた》せ胸の動悸《どうき》を鎮《しず》めようとしても、呼吸の乱れがなかなか収まらない。復元された司祭館を目にしたときから胸に懐かしさが溢れ、元患者達との明日の再会が楽しみで、まるで遠足を待ちわびる少女のように胸が高鳴って止まないのだ。

まったく、私ったらいい歳をして。
そんな自分が可笑《おか》しくて、奈津はそこで小さく笑った。

婦長さんが亡くなったのは、天生院開院百周年の記念式典を明日に控えた前夜だった。

心臓の発作と聞いたが、電話中に軽く手を振っただけで挨拶《あいさつ》もせず別れたのが心残りだ。

当日は記念式典の後、急遽《きゅうきょ》お別れ会が行われることになり、遠くから駆け付けた元患者さん達が粛々《しゅくしゅく》とお別れの花を手向けたという。大勢の懐かしい顔に見送られて天国へ旅立つなんて、いかにも婦長さんらしいと私は思う。

「らい予防法　廃止に関する法律」が国会で可決されたのは、それから七年後だった。

明治四十年以来九十年近く患者達を苦しめてきた差別的な法律は廃止され、更に五年後には元患者達の起こした国家賠償《ばいしょう》を求める裁判に、時の首相は控訴を断念。「ハンセン病補償《ほしょう》法」が成立し、国は元患者らに補償金を支払うこととなった。

呼び名が癩《らい》病からハンセン病に変わり、国の補償を受けられるようになっても、しかし父の生活は何も変わらない。自分が元患者であることを、父は生涯公表しないつもりのようだった。

父への反発から若い頃は結婚に否定的だった私も、三十半ばを過ぎて人並みに結婚した。仕事の関係で知り合った彼は私より料理が上手で、その家庭の味に惹かれたのかもしれない。父のことは目が悪いとだけ告げ、頑固者だから結婚式など呼んでも来ないと話した。そうして子供を育てる身となって初めて、父の苦労が身に沁《し》みた。

元患者への差別や偏見と、目の障害という二重の困難を抱えながらの子育ては、私など想像も及ばぬ大変さだったに違いないと。

母に対する父の暴力は、けして許されるものではない。だけど私自身は父から拳骨《げんこつ》一つ貰った覚えがなく、大切に育ててもらった。なのにその私が、母への暴力を理由に父に背を向けるなんて。それは何かが間違っていないだろうか。

親孝行したい時には何とやらと言うが、母が生きているうちに親孝行出来なかったことを私は今でも残念に思っている。そしてこのままでは父とも同じことになる。その焦燥《しょうそう》感に追い立てられ、母への暴力に蟠《わだかま》りを残しながらも、私は年に一度だけ夫や幼い娘ともども実家へ足を向けるようになった。

七十歳を過ぎて商売を畳み年金暮らしをする父の独居宅で、好物の手料理に腕を振るっても、しかし食卓の会話は一向に弾まない。二十年近い空白の時間が作った心の距離感は年に一度の帰省程度では埋め難《がた》く、夫と相談して東京での同居を提案してみたが、お前達の世話にはならないと父は頑《かたく》なに首を振るばかりだった。

目の悪さを補う為に、父は家の中に様々な工夫を凝《こ》らして暮らしている。やがて幼い娘がそれに興味を示し始め、父も嬉しそうに使い方などを説明してやるようになり、その微笑ましさに私は救われた思いがした。反面、長い葛藤《かっとう》の末にやっと取り戻せた父との平穏な時間を失うのが怖くて、胸の奥の引っ掛かりを口にすることが出来なくなったのだ。

かつて不治と言われた病のことや、母への暴力の経緯など聞きたいことは山ほどある。けれど老いてすっかり頭の薄くなった父の顔を前にすると、何も言葉が出てこない。そうしてずるずると時を過ごし、父は突然亡くなった。自宅で倒れているのを通いのヘルパーさんに発見されたが、すでにこと切れていたらしい。八十三歳だった。

生前の父の言葉で、一つ印象に残っているものがある。

八十を過ぎて身の回りの諸々《もろもろ》が覚束《おぼつか》なくなった父に、施設への入所を勧めてみた時のことだ。広い家の使わない部屋は勿論、居間や台所の隅にまで蜘蛛《くも》の巣が張っているのを見兼ねた私が、非難がましく不衛生を口にすると父は傲然《ごうぜん》と頭を反らし応じたのだ。

「俺が居ねえと母さんが寂しがるから、蜘蛛の巣なんかには負けていられねえ」と。

居間や台所には食べ残しの食品や呑みかけの湯飲み、剥《む》いた果物の皮などが干からびて散乱し目を覆うばかりだった。なのに仏間だけは何時行っても塵《ちり》一つ落ちていない。そのことの不合理に当時の私は大きく眉を顰《しか》め、仏間より居間や台所の掃除をヘルパーさんに頼むべきと主張したが、父の猛反対で適わなかった。

しかしそれこそが、秘めた父の想いの片鱗《へんりん》だったのだと今は思う。

亡き母への感謝と謝罪の念に違いないと。

生きている父からは大事なことは何も聞けなかった。けれどそう考えられるようになってから、私の肩の荷はすっと軽くなった。そして今、還暦《かんれき》を目前にした私はこの両親の人生を書き残しておきたいと思うようになった。コロナという新たな感染症の時代を生きる、娘や孫達の為に。

父が生涯守り通した「沈黙」を、私がこうして白日の元に晒《さら》すことを、向こうで本人はどう思っているだろうか。

謝　辞

本作は、実在の人物施設等に発想を得たものですが、内容はあくまで著者の創作によるフィクションです。実在の人物や施設とは一切関係がありません。リアリティー構築の参考とさせていただいた貴重な資料をお残しくださったハンセン病回復者の皆様、神山複生病院を始めとする施設関係者の皆様のご苦労とご努力に改めて敬意と感謝を申し上げます。

また、本作を世に出すべく背中を押していただいた恩師、奈良裕明先生にもこの場を借りてお礼を申し上げます。小田原市在住の画家、斎藤真実氏には素晴らしい装丁画を制作いただきました。有り難うございます。本作の出版にあたり、㈱郁朋社の佐藤聡代表にも大変お世話になりました。適切なアドバイスに感謝いたしております。

ハンセン病回復者の皆様のご高齢化により、このことを語り継ぐ責任が次の世代に託されていると強く感じます。誤解と差別の悲劇を繰り返さない為に、この作品が二十一世紀を生きる皆様のお役に立てますよう心より願っております。

二〇二四年　七月　　　著者

参考資料一覧

神山復生病院の１００年	春秋社
神山復生病院１２０年の歩み	春秋社
神山復生病院	ドルワール・ド・レゼー　複生資料館蔵
癩予防法実施私見	ドルワール・ド・レゼー　複生資料館蔵
救癩五十年苦闘史	岩下壮一　複生資料館蔵
朽ちぬ碑	石原重徳　踏跡　複生資料館蔵
感謝録　一	複生資料館蔵
感謝録　二	複生資料館蔵
道を来て	井深八重　踏跡　複生資料館蔵
同志社大学名誉学位をいただいて	井深八重　複生資料館蔵
井深八重通信	井深八重顕彰記念会　複生資料館蔵
人間の碑　井深八重への誘い	牧野登編書　井深八重顕彰記念会
会津への手紙・四	牧野登　歴史春秋社
ライと涙とマリア様	小酒井澄　図書出版社
人間の分際	小酒井澄　聖母文庫
道程	中原弘　ぶどうぱん通信
島が動いた	加賀田一　文芸社

倶会一処　多摩全生園患者自治会　一光社
近現代ハンセン病問題資料集成　戦前編第一巻　不二出版
近現代ハンセン病問題資料集成　戦前編第二巻　不二出版
近現代ハンセン病問題資料集成　プロミン獲得闘争　戦後編の第一巻　不二出版
近現代ハンセン病問題資料集成　癩予防法廃止と国家賠償　補巻十一巻　不二出版
近現代ハンセン病問題資料集成　癩予防法廃止と国家賠償　補巻十二巻　不二出版
会津が生んだ聖母　井深八重　星倭文子　歴史春秋出版
いぶし銀の女たち　美尾浩子　三創
闇をてらす足音　重兼芳子　春秋社
病める葦　池尻真一　山雅房
キリスト教がよく分かる本　井上洋治　ＰＨＰ研究所
キリスト教ハンドブック　遠藤周作編　三省堂
聖書　山我哲夫　ＰＨＰ研究所
新約聖書を知っていますか　阿刀田高　新潮社
神様の一粒の麦　能登一郎　いのちのことば社
恍惚のマリエット　ロン・ハンセン　白水社
総説現代ハンセン病医学　東海大学出版
富士岡村誌

この他インターネット情報なども多数参考にさせていただきました

天国《てんごく》とよばれた療養所《りょうようじょ》

2024年10月5日　第1刷発行

著　者 — ゆきや 星《せい》

発行者 — 佐藤 聡

発行所 — 株式会社 郁朋社《いくほうしや》

〒101-0061　東京都千代田区神田三崎町 2-20-4
電　話　03（3234）8923（代表）
ＦＡＸ　03（3234）3948
振　替　00160-5-100328

印刷·製本 — 日本ハイコム株式会社

装　画 — 斉藤 真実

装　丁 — 宮田 麻希

落丁、乱丁本はお取り替え致します。

郁朋社ホームページアドレス　http://www.ikuhousha.com
この本に関するご意見・ご感想をメールでお寄せいただく際は、
comment@ikuhousha.com までお願い致します。

 ISBN978-4-87302-827-9 C0093